CNS PUBLISHING & MEDIA
湖南文艺出版社
HUNAN LITERATURE AND ART PUBLISHING HOUSE
博集天卷
CS-BOOKY

体味经典的重量

散文卷再版序

我是从当医生开始频繁地使用文字，那时每日要写病历和死亡报告等医疗文书。那种文字必定是客观、安静、恭谨与精确的描述。文字的应用，说简单，真是再家常不过了。你可以没有一寸土地，没有一颗粮食，但你依然可以拥有语言和文字。书写这件事的最低要求，是要让别人明白你的意思。高一些的要求，是要把你的意思说得尽可能引人共鸣。这是尚未过时的需要苦修的教养，是一个人思维本质的外化。如同习武之人对剑技和刀法的淬炼，你得日日潜心钻研。

多年前，我在北京郊区的农村买了几间小房，院子空荡荡，有野鼠出没（常常希望有狐，可惜没见过）。到了初春，植树节后，我从苗圃买回两棵梧桐树。它们，光秃秃的，又细又轻，不见一丝绿意，活像搭蚊帐的旧竹竿。我挖了宽敞的坑将它们的根须埋下，底部还施了从集市买来的麻酱渣。我先生说，这地方咱也没有产权，人家说不定哪天就收回去了，似不必如此上心。我说，就算人家把房子收了，这树也依然会生长。我们还是善待它们吧。

我以前知道法国梧桐叫悬铃木，觉得起这名字的人富有想象力和诗意。待自己植了这树，才发现它们的果实真是太像悬挂的小铃了。再呆笨的人，也会让它们拥有这个名字。不知道是不是我那两桶麻酱渣滓的效力，梧桐树发愤图强努力长大，几年的工夫，已经有四层楼高了，皮青如翠，叶缺如花。阔大的叶子像相思的巨手，每晚都在风中傻呵呵地为自己鼓掌。秋天的时候，它们会结出圣诞铃铛般的果实，自得其乐地晃荡着，发出我们听不见的叮当之响。阳光透过叶子抛洒在地面上，红砖墁砌的地就被染上点点湿绿，重叠成深沉的暗咖色。我懊恼地想，早知道梧桐绿得这样狠，不如当初垫了灰蓝的砖，索性让它们碧成一坨，比如今这般缠丝玛瑙似的绞着好。

突然，我看到头顶的斑驳中有一只清爽的鸟，在绿叶中跳跃，好像在和另外一只鸟捉迷藏。细细看去，其实并没有另外一只鸟，它是单身。但如果没有另外一只鸟，它如此执着地在我家悬铃木上钻来掠去，是何用意呢？想起“却是梧桐且栽取，丹山相次凤凰来”，莫非凤或凰的雏鸟被我家的梧桐引了来？成年的它们是绚彩的，不知幼小时也曾披过素衣？

人无法猜透一只鸟的心思，就像我们无法洞彻人生。不像梧桐是先知先觉的，它和秋天有秘密的联络孔道。要不，怎么会“梧桐一叶落，天下皆知秋”呢。

好几天，那鸟不辞劳苦地穿行于我家的悬铃木间，看得出它更属意东面的那一棵。我现在已经辨认出它是一只喜鹊，不是那种灰头土脸、吃松毛虫的小个子灰喜鹊，而是眉清目秀、黑白相间的长尾巴花喜鹊。

它来我家的时候，像一架民航货机，滞重迟缓载着货物；飞离的时候就一身轻松，活泼轻快，赶路匆匆。它确实是有伴的——另一只花喜鹊，黑和白的部分似乎均比早先这一只更大更鲜明，许是一只雄鸟吧。当我确认它们是一家之后，也就知道了它们的用意。两只喜鹊每天辛辛苦苦地衔来各色树枝，是要在悬铃木上搭一巢穴，迎接新生命的降生。

一只喜鹊窝，要搭建多少枝条？要衔来多少草梗？要倾注多少气力？要呕沥多少心血？要耗费多少光阴……

听到我自言自语，路过的原住民老婆婆说，喜鹊选搭窝的地方时可心细呢。天上头要没有北风，地下面要没有凶兆，远处要没有打扰，近处要没有响动……最用心的窝，喜鹊要啄下身上的羽毛，铺垫得暖暖和和，小喜鹊孵出来后才活蹦乱跳。

我没见过自拔胸羽的喜鹊，这两只鸟好像也没有这般忘我。但我不得不信老婆婆的话。她说这些话的时候，摇晃着满头坚硬的白发，配着漆黑的旧衫，目若朗星。我疑心她在以往的哪一辈子曾做过鹊妖。

等着听小喜鹊叫吧。早报喜，晚报财，不早不晚报客来。她胸有成竹地说，好像未来的小喜鹊是她派往我家的儿童团。

为了节省喜鹊夫妇的时间，我约莫了一下它们搭巢所需建材的长短，捡了一堆草梗和树枝放在院子里，期望它们就地取材。但喜鹊夫妇胸中自有拟好了的蓝图，有我们不知的选材标准，对此视而不见，依然辛辛苦苦地到远处去衔枝。它们不屑。

鹊巢终于搭好了，小喜鹊在这里降生，一窝又一窝。

在两棵梧桐树和喜鹊家族的陪伴下，我写下了收入这套文集散文卷中的很多作品。我用时间的树枝搭起了这个文字的喜鹊窝。喜鹊本是单调的凡鸟，只有黑白两色，全无时尚的外观。它的窝也是粗糙和朴素的，甚至有一点边设计边施工的乱七八糟。

不过，我在这个窝中垫入了一缕缕羽毛，它们来自我沧桑的岁月和我温热的心房。

毕淑敏

2012年7月27日

目录

柔和的力量

女人比男人更需要智慧，因为她们是更柔软的动物。智慧是优秀女人贴身的黄金软甲，救了自身，才可救旁人。没有智慧的女人，是一种遍体透明的藻类，既无反击外界侵袭的能力，又无适应自身变异的对策，她们是永不设防的城市。智慧是女人纤纤素手中的利斧，可斩征途的荆棘，可斫身边的赘物。面对波光诡谲的海洋，智慧是女儿家永不凋谢的白帆。

优秀的智慧的女性，代表人类的大脑半球，对世界发出高亢而略带尖锐的声音，在每一面山壁前回响。

但女人难得智慧。她们多的是小聪明，乏的是大清醒。过多的脂粉模糊了她们的眼睛，狭隘的圈子拘谨了她们的想象。她们的嗅觉易在甜蜜的语言中迟钝，她们的脚步易在扑朔的路径中迷离。智慧不单单是天赋的独生女，她还是阅历、经验、胆魄三位共同的学生。智慧是一块璞，需要雕琢，而雕琢需要机遇。

不是每一块宝石都会璀璨，不是每一粒树种都会挺拔。

我是一个保守的农人，面对一块贫瘠土地上的麦苗，实在不敢把收成估计得太好。智慧的女人通常比我们想象的要少。

优秀的女人还需要勇气，在这颗小小的星球上，什么矛盾都不存在了，男人和女人的矛盾依然欣欣向荣。交战的双方永远互相争斗，像绳子拧出一道道前进的螺纹。假如你是一个优秀的女人，无论你朝哪个领域航行，或迟或早地都将遭遇这个世界上最优秀的男人，不要奢望有一处干燥的麦秸可供你依傍，不要总在街上寻找古旧的屋檐避雨。当你不如一个男人的时候，他会宽宏大量地帮助你；当你超过一个男人的时候，他会格外认真地对抗你。这不知是优秀女人的幸还是不幸？善良的、智慧的、有勇气的女人，要敢在黑暗的旷野独自唱着歌走路，要敢在没有桥没有船也没有乌鸦的野渡口，像美人鱼一般泅过河。

这个比例有多少？

望着越来越稀疏的队伍，我真不忍心将筛孔做得太大。但女人天性胆小，就像含羞草乐意把叶子合起来一样。你不能苛求她们。

现在，在漫长阶梯上行走的女人已经不多了。

最后，让我们来说说美丽吧。

在这样艰苦的跋涉之后再来要求女人的美丽，真是一种残酷，犹如我们在暴风雨以后寻找晶莹的花朵。

但女人需要美丽。美丽，是女人最初也是最终的魅力。不美丽的女人辜负了造物主的青睐，她们不是世上的风景，反倒成了污染。

何为美丽，一千个人有一千种说法。我只能扔出我的那一块砖。

美丽的女人，首先是和谐的。面容的和谐，体态的和谐，灵与肉的和谐。美丽，并非一些精致巧妙的零件的组合，而是一种整体的优美，甚至缺陷也是一种和谐，犹如月中的桂影。那不是皓月引发无数遐想最确实的物质基础吗？和谐是一种心灵向外散发的光辉，它最终走向圣洁。

美丽的女人，其次应该是柔和的。太辛辣、太喧嚣的感觉不是美，而是一种刺激。优秀女人的美丽像轻风，给世界以潜移默化的温馨。当然它也可容纳篝火一般的热情。可是你看，跳动的火苗舒卷的舌头是多么的柔和，像嫩红的枫叶，像浸湿的红绸，激情的局部仍旧是细致而绵软的。

美丽的女人，应该是持久的。凡稍纵即逝的美丽，都不是属于人，而是属于物的。美丽的女人少年时像露水一样纯洁，年轻时像白桦一样蓬勃，中年时像麦穗一样端庄，老年时像河流的入海口，舒缓而磅礴。

美丽的女人经得起时间的推敲。时间不是美丽的敌人，只是美丽的代理人。它让美丽在不同的时刻呈现出不同的状态，从单纯走向深邃。

女人的美丽不是只有一根蜡烛的灯笼，它是可以不断燃烧的天然气。时间的掸子轻轻扫去女人脸上的红颜，但它是有教养的，还女人一件永恒的化妆品——叫作气质，可惜有的女人很傻，把气质随手丢掉了。

也许可以说，所有美好的女人都是美丽的。

我在女性的群体里砌了一座金字塔，它是我心目中的女性黄金分割图。

这样一路算下来，优秀的女人多乎哉？不多也。

是不是我的比例过于苛刻？是不是我对世界过于悲观？是不是我看女人的暗影太多？是不是优秀和平庸原不该分得太清？

现代的世界呼唤精品。女士们买一个提包都要求质量上乘，为什么我们不寻求自身的优秀？

优秀的女人也像冰山，能够浮到海面上的只有庞大体积的几十分之一。精品绝不会太多，否则就是赝品或大路货了。

难道女人不该像拥有眼睛一样拥有善良吗？难道没有智慧的女人不是像没有翅膀的鸟儿一样无法翱翔？难道坚忍不拔、果敢顽强对于女人不是像衣裳一般重要？难道女人不是像老媪爱惜自己的最后一颗牙齿一样爱惜美丽？

让我们都来力争做一个优秀的女人吧。为了世界更精彩，为了自身更完美，为了和时间对抗，为了使宇宙永恒。

我在寻找那片野花

一位女友，告诉我这样一件事。

上小学的时候，班上有个女同学，叫作荞，家境贫寒，是每学期都免交学杂费的。她衣着破烂，夏天总穿短裤，是捡哥哥剩下的。我和她同期加入少先队，那时候，入队仪式很庄重。新发展的同学面向台下观众，先站成一排，当然脖子上光秃秃的，此刻还未被吸收入组织嘛。然后一排老队员走上来，和非队员一对一地站好。这时响起令人心跳的进行曲，校长或请来的英模，总之是德高望重的长辈，口中念念有词，说着“红领巾是红旗的一角，是用烈士的鲜血染成的”等教诲，把一条条新的红领巾发到老队员手中，再由老队员把这一鲜艳的标志物绕到新队员的脖子上，亲手绾好结，然后互敬队礼，宣告大家都是队友了，隆重的仪式才算完成。

新队员的红领巾，是提前交了钱买下的。荞说她没有钱。辅导员说：“那怎么办呢？”荞说，哥哥已超龄退队，她可用哥哥的旧领巾。于是，那天授领巾的仪式，就有一点儿特别。当辅导员用托盘把新领巾呈到领导手中的时候，低低地说了一句。同学们虽听不清是什么，但也能猜出来——那是提醒领导，轮到荞的时候，记得把托盘里的那条旧领巾分给她。

满盘的新领巾好似一塘金红的鲤鱼，支棱着翅角。旧领巾软绵绵地卧着，仿佛混入的灰鲫，落寞孤独。那天来的领导，可能老了，不曾听清这句格外的交代，也许根本没想到还有这等复杂的事。总之，他一一发放领巾，走到荞的面前，随手把一条新领巾分给了她。我看到荞好像被人砸了一下头顶，身体矮了下去，灿如火苗的红领巾环着她的脖子，也无法映暖她苍白的脸庞。

那个交了新红领巾的钱，却分到一条旧红领巾的女孩，委屈至极。她当场不好发作，刚一散会，就怒气冲冲地跑到荞跟前，一把扯住荞的红领巾说："这是我的！你还给我！"

领巾是一个活结，被女孩拽住一股猛拉就系死了，好似一条绞索，把荞勒得眼珠凸起，喘不过气来。

大伙扑上去拉开她俩。荞满眼都是泪花，窒得直咳嗽。

那个抢领巾的女孩自知理亏，嘟囔着："本来就是我的嘛！谁要你的破红领巾！"说着，女孩把荞哥哥的旧领巾一把扯下，丢到荞的身上，补了一句："我们的红领巾都是烈士用鲜血染的，你的这条红色这么淡，是用刷牙刷出的血染的。"

经她这么一说，我们更觉得荞的那条旧得凄凉。风雨洗过，阳光晒过，褪了颜色，布丝已褪为浅粉；铺在脖子后方的三角顶端部分，几乎成了白色；耷拉在胸前的两个角，因为摩挲和洗涤，絮毛纷披，好似炸开的锅刷头。

我们都为荞鸣不平，觉得那女孩太霸道了。荞却一声未吭，把新领巾折得齐整整，还了它的主人；又把旧领巾端端系好，默默地走了。

后来我问荞："她那样对你，你就不伤心吗？"荞说："谁都想要新领巾啊，我能想通。只是她说我的红领巾是用刷牙刷出的血染的，我不服。我的红领巾原来也是鲜红的，哥哥从九岁戴到十五岁，时间很久了。真正的血，也会褪色的。我试过了。"

我吓了一跳。心想：她该不是自己挤出一点儿血，涂在布上，做过什么试验吧？我没敢问，怕得到一个肯定的答复。

毕业的时候，荞的成绩很好，可以上重点中学，但因为家境艰难，只考了一所技工学校，以期早早分担父母的窘困。

在现今的社会里，如果没有意外的变故，接受良好的教育，是从较低阶层进入较高阶层的，不说是唯一，也是最基本的孔道。荞在很小的时候，就放弃了这种可能。她也不是国色天香的女孩，没有王子骑了白马来会她。所以，荞以后的路，就一直在贫困的底层挣扎。

我们这些同学，已接近了知天命的岁月。在经历了种种的人生、尘埃落定之后，屡屡举行聚会，忆旧兼互通联络。荞很少参加，只说是忙。于是，那个当年扯她领巾的女子说："荞可能是混得不如人，不好意思见老同学了。"

荞是一家印刷厂的女工。早几年，厂子还开工时，她送过我一本交通地图。说是厂里总是印账簿一类的东西，一般人用不上的，碰上一回印地图，她赶紧给我留了一册，想我有时外出或许会用得着。

说真的，正因为常常外出，各式地图我很齐备，但我还是非常高兴地收下了她的馈赠。我知道，这是她能拿得出的最好的礼物了。

一次聚会，荞终于来了。她所在的工厂宣布破产，她成了下岗女工。她的丈夫出了车祸，抢救后性命虽无碍，但伤了腿，从此吃不得重力。儿子得了肝炎休学，需要静养和高蛋白。她在几个地方连做小时工，十分奔波辛苦。这次刚好到这边打工，于是抽空和老同学见见面。

我们都不知说什么好，只是紧握着她的手。她的掌上有很多毛刺，好像一把尼龙丝板刷。

半小时后，荞要走了。同学们推我送送她。我打了一辆车，送她去干活的地方。本想在车上多问问她的近况，又怕伤了她的尊严，正斟酌为难时，她突然叫了起来："你看！你快看！"

窗外是城乡接合部的建筑工地，尘土纷扬，杂草丛生，毫无风景。我不解地问："你要我看什么呢？"

荞很开心地说："我要你看路边的那一片野花啊。每天我从这里过的时候，都要寻找它们。我知道它们哪天张开叶子，哪天抽出花茎，哪天早晨突然就开了……我每天都向它们问好呢！"

我一眼看去，野花已风驰电掣地闪走了，不知是橙是蓝，看到的只是荞的脸，憔悴之中有了花一样的神采。于是，我那颗久久悬起的心，稳稳地落下了。我不再问她任何具体的事情，彼此已是相知。人的一生，谁知有多少艰涩在等着我们？但荞经历了重重风雨之后，还在寻找一片不知名的野花，问候着它们。我知道在她心中，还贮备着丰足的力量和充沛的爱，足以抵抗征程的霜雪和苦难。

此后，我外出的时候，总带着荞送我的地图册。

朋友这样结束了她的故事。

我爱我的性别

除极少数人以外，每个人都有一个明确的性别。这是一种先天的必然。不过，就像不是所有的人都能接受他们的相貌一样，很多人不爱自己的性别。

不爱自己性别的人，是自卑的人，是不快乐的人，甚至——是悲惨的人。

细细分析，什么样的人最不爱自己的性别呢？也就是说，是男人不爱自己是男人，还是女人不爱自己是女人呢？

我想，不用做特别周密的调查，就可以发现，在不喜欢自己性别的人群当中，女人占了大多数。

我也在其中。在过去很长的一段时间内，我不喜欢自己的性别，总是在想，如果有可能的话，我下辈子愿意变成男人。

当然，我的决心还不够大。如果足够大的话，我可以去做变性手术，那么这辈子就可以变成男人了。

为什么不喜欢自己的性别呢？说来话长。在我还没有性别这个概念的时候，无所谓喜欢还是不喜欢。就像我们没有特别地喜欢还是不喜欢自己的手和脚。你喜欢也罢，不喜欢也罢，它们都忠实地追随着你，默默无言地为你贡献着力量，你不能把它们砍了剁了。如果不出意外，你得驮着它们到生命的尽头。

让我开始不喜欢我的性别的，是这个社会中的文化。它把一种弱者的荆棘之冠，戴到了女性的头上。你是一个女人，你就打上了先天的“红字”，无论你多么努力，都将堕入次等公民的行列。

在白雪皑皑的世界屋脊，我是一名用功的医生。一次，司令员病了，急需诊治。刚开始派去的都是男性，但不知是司令员的威仪吓坏了他们，还是高寒缺氧让病情复杂难愈，总之，疗效不显，司令员渐趋重笃。病榻上的司令员火了，大发脾气道：“还有没有像样的兵了？”领导于是派我出这趟苦差。也许是病势沉重的司令员在我眼里同一个瘦弱的老农没多大区别，我手起针落，该怎么治就怎么治。也许是前头的治疗如同吃进了三个包子，轮到我这第四个包子的时候，幸运已然降临。总之，他渐渐康复了。几天后，司令员终能勉强坐起，批阅文件、调度军队了……深夜，他看着忙碌的我，突然长叹道：“可惜啦！你是个女的。”我说：“女的有什么不好？”司令员说：“如果是个男的，我就提你当参谋。以后，兴许你能当上参谋长。可你是个女的，这就什么都瞎了……”

那一刻，仿佛昆仑山万古不化的寒冰崩入我的心田。我知道了，有一种与生俱来的羞辱从此将朝夕跟随于我。无辜的我，要背负着性别这个深渊般的负数，直到永远。无论怎样努力，它都将如魔鬼般地冲抵着成绩，让我自轻自侮。前面，是透明的气囊，阻滞着我的步伐；上面，是透明的天花板，遮挡着我飞翔……

后来，在漫长的岁月里，经过痛苦的学习和反思，我才领悟到——我的性别是我不可分割的一部分，它无罪。

人类的性别，是人类的进化与分工，是人类的骄傲。人为地将性别划分出高尚的和卑贱的区别，是一种偏见和愚昧。

女性，这一神圣的性别，和男性具有同样的思索和行动的能力，因此，她是平等和光荣的。她所具有的繁衍哺育后代的结构和职责，使她更辛劳和伟大。

我的性别，如同我的身体、我的大脑，让我无条件地接纳它。

于是，我热爱我的性别。

性别按钮

假如我们身上有一个按钮可以随时改变我们的性别，我将在一生的许多时候使用它。让我们假设按钮的颜色，男性为红女性为绿吧，因为我们这个民族素有“红男绿女”这样一个成语。

我想象自己的身体也许像交通繁忙的十字街头，红红绿绿闪烁个不停。

当我还是一个胎儿的时候，我选择女性。因为根据最新的科学研究证明：女性特有的那两个XX染色体，除了表示性别，还携带着许多抗病的基因。流产夭折的孩子多半是男婴，就是因了这个缘故。请别谴责我的自私，外面的世界这么喧哗美丽，我这辆小小的跑车，不能还没驶出站就抛锚。

当降生终于开始的时候，我毫不犹豫地选择男性。我要向人世间发出最嘹亮动人的哭声，宣告一个生命——我的到来。一个理由是女孩子的哭声多半太秀气，自己就听得没情绪。最主要的原因是为了让我的亲人们高兴。无论社会怎样进步，中国人还是喜欢男孩。尤其在产房里的时候，生了男孩的妈妈眉飞色舞，生了女孩的妈妈低眉顺眼……为了能让自己的妈妈理直气壮，为了能让望眼欲穿的爷爷、奶奶喜笑颜开，我只好义无反顾地选择男性。这可绝不是向世俗的偏见低头，而只是想在出生的这一瞬间，带给我的亲人更多的快乐。

我在襁褓中慢慢长大。这段时间，做男婴还是做女婴都无所谓。在没有发明舒适的纸尿布以前，我想还是做男孩好一些，享受干爽的机遇比较多。随着科学的不断发展，这件小事不再能左右我揿动按钮。在这段人生最美好的时光里，我男女不辨地随意躺在绵软的带栅栏的小床里，用小手追逐缓缓移动的阳光，学会对着使我们愉悦的事物微笑。我们脱离了母体的温暖，独自面对自然界的风霜。我们尝试着对饥饿和病痛发出抗争，但我们其实很无奈。假如没有亲人的呵护，无论是男孩还是女孩，我们都软弱。

像初夏的青苹果，我们缓缓地长大。这段时间如果一定要我选择，我就当女孩吧。因为在这期间，我们无师自通地学会了人世间最重要的知识——语言。女孩的舌头像鹦鹉，学话的速度比男孩快多了。虽说中国流传着“贵人语迟”的民谚，但我还是喜欢做个平凡人，早早地学会向他人表达自己的看法。

接着，我们突然像春笋一样，日新月异地膨胀起来，不断地增长淘气的本事。爬高下低，没头没脑地疯跑，在自己的脸上糊上泥，把玩具肢解得遍地都是，从一块石头疯狂地跳上另一块石头，在水里溅起一连串的水花……这都是男孩子的特权啊！我要做个男孩，把身上的红色按钮死死揿下。做男孩可以把鞋子踢烂、把衣服剐破、把手指划出血、把膝盖磕掉皮而不遭家长的斥责。男孩在玩耍上享有天然的豁免权，当他们无意中伤害了别人的财产和自己的身体时，大人们多半会宽容地说："嘿！男孩子嘛，就是这个样子！"

女孩子可要倒霉得多。几千年的观念像一张透明的娇柔的网，将你裹得紧紧的。你时刻感到不能自由自在地呼吸和手舞足蹈。你看得见外面的一切，却不能随心所欲地飞翔。你抗议的时候，别人会莫名其妙地说："没有呀？没有谁束缚你。"真让你有苦说不出。

开始上学了。我愿意回到女儿身。男孩子太顽劣了，屁股底下像有颗大滚珠，不会安安静静在椅子上待一刻。他们终究会意识到知识的重要，可是距那大彻大悟的关头，他们还要穿过漫长的隧道。在这个觉醒的过程中，他们恶劣的成绩，将被老师斥责、同学耻笑，家长软硬兼施，邻里议论纷纷……这种经历对一个人的心智是大考验。许多男孩就在这种挫折感中，失去了人最宝贵的自尊。而女孩，就比较平顺，因为她们知道死用功。灵灵秀秀的女孩穿得干干净净，乖乖地举手发言，讨老师的喜欢；下了课，夹着平平整整的作业本回家，给爸爸妈妈一个好成绩。小学真是一个女孩的黄金时代，她们像新生的豆荚一样饱满和嫩绿，充满着勃勃的生气。

到了十一二岁的时候，我要赶快把绿色按钮变换成红色按钮，再迟就来不及了。那位将陪伴每一个女人青春时代的殷红色朋友就要来啦！她每月一次的造访你无法拒绝，陪着她，你困倦激动好哭爱发脾气……惹不起，我们躲得起。去做男人。

男人此刻异军突起。他们在一夜间变得强健英俊，仿佛是蜕尽了最后一层躯壳的知了，高高地飞到了白杨树梢，向全世界发出尖锐的鸣叫。尽管歌声还不够老练，但他们终究会成熟起来的。这个时期的男性永远是一个谜，你不知道他们是在哪一个早上突然从男孩变成了男子汉。老天爷的鬼斧神工，毫不留情地把他们大脑的沟壑凿深，雕刻出他们坚毅的下巴和眉宇，在制造他们潇洒智慧的同时，慷慨地随赠了一大包幽默。仿佛在不经意间，他们流露出勇气与旷达。当然啦，他们也脆弱，也孤独，也想入非非，也躁动不安，但鹿一般雄壮的气息缠绕着他们，他们在奔跑中不断完善。

岁月的炉火燃烧着，熔炼着男人和女人的金丹。

女人最美丽的季节到了。俗话说女大十八变，最动人的变化悄悄地发生着，我终于忍不住跑回去做女人了。

少女的头发像鸦羽一样闪亮，你盯着看久了，会闪出墨绿的光泽。瞳孔里因为蕴含了过多的期望而显得秋水淋淋。肌肤像刚刚裱制出的白绸，细腻光滑，无一丝波痕。柔曼的腰肢，玲珑的曲线，都带着稍纵即逝的精致。

她们的心绪，像一块绿毡似的秧田。看似平静，其实每一阵微风荡过，都引起所有的枝叶震颤。

草莓红了，芭蕉被雨淋湿，成熟的樱桃想飞到天上去，无所不在的万有引力又使它飘落到黄土地上。

无论女人有多少瑰丽的想象，她们一生中最重要的事，是寻找那个缺了肋骨的男人，重新嵌进他的胸膛。无论找到找不到，都有无尽的苦恼与欢乐。

男人和女人终于镶在一起了。

在女人行将破裂的那一瞬，我决定逸出她的躯壳，去做一个男人。因为此时的男人好威风啊！

婚后的男人，太累太累，好像追赶太阳的夸父，一头担着事业，一头担着家庭。出于怕苦怕累的天性，又使我翻回头想做女人，但女人已开始孕育生命。这是充满创造也充满艰险的劳动，简直是女人一生中最大的劫难。

女人变得面目全非，身躯沉重，步履蹒跚，脸上趴着褐色的蝴蝶，曲线被圆弧毫不留情地替代。心脏汹涌地鼓荡着，供给着两个人的血脉。

那是生与死的循环啊。女人或者捧出两条生命，或者与她的婴孩一起沉没海底。

面对生命的链条，我怯懦地闭上眼睛。我真的不知该选择做男人还是做女人。也许人生就是无止境的苦难，无论怎样巧妙地在礁石上跳来跳去，我们还是得被巨浪浇得透湿。

也许在真正美妙的融合中，男人和女人是一堵砌在高坡上的墙。你不可能将他们分开，你不可能说自己是其中的砖还是泥水。墙矗立着，或者訇然倒塌；或者很有风度地站上一千年，依然像刚完工那般新鲜。

真的，我们不必区分得太分明。一个好男人和一个好女人，在共患难的日子里，是一种奇怪的有四只脚和四只手的动物。他们虽然有两颗心，却只有一个念头——风雨同舟地向前。

新的生命诞生了。

从这儿以后，还是坚持做男人吧。哺育的担子太重，社会又对女人提出了太多的角色要求。在家是举案齐眉的贤妻良母，出外是叱咤风云的巾帼强人。父母膝下返璞归真的孝女，社交场合典雅华贵的夫人……一副副面具需要轮换着镶在脖颈上，深夜里，女人会仰天叹息："我在哪里？"

做男人就简明扼要多了。他们缓缓地但坚定不移地向着既定的目标前进，好像一艘巨大的航空母舰。他们的轮廓在岁月中渐渐模糊，但内心仍坚定如铁。失败的时候，他们在人所不知的暗处，揩干净创口的血痕。当他们重新出现在太阳下的时候，除了觉出他的脸色略显苍白以外，一切如常。他们也会哭泣，但流出来的是血不是水。血被风干了就是美丽的玫瑰花，被他们不经意地夹在成功的证书里。

男人的自由多，男人的领域大。男人被人杀戮也被人原谅，男人编造谎言又自己戳穿它。男人可以抽烟可以酗酒可以大声地骂人可以随意倾泻自己的感情。历史是男人书写的，虽然在关键的时刻往往被一只涂了蔻丹的指甲扭转，那也是因为在那只手的后面，有一个男人在微笑地凝视着她。

我懵懵懂懂疲倦地走过了许多年，频繁地选择着性别按钮，连自己也感觉厌烦。似乎每一次选择的动机都是避重就轻，人类的弱点在选择中也暴露无遗。

选择的机会不是很多了，我们已经老迈。

时间是一个喜欢白色的怪物，把我们的头发和胡子染成它爱好的颜色。它的技术不是太好，于是我们变得灰蒙蒙。孩子长大了，飞走了，留下一个空洞的巢穴。由于多年在一起生活，我们吃一样的饭，喝同一种茶叶沏成的水，甚至连枕头的高度也是一致的，我们变得很相像。像一对古老的花瓶，并肩立在博物架上，披着薄薄的烟尘。

我们不可遏制地走向最后的归宿。我们常常亲热地谈起它，好像在议论一处避暑的胜地。其实我们很害怕，不是害怕那必然的结局，而是害怕孑然一身的孤独。

我们争论谁先离开的利弊。男人和女人仿佛在争抢一件珍贵的礼物，都希图率先享受死亡的滋味。

在这人生最后一轮的选择中，我选择女性。

我拈轻怕重了一辈子，这次挺身而出。男人，你先走一步好了。既然世上万事都要分出个顺序，既然谁留在后面谁更需要勇敢，我就陪伴你到最后。一个孤单的老翁是不是比一个孤单的老媪更为难？让我噙着这颗坚硬的胡桃到最后吧。

这是生命的分工，男人你不必谦让。

你病了，我会在你的床前，唱我们年轻时的歌谣。我会做你最爱吃的饭，因为你说过，除了你的母亲，这个世界上我做的饭最对你的口味。我们共同回忆以往的时光，把辛苦忙碌一辈子没来得及说的话，借病房的角落全部说完。

其实，话是说不完的。

有一天，你突然说要告诉我一个秘密。你说男人都有自己的秘密，你对我这样好，其实我不值得你对我这样好……

你要用秘密回报我的真诚，这样使我在你死后不会太伤心。

我立刻用苍老的手堵住你的嘴。我说："你别说，永远别说。我们之间没有秘密，最大的秘密就是我们怎样在茫茫人海中相识，从过去一直走到将来。"

男人走了，带着他永远的秘密。

现在，我已无法再选择。

那两个红色、绿色的按钮，已经剥脱了油彩，像旧衣服上的两颗扣子。

选择性别，其实就是选择命运。男人和女人的命运有那么多的不同，又有那么多的相同。

我最后将两颗按钮一起揿下，我不知道会发生什么样的事情。

它们破裂了，留下一堆彩色的碎片。

我作为一个女人，来到这个世界上，我又作为一个女人，离开这个世界，似乎所有的选择都是徒劳。

不，我用一生的时间，活出了两生的味道。

你愿意变成女性吗

多年前，我在北师大学习心理学博士课程的时候，有一天，同学们玩一个游戏，名称是——你愿意变成女性吗?

大致步骤如下：请你准备一张白纸，当然还要有一支笔。然后，深深地呼吸，平稳、放松，使自己的心态变得如同大海边的金沙滩，静寂而幽远，然后轻轻地叩问心灵。你喜欢自己现在的性别吗？如果你喜欢，就请坚持。如果你不喜欢，请想象一下如果有来世……你有权改变自己的性别。你愿意变成女性（或男性）吗？好，用笔写下来。

这是一个令人惊诧到匪夷所思的想法。心理学有时候很有意思，它会在一些貌似离奇古怪的念头中，侦查出每个人隐藏极深的自我，在荒谬中显露峥嵘的真相。同学们踊跃投入，开始凝神苦思。有的人飞快地得出了结论，一挥而就；有的人在纸上涂涂改改，朝三暮四地拿不定主意；我基本上属于倚马可待的那派，三下五除二地写下：

假如有来世，我愿意做男性。

大家写完之后，经过统计，发现了一个有趣的现象，男性愿意变成女性的少，女性愿意变成男性的多。老师告诉我们，这基本上是一个普遍的规律。这个游戏，无论在东方还是在西方，也无论人种、国别和族别，被试者都比较喜欢充当男性。

游戏到这里并没有完。老师说，你们还要在纸上写下去，如果你来世要做女人，请为你定下具体的形象，比如身高的厘米，比如体重的公斤，比如肤色的类别，比如头发的长度，比如身世学养和财富等（想做男性的也一并照此办理，为了叙述的简便，我将男性那一部分略去，请见谅）。

这下子可就更热闹了。准备继续做女人的人，纷纷为自己的来世画一幅细致华美的蓝图。写好之后，大家抢着对答案，结果竟是出奇的相似。满纸上的字迹都是：身姿窈窕，1.70米，55公斤，肤白胜雪，长发如瀑，明眸皓齿，有的干脆半开玩笑地写上了丰乳肥臀。至于身世吗，清一色的书香门第。财富吗，最低档的也是吃喝不愁小康以上，更理想的就成了锦衣玉食、车载斗量。说到学养，学士学位是最起码的，硕士、博士占了半壁河山，填了博士后的也大有人在。

后来，大家又进行了详尽而热烈的讨论。我从这个游戏中察觉了自己性别意识的偏差，有了很多令自己震惊的发现，在这里就不一一赘述了。单单说一条，我终于明白了为什么那么多的人不愿意做女人。因为做女人更辛苦，更艰难，更多苦恼也更多被歧视。纵使一些人最终选择了做女人，也只愿意做美丽的女人，做漂亮的女人，做有身份、有地位的女人。简言之，就是只做集财富美貌宠爱于一身的高贵女人。

可是放眼大千世界，滚滚红尘中，这样高贵的女人又有多少呢？还是草芥一样平凡的女子多，身世贫寒，相貌一般，没有经天纬地的才能，也没有旷世难求的佳缘，有的只是沉默和坚忍、付出和等待。有多少不愿意做女人的女人，含辛茹苦地坚守着这个性别，并力求做得出色？有多少不够完美的女人跋涉在泥泞中，依然孜孜不倦地追索着回眸一笑的神采？有多少卑微的女人，相夫教子，朴素而宁静地走完了一生？女人，在某种程度上，意味着更沉重、更谦逊的贡献，意味着更烦琐、更细腻的责任。

很多很多的女人，曾把她们的故事告诉我。面对这种推心置腹、肝胆相照的信任，我以为最好的报答，就是把她们的故事和感悟，转告给更多的女人。她们所送我的这份礼物太贵重了，独享就是辜负。

如果今天让我做那个“倘若有来世，你是否还做女性”的游戏，我将修改当年的结论：我愿意继续做女性。因为这个性别的沉重和丰硕，因为这个性别的坚忍和慈悲。

男人和女人的区别

做医生的时候，常常接生。男婴和女婴的区别，就在那小小的方寸之间。后来，男孩和女孩长大了，一个头发长，一个头发短；一个穿裙衫，一个穿短裤。这是他人强加给男人和女人最初的区别，他们其实还在混沌之中。后来，曲线出来了，肌肉出来了。这些名叫第二性征的桨，把男人和女人的涟漪渐渐画出了互不相干的圆环。

遇到过一个女病人，因为重病，需要持续地应用雄激素。那是一种黏稠的胶水样物质，往针管里抽的时候非常困难，好像黄油。那药瓶极小，比葵花子大不了多少。每个星期打两针，量也不算大。药针就这样一管管打下去，不知从哪一天开始，以前那个清秀的女孩，像蝉蜕一样，悄然陨落。一个音色粗哑、须发苍黑、骨骼阔大、满脸粉刺的鲁莽“汉子”蹒跚地出现在我们面前。以至于同屋的一个女病人嗫嚅地对我说：“她还算女人吗？我想换到别的屋。”

男人也有用雌激素的，比如国际驰名的人妖，任凭你有再好的眼力，也看不出他们与天然的女人有何区别。

我端详着装有雌雄两种激素的小瓶，在医学里它们被庄严地称为“安瓿”——英文AMPOULE的音译，意思是密封的小注射剂瓶。两种激素的作用虽有天壤之别，但外观是那样的相似，像新鲜松香黏而透明。打开安瓿闻一闻，也没有什么特殊的气味。

但男人和女人巨大的差别就蕴藏在这柔润的液体里。这魔幻的药水里，有尖锐的喉结、细腻的肌肤、温婉的脾性和烈火般的品格，它使所有男人和女人的神秘，都简化成一个枯燥的分子式。它是上帝之手，可以任意制造美女和伟男。它是点石成金的造化，把人类多少年的雕琢浓缩到短暂的瞬间。

人关于自身最玄妙的谜语，被这淡黄色的油滴践踏。所有男人和女人各自引以为豪的差别，只不过是两个小小的安瓿而已。

假如把玻璃药瓶上的字迹擦掉，你就分不出它到底是哪一性的激素。

两个一模一样的安瓿，这就是男人和女人的全部区别。

我们沉默，我们暗淡。科学就是这样清脆地击落神话和谎言，逼迫人们面对赤裸裸的真实。

男人和女人的区别究竟在哪里?

他们犹如南极和北极，蒙着一样的冰雪，裹着一样的严寒，但南辕北辙，永不重叠。

性征是不足以强调的，它们已在冷静的手术台上被人千百次地重新塑造，甚至女性赖以骄人的生育功能，也已被清澈的试管代替。生物的自然属性淡化为一连串简洁的符号。假如今日还有人以自己的性别特征为资本而喋喋不休，那实在是悲哀和愚蠢。

我们寻找，男人和女人的区别。

区别不在于生理而在于心理，不在于外表而在于内心。人类文明进程的天空越晴朗，太阳和月亮的个性就越分明。

男人和女人都做事业。男人是为了改造这个世界，女人是为了向世界证明自己。

男人为了事业，可以抛却生命和爱情。他们几乎从一开始就下了必死的决心，愿意用一生去殉事业。男人崇尚死，以为死是最壮丽的序言和跋，因而男人是悲壮的动物。

女人为了事业，力求生命与爱情两全。她们在两座陡壁间艰难地攀登，眼睛始终注视着狭隘的蓝天。她们总相信在生命的最后一分钟会出现奇迹，她们崇尚生。在她们的潜意识里，自己曾经制造过生命，还有什么制造不出来的呢？女人是希望的动物。

男人的感情像一只红透了的苹果，可以分割成许多等份，每一份都香甜可口，当然被虫子蛀过的地方除外。

女人的感情像一洼积聚缓慢的冷泉，汲走一捧就减少一捧，没有办法让它加速流淌。假如你伤了那泉眼，泉水就会在瞬间干涸。所以，女人有时候会显得莫名其妙。

男人的内心像一颗核桃。外表是那样坚硬，一旦砸烂了壳，里面有纵横曲折的闪回，细腻得超乎想象。

女人的内心像一颗话梅。细细地品，有那么复杂的滋味。咬开核，里面藏着一个五味俱全的苦仁。

男人的胸怀大，所以他们有时粗心。女人的心眼小，所以她们会斤斤计较。

男人的脚力好，所以他们习惯远行。女人的眼力好，所以她们爱停下来欣赏风景。

男人和女人都要孩子。男人是为了找到一个酷肖自己的人，自己没做完的事还等着他去做呢。女人是为了制造一个崭新的人，做一番自己意想不到的事。

男人和女人都吃饭。男人吃饭是为了更有力气，所以他们总是狼吞虎咽。女人吃饭是因为必须吃，所以她们总是心不在焉。

男人和女人都穿衣。男人穿衣是为了实用，所以他们冬着皮毛夏套短裤，只管自己惬意。女人穿衣是为了美丽，所以她们腊月穿裙子三伏披有帽子的风衣，很在乎别人的评议。

男人遇到伤心事的时候，把眼泪咽到肚里，所以他们的血液就越来越咸，心像礁石，虽然有孔，但是很硬。女人遇到伤心事的时候，就把眼泪洒在地上，所以她们的血液就越来越淡，像矿泉水一样，比较甜，比较晶莹。

男人爱把自己的忧郁藏起来，觉得忧郁是一件丢脸的事情。女人爱把忧郁涂在自己的脸上，好像那是一种名贵的粉底霜。

男人把屈辱痛苦愤怒都化为力量。他们好像一只热火朝天的炉子，无论什么东西抛进去都能成燃料，呼呼地烧起来。水哗哗地开了，喧嚣的蒸汽推着男人向前走。

女人将所有的苦难都凝聚为仇恨。无论伤害的小路从哪里开始，都将到达复仇的城堡。然而女性的报复是一把双刃的剪刀，它在刺伤女人仇人的同时也刺伤女人，甚至它刺伤主人在先。然而，女人正是见到仇人的血与自己的血流在一起，她才心安，才感到复仇的真实。假如自己毫发无损，即使对方血流成河，她们也觉得不可靠、不扎实。她们有一种同归于尽的渴望。

男人在欢庆胜利的时候，马上考虑把战果像面包似的发起来。胜利像毒品一样，刺激他们更大的欲望。女人在欢庆胜利的时候，想的是赶快把苹果放到冰箱里保存起来。胜利像电扇，吹得她们更清醒。于是男人多常胜将军也多一败涂地的草寇，女人多稳练的干家却乏恢宏的大手笔。

男人会喜欢很多的女人，在他一生的任何时候。女人会怀念唯一的男人，在她行将离开这个世界的瞬间。

男人和女人的区别太多太多。它们像骨髓，流动在最坚硬的地方。当我们说某某像个女人的时候，我们已使女人抽象。当我们说某某像个男人的时候，我们指的其实是一种类型。剔掉了世俗的褒贬之义，原野上剩下了孤零零的两棵树。两棵树都很苍老，年轮同文明一样古旧。它们枝叶繁茂，上面筑满鸟巢。

它们会走到一处吗?

无所谓高下，无所谓短长，无所谓优劣，无所谓输赢。各自沐着风雨，在电闪雷鸣的时候，打个招呼。

男人和女人的区别，地久天长。

关于女人和男人的吉光片羽

有些女人以为自由就是可以任意模仿男人的弱点，比如玩弄异性，这实在是对自身的侮辱和对自由的亵渎。

女人经常宣称自己在感受他人的直觉方面，如何敏锐，其实很多时候是她们注意到了种种难以觉察的细节。

比如掉了的纽扣说明不严谨，过分花哨的领带说明对方不懂得协调，脸上某种竖行的纹路说明他总是在人所不知的背后诡秘地耷拉着嘴巴……

每个人的性格都是一幅全息图像，女人不过更善于解读罢了。

很多人把对异性的征服，当作自己的业绩和成功。

其实性的本质永远是双方的给予与获取，就是从纯生物的角度看，它也是对等的交换。

把原本正常的事件，当作罕见的胜利大肆吹嘘，是心智愚昧和体能虚弱的体现。

对于女人来讲，选择拒绝的流程就是选择生活的走向。

天下无数繁杂的道路，你只能走一条。你若是条条都走，那就等于在原地转圈子，俗称“鬼打墙”。

女人使用拒绝的频率格外高，是因为女人面对的诱惑格外多。

拒绝是女人贴身的软甲，拒绝是女人进攻的宝剑。

拒绝卑微，走向崇高。拒绝不平，争取公道。

拒绝无端的蔑视和可疑的恩惠，凭自己的双手和头颅挺身立于性别之林。

不懂得拒绝的女人，如果不是无可救药的弱智，就是倚门卖笑的流莺。

因为拒绝，我们将伤害一些人。这就像春风必将吹尽落红一样，是一种进行中的必然。

女人永远是最爱怀疑又是最易轻信的动物。

她们什么都渴望得到，又什么都敢于付出。

没有人知道使女人十全十美的秘诀。

聪明的女人终生都在摸索，怎样使自己更幸福，使世界更美好。

倘若是男人嘛，还有一个放松的机会，那就是三五知己喝醉了酒，吐出几分真言。女人就只好憋在肚里，让那些心里话横冲直撞，直到把自己的神经撞出洞来。

有一种男人，冷漠后面有热情，平淡过后是高潮。就像一本开头不很精彩的书，动人心魄的章节在后半部。只要捺着性子读下去，你就会被深深地感动。

有的女人只是男人的一件行李。

有的男人只是女人的一件首饰。

婚后的男人，太累太累。好像追赶太阳的夸父，一头担着事业，一头担着家庭。

我们的记忆，同自己的伴侣紧密地缠绕在一处，像两种混淆于一碟的颜色，已无法分开。你原先是黄，我原先是蓝，我们共同的颜色是绿，绿得生机勃勃，绿得苍翠欲滴。失去了妻子的男人，胸口就缺少了生死攸关的肋骨，心房裸露着，随着每一阵轻风滴血。失去了丈夫的女人，就是齐斩斩折断的琴弦，每一根都在雨夜长久地自鸣……

面对相濡以沫的同道，我们忍心说我不重要吗？

女人常常在细微之处精细，在博大之处朦胧。显微镜和望远镜都是能把眼力达不到的地方看清楚，但两者绝不相同。男人瞩目宇宙，却常常忽略了脚下的石子。于是男人多谴责女人琐碎，女人多抱怨男人粗疏。改变几乎是不可能的，最好的变法是结合。将男人的大度与女人的纤巧集于一身，锻造新的人类。

假如我们被强暴，在做完了惩治凶犯的一切工作之后，拭干泪水，让我们重新开始吧。

丢掉有关那一刻所有的记忆，让我们像新生的婴儿一般坦荡。烧毁目睹我们灾难的旧衣服，让痛苦的往事一同化为飞烟。取清凉的山泉自头顶浇下，洗涤我们每一根如丝的长发。挑选一件更美丽的裙衫，穿上它快步行走在如织的人流中。

对生活中美好的事物，被强暴过的女人依旧可以发出真诚的微笑。

对生活中黑暗的角落，被强暴过的女人依旧可以发出强烈的谴责。

女人被强暴，是生命的记录上一处被他人涂抹的墨迹。轻轻擦去就是了，我们的生命依然晶莹如玉，洁白无瑕。强暴是发生于刹那的地震，我们需要久久的修复，但女性生命的绿色，必将覆盖惨淡的废墟。

让我们振作起来，面对强暴以及所有人为的灾难。这世上没有任何一种力量，可以强暴女性不屈的精神。

他人的评判固然重要，但最重要的是我们对自己的评判，这是任何人都无法剥夺的权利。只要女人自己不嘲笑自己，只要女人不自认为自己不重要，谁又能让你低下高贵的头？

假若一个村子的领导人里有百分之四十的妇女，就很难做出为争夺水源去同另外村落械斗的决议。她们会说，还有没有新的水源？我们再挖一口井或再开一条河……要不然，我们一个村子用一天水源吧。

即使一定要打仗，她们一定会更仔细地计算可能会牺牲多少人？会有多少母亲失去儿子？多少妻子失去丈夫？多少孩子失去父亲？……

假如战争不可避免，她们也会更细致地安排怎样抢救伤员，保存更多的生命。

这一切不是因为女人的懦弱，而是因为她们担负着繁育生命的重担。

在人类所有重大决策上，一定要倾听女性的声音。不但因为她们的人数占了人类的一半，更因为她们是人类自身的生产者。

对女机器人提问

在某届博展会上，展出了科学家新近制造出的女机器人。形象仿真、容貌美丽，并具有智慧（当然是人们事先教给她的），可以用柔和的嗓音，回答观众提出的各种问题。

在女机器人的耳朵里，装有可把观众所提问题记录下来的仪器。展览结束之后，经过统计，科学家惊奇地发现，男人所提的问题和女性大不同。

男人们问的最多的是——你会洗衣服吗？你会做饭吗？你会打扫房间吗？

女人们问的多是——你是怎样被制造出来的？你的目光能看多远？你的手有多大劲儿呢？

看到这则报告之后，我很有几分伤感。一个女人，即使是一个女机器人，也无法逃脱家务的桎梏。在人类的传统中，女性同家务紧密相连。一个家，是不可能躲开家务的。所以，讨论家务劳动，也就成了重要的话题。

家务活儿灰色而沉闷。这不仅表现在它的重复与烦琐，比如刷碗和拖地，日复一日年复一年味同嚼蜡，更因为它的缺乏创造性。你不可能把瓷盘刷出一个窟窿，也不能把水泥地拖出某种图案。凡是缺乏变化的工作，都令人枯燥难挨。

更糟糕的是，家务活动在人们的统计中，是一个黑洞。如果你活跃在办公室，你的劳动就进入了人们的视野，被重视和尊敬。但是你用同样的时间在做家务，你好像就是在休息和消遣，一片空白，什么也不曾留下。在我们的职业分类中，是没有“家庭主妇”这一栏的。倘若一个女性专职相夫教子，问她的孩子：“你妈妈在家干什么呢？”他多半回答：“我妈妈什么都不干，她就是在家待着。”丈夫回家，发现了某种疏漏，就会很不客气地说：“我在外面忙得要死，你整天在家闲着，怎么连这么点儿小事都干不好呢！”

在人们的意识中，家务劳动是被故意忽视或者干脆就是被藐视的。它张开无言的长满黑齿的巨嘴，把一代代女人的青春年华吞噬，吐出的是厌倦和苍老。

于是，很多女人在这样的幽闭之下，发展出病态的洁癖。她们把房间打扫得水晶般洁净，不允许任何人扰乱这种静态的美丽。谁打破了她一手酿造的秩序，她就仇恨谁。她们把自己的家变成了雅致僵死的悬棺，即使是孩子和亲人，也不敢在这样的环境中伸展腰肢畅快呼吸。她们被家务劳动异化成一架机器，刻板地运转着，变成了无生气的殉葬品。

在外工作的女人们更处于两难境地。除了和男性一样承担着工作的艰辛以外，更有一份特别的家务，在每个疲惫的傍晚，顽强地等待着她们酸涩的手指。如果一个家不整洁，人们一定会笑话女主人欠勤勉，却全然不顾及她是否已为本职工作殚精竭虑。

更奇怪的是，基本没有人责怪该家的男人未曾搞好后勤，所有的账独独算在女人头上。瞧，世界就是如此有失公允。

记得听过一句民谚——男人世上走，带着女人两只手。我觉得不公道。某人的个人卫生，当然应该由他自己负责，干吗要把担子卸到别人头上？为什么一个男人肮脏邋遢，人们要指责他背后的女人？如果一个女人衣冠不整，为什么就没人笑话她的丈夫？在提倡自由平等的今天，家务劳动方面，却是倾斜的天平。

更有一则洗衣粉的广告，令人不舒服。画面上一个焦虑的女人，抖着一件男衬衫说："我的那一位啊，最追求完美。要是衣领袖口有污渍，他会不高兴的……"愁苦中，飞来了××洗衣粉，于是，女人得了救兵，紧锁的眉头变了欢颜。结尾部分是洁白挺括的衬衫，套在男人身上，那男人微笑了，于是，皆大欢喜。

我很纳闷，那位西装笔挺的丈夫，为什么不自己洗衬衣呢？自己的事情自己做，这难道不是我们从幼儿园就该养成的美德吗？怎么长大了成家了，反倒成了让人服侍的贵人？我的本意不是说夫妻之间要分得那么清，连谁的衣服谁洗也要泾渭分明，但基本的权利和义务还是要有个说法。自己的衣服妻子帮着洗了，首要的是感激和温情，哪儿能因为自己把衣服穿得太脏洗不净，反倒埋怨劳动者？是否有点儿吹毛求疵？再者，你做不做完美主义者可以商榷，但不能把这个标准横加在别人头上，闹得人家帮了你，反倒受指责，这简直就是恩将仇报了。

近年来，在已婚女性当中，流行一种"蜂后症候群"。意思是，一个女人，既要负起繁育后代的责任，又要杰出而强大，成为整个蜂群的领导者，驰骋在天空。如果做不到，内心就会遗下深深的自责。

女性解放自己，首先要使自己活得轻松快乐。现代社会的发展使人们有越来越多的时间回到家庭，与亲人独处。一个家的舒适与否，很大程度上决定于家务劳动的质量和数量。作为这一工作的主要从业人员，妇女应该得到更大的尊重和理解。男性也需伸出自己有力的臂膀，分担家务，把自己的家园建设得更美好温馨。

蔚蓝的乐园

在一堂心理学课程上，老师对女同学说，我们来做一个试验，请大家选择一个你认为最舒适的位置坐好，然后闭上眼睛，听我说……

在老师特殊的语言诱导和自我的呼吸放松过程中，女人们渐渐地进入一种极度松弛和冥想的状态。按照老师的每一道指示，她们沉浸在半是遐想半是幻觉的境况中。那是一种奇异的体验，在思维飘逸中又保持了羽毛般细腻的注意力，身体的每一部分既仿佛被意志高度把持，又如边界模糊、云空朦胧的雾海。

老师说："观察你自己的身体，感觉它每一部分的美好……然后深呼吸，体验血液在全身流通的温暖和欢畅，你的手指尖，你的脚心，你的每一寸肌肤，你的每一根发梢……感觉到热了吗？好……你渐渐地蜕去你女性的特征，变成一个男人……你的上肢，你的下肢，你的腹部……哦，如果你不愿意变，就不变吧……好，你已经变成一个男人了……打量你新的身体，从上到下，慢慢地抚摸它……你欣赏它吗？你喜爱它吗？……你是一个男人了，现在你要怎样呢？你走出家门……你行进在大街上，你同人家讲话，你的嗓音如何呢？……你看自己身边的女人，你的目光是怎样呢？……你以父亲的身份亲吻自己的孩子……”

四周初起是渐强渐弱的呼吸，然后趋于宁静，最后是死一样的沉寂。

待试验整体结束，大家遵照老师的指示，缓缓地回到现实的真实环境中后，老师问：“你们刚才在遐想中改变了一回自己的性别，有些什么特别的感触呢？”

有大约三分之一的女性说，她们原来就不喜欢变成男人，这样在变的过程中，变着变着就变不下去了，怎么也蜕不掉自己的女儿身，于是她们决定不变了，安安稳稳做女人。应了广告上的一句话——做女人挺好。

还有大约三分之一的女人说，她们在思想和情绪上，还是觉得做男人好，但在具体想象的过程中，不知如何处置自己的身体。比如说变成男人后的身材，是像施瓦辛格那样肌肉累累，还是如同冷峻的男模特瘦骨嶙峋？尤其是将要抚平自己身体的曲线，脱去茂密的长发，生出毛茸茸的胡须那一步时，进展艰涩。到达消失掉女性的第一性征、萌动男性的第一性征关头，更是遭遇到了毁灭般的困难。直弄得变也不是、不变也不是，停在蜕变的中途，好似一只从壳中钻出一半身体的知了猴，既没有长出纱羽般的翅膀，也无法重新钻回泥里蛰伏，僵持在那里，痛苦不堪。可见，做男人不是一个抽象的问题，倘若无法在生理上接受一个男性的结构，其他一切，岂不妄谈？

还有三分之一变性意志坚定的女性，虽然甚为艰巨，还是比较顽强地驱动自己的身体变成男性（据统计资料，有34%的女人不喜欢自己的性别，假如有来生，可以自由选择性别的话，她们表示，坚决变成一个男人）。她们在想象中的明亮的大镜子前，匆忙端详了一下自己的身体，就急急忙忙地穿上衣服。她们并不是为了欣赏男性的身体而变成男性，她们有更重要的事情要做。要出门，当然要有相应的行头。女人们为变成男性的自己挑选什么样的衣服，是一个很有趣的问题。在日常生活中，这些女性为自己的男友或丈夫择衣时，除了式样质地色泽以外，会注意衣服的价位，也就是说，她们考虑问题是很实际的。但在想象中为男性的自己挑选衣物的时候，她们（现在要称他们了）都出手阔绰，毫不犹豫地买了名牌西装，为自己配了车，然后意气风发地走向商场、政界，成为焦点人物……但当回复现实的女儿身时，她们一下子萎靡了。

真是一堂有意思有意义的课。从以上变与不变的讨论中，是否可以得出这样一个结论，女性希冀改变自己性别的愿望，并不纯粹是生理上对男性形体的渴慕，而更多、更重要的——是想得到男性的社会地位、成功形象、财富和权柄。变性，只是一个理想价值实现的变形的象征。

把复杂的愿望伪装成一个天然的性别问题，且无法由个人努力而企及只有寄予虚无缥缈的来世，我们从中读出女性沉重的悲哀和无奈，也与社会的偏见和文化的挤压密不可分。

男性和女性在生理构造上是有不同的，主要集中在生殖系统上，这是不争的事实。生理构造的不同，可以带来行为方式上的不同，比如鸭子和鸡，前者因为掌上有蹼，羽毛的根部有奇特的皮脂腺分泌，能在水中遨游。后者就不成，落入水中，就成了落汤鸡，有生命危险。但男性和女性，即使在生理构造上，也是相同大于不同——比如，我们有同样的手指同样的眼，同样的关节同样的脚，同样的肠胃同样的牙，同样的大脑同样的心。

男女之间的差别，说到底，力量不同是个极重要的原因。在人类文明的曙光时期，天地苍茫，万物奔驰，体力是一个大筹码。在极端恶劣的生存与环境的抗争中，追逐野兽，猎杀飞禽，攀缘与奔跑……男性们占了肌肉和骨骼所给予的先天之利，根据义务与权利相统一的公平原则，因此得到了更多的权力和利益。随着文明进程的语言和文化，将这些远古时流传下来的习气，凝固下来，弥漫开去，渗透到各个领域，成了铁的戒律。久而久之，不但男人相信它，女人也相信它。男人认为自己是天造地设的“强者”，女人认为自己是永远的“弱者”。

随着现代文明的进展，男女在体力上的差异越来越不分明了。操纵机器用按钮，甚至在一场核武器的大战中，导弹和原子弹的发射，也只是弹指之间的事情，男人做得，女人也做得。因特网上，如果不真实地自报家门，谁也猜不出谈话的那一端是男是女。

最初奠定男女差异的物质基础已经动摇，渐趋消亡，建筑在它之上的陈旧的性别符号，却霸道地顽固地统治着我们的各个领域。

男女两性的真正平等，不是单纯地向男人世界挑战，也不是一味地向女人世界靠拢，而是在男女两性平等协商、相互沟通，既重视区别又强调统一的大前提下，建立一种新的体系，一个“中性”的价值框架。

它以人性中那些最光明仁慈的特质，来统率我们的思维和道德标准，博大宽容，善良温厚，新颖智慧，坚定勇敢。它以我们共同具有的勤劳的双手和睿智的大脑，把这颗蔚蓝色的星球，建设得更适宜人类居住和思索，造就一方男女两性共享的宇宙乐园。

蓝宝石刀

一次朋友聚会，来了几位新面孔。席间，有男士谈起自己新交的女友，说是一位美女，于是，不但在座的男子几乎全体露出艳羡之色，就是各个年龄段的女人，也普遍显出充分的向往与好奇。

大家纷纷说，原以为美女都已随着古典情怀的消逝被现代文明毒死，不想这厢还似尼斯湖水怪般藏着一个。众人正感叹着美女的重新出山，突然从客厅的角落里发出了一个声音：“美女是有公众标准的。不是你说她是，她就是的。恋爱的人，眼里出西施。”

大家诧然复茫然，想想也有理。先别忙着赞叹，到底是不是个真美女，还有待考察商榷呢！

说这煞风景话的男子，看上去细而柔的身材、平淡的五官，但并不虚弱，四肢甚至可以说是有力的。

于是，有人对那位与美女交往的男子说：“带着照片吗？拿出来让大伙看看嘛！一来让我们养养眼，二来也让蓝刀鉴定一下，到底算不算真美女！”

我悄声问身旁的朋友：“蓝刀是谁？”

他指指细而不弱的小伙子说：“他就是。”

我说：“蓝刀——好古怪的名字！江湖上的？武林高手？”

朋友说：“他是整形外科医学博士。因为他常用蓝宝石手术刀，所以圈内人称他为蓝刀。”

美女之友架不住众人的鼓动，从西服内袋里掏出一张照片。姿势娴熟，想来是常常观摩的。

彩照，长跑火炬似的在众人手间传递。几位上了年纪的，还掏出了老花镜。

好不容易轮到我。姑娘确实美丽，身材相貌都属上乘，起码不逊于时下影视界的靓丽偶像。

照片最后传到蓝刀手里。不知道是巧合，还是大伙儿等着他一锤定音，喧哗的客厅悄无声息了。

蓝刀只看了一眼。真的，只一眼。我觉得即使从敬业的角度来说，他也该多看几眼的。后来蓝刀解释，一是将别人女友盯住不放，有失礼仪。再是对于老农来说，庄稼长势如何，一瞄足够。

蓝刀说：“总体上，还不错。这是一位17世纪的美人形象。”

大家驳道：“美人也不是瓷器，还有时代限制？”

蓝刀正言：“时间感很重要。比如盛唐以肥为美，杨贵妃就是个双下巴，连那时的菩萨塑像也个个超重。而17世纪的标准美人是：眼要重睑，也就是咱们平常说的双眼皮。鼻子从侧面看是微微上翘的，万万不能是鹰钩。嘴唇不可太大，更不可太小。上嘴唇较下嘴唇稍薄，反过来就是败笔。左面的颊上有一个酒窝，要是不幸长在右面就要减分。颈部可以有褶皱，但形状一定要好，如同一圈天然的项链……

大家听到这里就大笑说："真够苛刻，难为女人了。"有人起哄道："蓝刀，不要光说好的。来点儿具有专业水准的。"

那潜台词是期待蓝刀指出这女子的容貌缺陷。

蓝刀以目光征询美女男友的意见。小伙子好像也很想长点儿知识，做出愿意洗耳恭听的模样。

蓝刀说："既然说到专业，我就再发表点儿意见。学术研究，没有别的意思，若是冒犯了，请多原谅。从照片来看，这位女性的相貌还有不足之处。一是从发际到下颌之间的距离，应为本人的三个耳朵的长度。以这个比例要求，似稍嫌长了一点儿。鼻尖、嘴唇中点和下颌点，应为一直线，此为美人非常重要的一个指标。但这位女生鼻尖稍向右偏了一点儿，于是面部有了少许不平衡之感。女性好细腰，但并不是越细越好，从美学的角度来看，腰围是头围的1.618倍最好……"

大家哄笑起来，说："蓝刀，闭嘴吧。照你这样算下去，人间就真的没有美女了。"

蓝刀也就不再就该女士发表意见。但由此引出的话题新鲜有趣，整个晚上，蓝刀成了主角。

一位桥梁工程师说："对不起，不是针对你个人。我倒是很有点儿看不起整容医生。"

蓝刀很沉着地问："为什么呢？"

工程师说："虽然你们是医生，却没有急诊。我不是医生，可我知道，几乎所有的科，都有急诊。比如外科，那就不必说了。妇产科、小儿科……就连牙科吧，也有。比如，你的腮帮子被人打漏了，就得上口腔医院马上缝。可有谁急诊整形呢？它是富贵事，可有可无的。"

蓝刀说："你说得对，整形外科没有急诊。但是，一个烧伤的病人，你不为他整容，他就无法回到正常的人群当中。你倒是用急诊把他的生命挽救回来了，他却自惭形秽，自暴自弃，再也无法挺胸做人。还有，若是他不整容走到街上，月黑风高，谁要是在胡同拐角处突然看到一个满脸焦疤的人，以为遇到了妖怪，惊恐万状，虚脱休克，这人道吗？"

听蓝刀这么一讲，大家就觉得整容也是社会发展到高级阶段的产物，医学百花中的一朵。

有人问："什么人适宜做整容？"

蓝刀清清嗓子说："我先不回答这个问题。我想说的是——什么人不适宜做整容。"

大家说："原来不是掏钱就能做，你们规矩还挺大。"

蓝刀说："有八种人，我是不给他做整形手术的——

"第一种人，天天身上带着一面小镜子，无论何时何地，都随手把小镜子拿出来顾影自怜或自惭形秽的人，不做。"

大伙忙问："为什么？"

蓝刀说："他认为人世间最重要的事就是他的容貌，自信心和尊严都系此一事。这样的人，无论手术做得怎样成功，他都会认为未能达到目的。所以，我不能自找烦恼。

"第二种，进我诊所时，拿着一本或几本时尚导刊，指着封面或封底的某明星或歌星的大幅照片说：'我的要求不高，就是做成他的那个鼻子加上她的那个嘴巴……'"

大家笑道："这是不能做。无论如何你都无法使他满意。"

蓝刀叹气道："我心中常常又好笑又生气，便对来者说：'你以为我是谁？上帝吗？可惜，我不是。纵使我能把你修理出那样规格的鼻子和嘴巴，你可有那样的才气和奋斗？'"

“第三种不做的人是：头不梳脸不洗衣冠不整浑身散发不洁气息……”

不等蓝刀说完，大家打断道：“这一条，好似不合情理吧？正是因为某些人的仪表不良，他们才要求整理容貌，你怎么反而拒之门外呢？”

蓝刀说：“一个人的容貌可以被毁或天生缺憾，但爱整洁是教养和习惯问题，不仅是对他人的敬重，更是对自己的珍惜。如果一个人没有这份热爱生命的感觉和精心维持，那么，我即使辛辛苦苦地帮他建设了较好的硬件，软件跟不上，也还是没良效的。而我尊重自己的劳动，我愿把宝贵的精力放到更善待自己的人身上。”

大家默然片刻后，表示可以接受。接着问：“其他呢？”

蓝刀说：“第四种，凡来人说‘我本人并不想来此做什么整容手术，都是我的家人——丈夫或男友，要我来做的……’，这样的人，我也概不接待。”

大家说：“啊，那么绝对啊？”

蓝刀说：“是。容貌是自己的内政，无论它怎样丑陋，只要自己接受，别人就无权干涉。如果一个人因为惧怕或讨好而听命于另外一个人，被迫接受了在自己身上动刀动剪动针动线，那是很不情愿和凄凉的事情。我不愿成为帮凶。”

大伙频频点头，表示言之成理。

蓝刀说：“第五条，多次在就诊时间迟到或无故改变约定的人，不做。”

大家说：“这倒有些奇怪，你又不是兵营。遵纪守时的问题，和医疗何干呢？”

蓝刀说：“整形手术须反复多次，其中的艰苦和磨难，超乎想象。手术程序一旦开始，就不可中断。你不能把大腿上的皮瓣做好了准备移到脸上，但本人突然不干了……所以，纪律性和承诺感不好的人，我不为他做手术。医生精力有限，我不愿在医疗以外的事情上花费太多的时间。

“第六条，对同一问题，反复询问。我这次答复了，下次又问的人，我不做。”

大家笑道：“蓝刀，脾气够大啊。是不是求你做手术的人太多了，店大欺客啊？问来问去，可能是那人记性不好，干吗不依不饶？”

蓝刀说：“一个人对自己高度关注的事，况且我反复讲过多遍，还记不住，这是记忆问题吗？不是。是信任问题。他不信任我，所以不厌其烦地追问，好像审讯。我虽可理解这种心情，但我不能给一个不信任我的人动手术。无论是对我还是对他，都不愉快。”

大家愣了一下，没人再作声，表示尊重一名资深医生对病人的挑剔。

“第七条，态度特好或态度特不好的病患，对医生满口奉承和送礼的病患，表现得特别合作或特别不合作的病患，一概不做。”蓝刀一字一顿很慢地说。

大家道：“这一条，能顶好几条。情况却大不一样。态度不好的不做，明白。但态度特好的也不做，费解。”

蓝刀说：“他为什么特别殷勤？后面肯定有这样一个假设——如果他不送礼，我就不会尽心尽意地为他手术。他能奉承我，也就能诋毁我，不过是正反面吧。手术是一件充满概率的事情，即使我小心翼翼、殚精竭虑，也不可能百战百胜。为了那个无所不在的概率，我要保留弹性。我需要有医生的安全感和世人对‘万一’的理解，得给自己留一条后路。”

客厅的空气一下子变得有点儿沉重。

“该第八条了。也就是最后一条了。”沉默半晌，大家提醒蓝刀。

蓝刀说：“这一条，简单。凡是手术前不接受照相的人，不做。”

有人打趣道：“整形大夫是不是和某影楼联营了，可以提成？要不，为什么有这样古怪的要求？”

蓝刀道：“一个人破了相，不愿摄下自己不美的容颜，可以理解。但是，为了对比手术的效果，为了医学档案的需要，留有确切的原始记录，总结经验教训，都要保留病患术前的相貌。当然，会做好保密的。但是，有些人说什么也不接受这一合情合理的要求。没办法，既然他连面对真实情形的勇气都没有，又怎能设想他和医生鼎力配合呢？所以，只有拒之门外了。”

蓝刀说到这里，很有一些痛惜之意。

分手的时候，蓝刀热情地说：“欢迎大家到我的诊所做客。”

大伙回答：“蓝刀，我们会去的。不是去整形，是听你说这些有趣的话。”

蝴蝶盾

江南。雨雪迷蒙的早春。傍晚。小城。远远的红灯。

我离开寄住的招待所，好奇地向那盏红灯走去。几晚了，从窗口望见它，如一颗椭圆形的红蚕豆，在江南嫩绿的空气中孤悬。尤为奇怪的是，灯火下飘着一些斑驳的影子，若彩色的巨蚊，翩翩翻转，又不曾片刻飞离。

近了，看到一个细弱的小伙子，蹲在灯下，用剪刀劈开粉色的绸带，三缠两绕的，一朵小小的莲花，就在指尖亭亭玉立地绽开了，他的手，好像是埋在池塘里的一段藕。

再看蚊形巨影，不禁哑然失笑。那是小伙子用各色绸带编织的小物件，翡翠色的螳螂、巧克力色的蚂蚱、橘红色的龟、冰蓝的玫瑰等，一律以丝线穿了，吊在灯下的铁丝上。这些美丽的幌子，随每一阵微风，幽灵般起舞。破碎的雨滴，洒在它们的翅膀、脊背和花瓣上，像抹了露水似的，彩亮动人。

我说：“卖的吗？”

他抬起头。一双被夜熬红的眼。

“卖的啊。买一只吧。多好看啊。除了挂着的这些，我还会编好多别样的。天上飞的、地上跑的，只要你叫得出名，我都编得来。”

他望着我，很快地说。手不停操作，盲人按摩师一般娴熟。

我本打算看了端的就走的，这下反不好意思，想了想说：“编一只凤凰吧。”

不知为什么，他却踌躇了。好在只是片刻间的犹豫，马上接了问：“什么色呢？”

“红的吧。”我说，想起涅槃，火和再生什么的。

“红的不好看，像烧鸡。”他很坚决地否定，并不怕因此驱走了顾客。

“青色吧。青鸟，很吉祥的。”他权威地决定，不待我表态，十指翻飞地操作起来。

先是裁绸带。烧饼大的绸带卷，在小伙子手中无声地流淌着，渐渐缩小如贝。啊嗬，一只凤凰要用这么长啊！我惊讶着，嘴边不敢动静，怕惊动了他手心渐渐成形的生命。

十分钟后，一只蟹青色凤凰诞生了。骨架很魁梧，尾羽却不够丰满，嶙峋模样，令人忆起乌鸦。

我付了钱，然后说：“小伙子，可惜没我想象的好。”

他收拾着残屑很镇定地说：“那你再买一只别的吧。凤凰不容易讨好，世上本没有的东西，每人心底想的都不一样。实实在在的，比较好办。”

我说：“那好，这回我改要蝴蝶。”

他突然愣了，问：“你是从外地来的吧？”

我说：“是啊。”

他说："此地人都知道，我是不编蝴蝶的。"

我纳闷，说："蝴蝶很难吗？我看比蜻蜓和猫什么的，容易多了。你刚才还天上地上地夸口呢。"

已经入夜了，周围很寂静，没有主顾。薄薄的雾丝掠过灯笼的红光，像拭不净的血色玛瑙。那些悬挂着的绸制精灵，突然在某个瞬间一齐停止摆动，好像被符咒镇住了，不动声色地倾听。

他接着问："你是马上就要离开吗？"

我说："明天一大早。"

他下了很大决心似的，说："破一次例，卖你一只蝴蝶吧。"

他也不再征询我对颜色的意见，思索着，径自施工。绸带卷儿沙沙滚动着，用料之多之杂，几乎够编一头斑斓猛虎。

他边编边说，家乡多棕榈，人人都会用叶编些好玩的东西。后来到外闯荡，人小力单，总也挣不到钱。突然看到城里人用作捆扎礼品的绸带，和棕榈叶差不多，就琢磨用它编物件。绸带软滑，很多编法都须另创。优点是颜色多，耐保存。如今现代人喜欢手工制品，他走南闯北，生意不错。

"常想，全中国编这东西的，就我一个人吧？也许，该到北京申请个专利？"

小伙子结束谈话的同时，完成的蝴蝶也递到我手里。

这是我生平所见最为精致的编制物，身肢纤巧，探须抖颤，好像刚从卷心菜畦受惊起飞。翅膀色彩鬼魅般绮丽，镶有漆墨般的黑点，如同一排豹睛，若有所思地注视着孤寂清冷的世界。

我失声道："这么艳的蝴蝶，能抵十只凤凰！"

小伙子诡谲一笑，说："它的价钱比这要贵得多。"

我吓一跳，忙说："哎呀，那我就买不起了。"

小伙子忙解释："收您的，不会那么多，与凤凰同价。"

我定下心，又问："那你为什么不多编些蝴蝶？"

他说："多了，就不值钱了。三月前，我刚到这里，原想住住就走的。此地不大，喜欢小玩意儿的人必也有限，打一枪就转移，流动作业呗。记得也是这时分，来了一个男人，两天前，他买过我的货。这趟劈头问：'你能编多少种蝴蝶？'我说：'没算过，大约……总有……几十种吧。'

"他说：'我用大价钱收你的蝴蝶。条件是，蝴蝶不得重样，不许给别人编，每日一只，一共百天。'

"我就在这儿住下了。除了摆摊，就是每天早上供应那男人一只蝴蝶。刚开始并不难，照我以前编过的花样，做给他就可交差。一月之后，渐渐有些吃力了。日日都要设计出新图谱，夜里想得脑仁儿开锅。我用各种颜色的绸带搭配翅膀，镶上奇异的条纹和斑点。在身躯和蝶须上大变花样……有时真恨蝴蝶为什么没有八只翅膀四条须，那么，做文章的篇幅可多翻一倍。终于有一天，我对他说：'老板，我不想再给你一个人编蝴蝶了，我要走了。'男人落下泪来，说他在苦苦追求一个女孩，每天都给她送花。女孩刚开始连看都不看，就把花抛掉。后来他偶然附了一只从我这里买的蝴蝶，没想到那女孩就收下了花。为了每天得到一只奇异的蝴蝶，女孩一直同他交往，并说如果能集到100只不重样的蝴蝶，就答应嫁他。男人说完，又把蝴蝶的价码加倍，并许事成之后，给我更多的钱。他说：'蝴蝶就是老婆，千万别让她飞了。'

"我又留下来了。到今天为止，共编了89只蝴蝶，还有11只就满百数之约。每当我煎熬心血编出一只前所未有的蝴蝶时，总在想：'那个得到这只蝴蝶的女孩，究竟是谁？长什么样？她若真是喜欢我的蝴蝶，在有月亮的晚上细细端详，也许能猜破我编

进蝴蝶翅膀花纹中的心思。'

“我想问她，她爱的究竟是人还是蝴蝶？为什么女人总想用某种东西考验男人？还要把自己一生的幸福，寄托在一个没头脑的死物件上呢？即使那样东西再宝贵、再难寻找，某个男人费尽心机为你找到了它，就是爱情了吗？要知道，你不是同蝴蝶过日子，而是同一个活人，相伴走过一生啊。

“也许，我会在编满100只蝴蝶之前，突然逃离这里。我还有10天的时间，可以来琢磨这事。如果那女孩真的爱他，即使攒不到百只蝴蝶，她也会欢喜地嫁他吧？蝴蝶一旦没有了，女孩醒了，重新考虑自己的决定，是不是更好？我给了她一个妥善脱身的借口。”

一阵夹杂雪粒的风吹来，悬挂着的彩色精灵，互相碰撞着跳起舞。我把手中纤巧的编织物很仔细地包好，对他说：“放心吧。在我没离开小城之前，不会有人看到蝴蝶。”

道了别，缓缓离开。很远了，稀薄的空气中还充满着淡淡的红光，从背后的方向绕过我的衣角，涌进无边的雾丝。

拒绝的本质是一种丧失，它与赞同相比，更带有冷峻的付出与掷地有声的清脆，需要果决和一往无前的勇气。

你拒绝了金钱，就将毕生困守清贫。

你拒绝了享乐，就将布衣素食天涯苦旅。

你拒绝了父母，就可能成为飘零的小舟，孤悬海外。

你拒绝了师长，就可能逐出师门自生自灭。

你拒绝了一个强有力的男人相助，他可能反目为仇，在你的征程上布下道道藩篱。

你拒绝了一个神通广大的女人的青睐，她可能笑里藏刀，在你意想不到的瞬间刺得你遍体鳞伤。

你拒绝了上司，也许就拒绝了一个如花的前程。

你拒绝了机遇，它就永不再来，也许留下终身的遗憾。

……

拒绝不像选择那样令人心情舒畅，它森严的外衣里裹着我们始料不及的风刀霜剑，而且像一种后劲很大的烈酒，在漫长的季节后还会使我们头晕目眩。

于是，我们本能地惧怕拒绝。我们在无数应该说“不”的场合沉默，我们在理应拒绝的时刻延宕不决。我们推迟拒绝的那一刻，梦想拒绝的体积会随着时光的流逝逐渐缩小以至消失。

可惜，这只是我们善良的愿望，真实的情境往往适得其反。

我们之所以拒绝，是因为我们不得不拒绝。

不拒绝，那本该被拒绝的事物，就像菜花状的癌肿，蓬蓬勃勃地生长着、发育着，侵袭我们的生命，一天比一天变得更难以救治。

拒绝是苦，然而那是一时之苦，阵痛之后便是安宁。不拒绝是忍，忍是有限度的，到了忍无可忍的那一刻，贻误的是时间，收获的是更大的麻烦与悲哀。

拒绝是对一个人胆魄和心智的考验。

当今时代，电脑一分钟可以复制无数的信息，且核对起来甚是简便。利用信息和情报造假越来越不易，于是“假”也在更新换代，涉及种种精神的产品。

最不易察觉的假冒伪劣是信任和爱情。它们均需要漫长岁月的培育和考验，毁灭却只是刹那间的事情。

也许当初彼此交往的时候，并不缺乏真诚。但友谊和爱情的产品，是要求终身保养的。不管何时损坏，都会被判为赝品，且无处更换。

有人炫耀自己的朋友如何多，我一般是不信的。好的朋友，也像好的货物，是有体积的。好的心灵，也像非露天仓库，无法无限扩大容积。

一个认真重情的人，心灵的空间更是有限，只能容纳几位知己。

拥有太多的友人，友谊的汁液不是溢出来，就是稀释。

友谊也像零存整取的银行。若你平时不补充情感进去，一旦需要朋友的支援渡过难关时，才发现存单上一片空白。

爱情是比死亡还要复杂的事情。因为在死亡中你只灭绝一次，而在爱情中你可能多次灭绝。

男女之间常常被自己所不具备的品质所吸引。

这就是为什么许多天真烂漫的女孩子会爱上魔鬼，许多忠诚的男子会喜欢水性杨花的女人。

一般来说，你真的爱一个人，就应该给他还报你恩情的时间和机会。

这不是我们索要报答，而是为了让他的心灵安宁。如果你只是一味地给予，就把对方一直置于被施舍的地步，这实际上是一种不敬。

人生得一知己足矣的话，当是不发达社会的写照。

如今的社会是——

人生得几知己还不足。

或——

人生无一知己也足矣。

知己者无非是心的沟通、事的相助。于是人们有红粉知己、忘年知己、事业知己……知己已泛化，不像以往那样罕见了。

另一方面，知己又更加难觅。信息社会，大家都加快了变化的节奏。彼此要变得同步，变得共振，变得像没变一样，实在是大不容易。

我不赞成为了朋友两肋插刀。如果一定要插，至多插一肋。因为肋骨的后面是心脏，若都插上刀，心就会被洞穿，便丧失了思考的能力。

没有思考的友谊，很可能陷入盲目。

友情不是血吸虫病，不能凭借口口相传的钉螺感染他人。兵无常势，水无常形。变是常法，要求友谊在传递的过程中，像复印的一样不走样，原是我们一厢情愿的幼稚。

友谊是一种易变的东西，假如它不是变得更好，就是不可抑制地变坏了，甚至极快地消亡。有时，在很长一段岁月里，友谊似乎是一成不变的，保持很稳定的状态，这是友谊正在承受时间的考验。

修补爱情

东西用得久了，便会磨损。小到一双鞋子，大到整个天空。于是诞生了修补这个行当。从业人员从街头古朴的老鞋匠，到谁都未曾谋面的一位叫作女娲的神仙。

只有珍贵的东西，才需要修补。我们不会修补一次性的筷子和菲薄的面巾纸，但若损坏的是一双象牙筷子和一幅名贵字画，又是家传的珍宝和友人的馈赠，那就大不一样了。你会焦灼地打探哪里有技艺高超的工匠，为了让它们最大限度地恢复原貌，不惜殚精竭虑。

我们修补，是因为我们怀有深情。在那破损的物件的皱褶里，掩藏着岁月的经纬和激情的图案。那是情感之手留下的独一无二的指纹，只属于特定的人和特定的刹那。

考古人员修复文物，所费的精力，绝对大于再造一件新品。比如一只陶罐，掉了耳朵，破了边沿，漏了帮底，假若它是新出厂的，肯定扔到垃圾箱里，但在修复者眼里，它们是不可替代的唯一。于是绞尽脑汁，将它复原到美轮美奂。陶罐里盛着凝固的历史和永恒的时间。

修补是一个工程，需要大耐心、大勇气、大智慧。耐心是为了对付那旷日持久的精雕细刻，勇气是为了在漫长的修复过程中，坚定自己的信念和抵御他人的不屑。智慧是为了使原先的破损处，变得更加牢靠而美观。

人们常常担心修补过的器物是否还有价值。也许在外观上会遗有痕迹，但在内在品质上，修补处该更具强韧的优势。听一位师傅说，锔过的碗，假如再摔于地，哪怕别处都碎成指甲盖大的碗碴儿，但被锔钉箍过的瓷片，依旧牢牢地拢在一起。

爱情是我们一生中最需精心保养的器皿，具备可资修补的一切要素。爱是珍贵的，爱是久远的，爱是有历史的，爱是渗透了情感的，爱是无价之宝。

爱情的修理工，不能假手他人，只能是我们自己。当我们签下爱情契约的时候，也随手填写了它的保修单。我们既是爱情的制造者，也是它的使用者和维修点。这种三合一的身份，使人自豪幸福也使人尴尬操劳。爱情系统一旦出了故障，我们无法怨天尤人，只有痛定思痛地查找短路，更换原件，改善各种环境和条件……

古书上说，假如宝玉有了裂纹，可用锦缎包裹，肌肤相亲，昼夜不离身。如此三年，那美玉得了人的体温滋养，就会渐渐弥合，直至天衣无缝，成为人间至宝。

不知这法子补玉是否灵验？若以此法修补爱情，将它放进两颗胸膛，以血脉灌溉，以精神哺育，以意志坚持，以柔情陶冶，它定会枯木逢春，重新郁郁葱葱。

爱情没有快译通

我和朋友做过一个游戏，很有趣。

你说你也想做，好啊，我希望大家都有机会参与，别看我们都已是成人，其实每个人心底都埋着一颗喜爱玩耍的种子。我先来讲一讲规则，所有的游戏都是有规则的，要想玩得好，就得守纪律，要不就乱套了。

那规则就是——找一张白纸，写上你的一个常常出现的情绪，比如说，愤怒、怀念、孤独、忧郁，等等。哦，看到这里，你可能要说，都是令人懊丧的情绪啊？正面的可不可以写呢？当然可以啦，比方高兴、喜悦、慈爱、关切等，都行。

好了，现在你已写好了自己的想法。把那张藏着你的秘密的字条对折，然后让它安安稳稳地平躺在桌上，一副大智若愚的模样，暂时谁也不让看。

此刻它就像一个沉睡的蚕宝宝，一动不动地眠着，只有到了揭开谜底的时分，才带着长长的思绪，飞出美丽的白蛾。

然后你找一个人，最好是对你比较了解、你把他当作知心朋友的人。你对他或她说：“此刻，我正被一种情绪缠绕着，满心念的都是它。现在，你猜猜看，那是一种什么思绪？”

他或她定会说：“我又不是你肚子里的虫，怎么会知道？”

你说：“别急啊，我会给你线索，这就是我的表情。平日当我被这种情绪笼罩的时候，我就做出这副模样，你猜猜看。”

说完以上的话以后，你就坐到他对面（为了叙述方便，我就不论男女，都用“他”字了），最好找一个光线明媚的地方，让你的一颦一笑，都尽收他眼底。好啦，现在你心里默念着刚才写在纸上的字，脸上做出你沉浸在这种思绪中时对应的表情，也可以辅助身体的语言。比如，你平日愁苦的时候，蛾眉紧锁，杏眼低垂，再加上支着腮帮子，耷拉着头……总之，不要刻意表演，越自然，越像生活中真实的你越好。

你保持如此的表情和姿势一分钟后，就可以恢复常态了。然后，让你的朋友说出：“刚才你在想……”

他或许会沉默，会思索，会疑惑……注意啊，你一定要有足够的耐心，并且有克制力，不可提示，不可启发，不可诱导。否则，咱们就前功尽弃啦。

依我和朋友玩过多次的经验，此时绝大多数人会沉思良久，好像他们面对的不是一个朝夕相处、耳濡目染的大活人，而是恐龙什么的，然后久久不吭声。最后在大家都等得不耐烦的时候，才迟迟疑疑地吐出一个词，比如“苦闷……孤单……”然后忙不迭地打开桌上的字条。一看之下，半晌不语，那答案和猜测往往风马牛不相及。

比如一个美丽的女孩子，做出眺望远方的模样。她的男友猜测——你是在想家！想父母！她呸了一声说：“糊涂虫，我是在想你！”男友说：“我不就在你身边吗？当你出现这种神态的时候，我总是吓得屏气息声，不敢打破沉默。我不知道自己哪点没有做好，惹得你不满意，你才如此凄楚地思念他人……”女孩子说：“你怎么会这么笨呢？你既然爱我，就该懂得我的心。”男孩子说：“爱，只能解决一部分问题，并不能解决所有问题。该说的你还得说出来，沉默不是金，是土是空气。”女孩子说：“我像革命先烈一样，我就是不说，我非要你猜。猜得出来我就嫁你，猜不出来，我就离开你……”男孩子就愁眉苦脸地说：“如果今后的几十年，天天都在灯谜和哑语中生活，累不累啊？！”

另一个男子眼睛特别大。他做出第一个表情时，看着那铜铃一般圆睁的双眸，大家异口同声地说：“哦，你在愤怒！”

他一脸失望地说：“才不是呢。好了，这个不算，我再做一次。”他做出的第二个表情，又是如法炮制，瞪起双眼。大家稍微犹豫了一下，还是口径一致地说：“你在发火！”

他不甘心，又来了第三次。这一次的结果就更令人惆怅了。大家没精打采地说：“你换个新内容让我们也好抖擞精神，干吗又做出打架的样子？！”

男子后来沮丧地告知我们：他的字条上，第一次写下的是“幸福”，第二次写下的是“喜爱”，第三次写下的是——“慈祥”！

你肯定要说，差得这般十万八千里，我才不信呢！你一定是没选好对象，或者围观的人太弱智，才如此指鹿为马。

我一点儿也不生气你的这种指责，我很希望你能亲自试一试。找自己最亲爱的人，最好。假如能百发百中地猜对，那真是人间少有的幸福伴侣。

我耐心地等待着你的试验……怎么样？做完了吧？你不仅

仅做了一次，而是做了许多次。桌上的字条叠起又打开，打开又写下，好像一只只归巢后又驱赶而出的信鸽。你很希望能打破我的预言。但你做完后，为什么长久地沉默不语？还透出淡淡的忧伤？你的手指把字条扯成一缕缕，任它飘荡，好似破碎的思绪。

是的，真正的现实就是这般冷静而无商榷。最厚重的隔膜，就在咫尺之遥。在你以为肌肤相亲的帷幔当中，横亘着无法穿越的海峡。

科学技术是越来越发达了，但迄今没有一种仪器，可以测量出人类情感的进行状态，可以预计出人的情绪指数。当我们能够探知遥远星球的一次轻微地震的时候，我们不知道自己的同床伴侣，是否辗转反侧。爱情没有快译通，心灵的交流如此细腻朦胧。当我们以为自己洞察他人心扉的时候，其实往往隔靴搔痒、南辕北辙。

不要怨天尤人，不要动不动就上纲上线到爱与不爱。爱不是万能钥匙，爱不能在每一个瞬间都摧枯拉朽。爱无法破译人间所有的符码，爱纵是金属，也会有局限和疲劳。增进了解可以加固爱，误会错怪可以动摇爱，这是我们每个人都曾有过的体验。

隔膜往往是双层的。当我们无法正确地表达的时候，我们首先就失却了被人悟知的前提。所以，训练我们明快简捷、准确平和的表达能力，是人生的重要课题。不要以为说出自己的心思是一件很简单的事情，在很多时候，我们先是不敢说，再之是不肯说，然后是不屑说，最后就成了不会说。尤其是当我们软弱的时候，我们没有勇气说；当我们悲哀的时候，我们被文化的传统训导为不可说，说了就显得懦弱，说了就是渺小；当我们痛苦的时候，我们以为不当说，说了就招人耻笑；当我们孤独的时候，我们想不起来说。

其实，一个人的坚强与否，不在于他是否说出自己的苦难，而在于他如何战胜自己的苦难。说的本身，也是一种描述和正视，当我们能够直视那些令人痛楚的症结的时候，力量也就随之产生了。

既不夸大也不缩小，既不言过其实也不矫饰虚掩，直面惨淡的人生，逼视淋漓的鲜血，该是人生勇敢和智慧的境界。

其次我们要会听。有人说，听，谁还不会啊，是个人都带着自己的耳朵，想不听还办不到呢！

了解和交流，在于两颗心的同一律动，在于你深深地明了对方向你描述的那一切。从这个意义上来说，“会听”，也许是人生另一番需要修炼的深远功夫。坦诚地说出自己的感受，即便艰难，好歹还有自我的内心世界可以参照，只需勇气和描述的技术，基本就可完成。但听的功力，除了有一双好耳朵，还需有一颗擦拭干净、不畸形不变异的心。如果自心是哈哈镜，把人家的话听得变了形，那责任就不在说者，而在听者。

会听的心，要有大的空间，除了容纳自身，还能接纳他人。会听的心，要有对人的真诚，因为听的那一刻，你将把心灵至尊的位置让给你的朋友。会听的心，是柔软和温暖的，令人感到融融的温馨。会听的心，是坚强的，因为它有自己顽强的意志，不会在袭来的痛苦之中摇摆淹没……

有一个可以救命的外科手术，叫作“心脏搭桥”，说的是在堵塞了血管的心脏上，再造一条新的流畅的脉络，让新鲜的充足的血液流入衰弱的心脏。我很喜欢这个手术的名称，借来一用。我们除了在自己的心脏上搭桥，也需在不同的心脏之间搭桥，以传达我们彼此之间的感觉和友谊。

为什么总是遇人不淑

她坐下后的第一句话是——我为什么总是遇人不淑?

我说:“为什么要用‘总是’这个词?”

她叹了一口气说:“我已经离过两次婚了。这一回,马上也要离了。”

我也叹了一口气说:“我听出你很难过,很想改变。你不知道自己什么地方出了毛病。你需要稳定和温暖,是这样的吗?”

她一下子握着我的手,她的手柔若无骨,连声说:“是的是的!我不是爱离婚的女人。世界上有一些女人,不把离婚当回事,我要真是那样,也就不痛苦了。我是想好好过日子的女人,我在这方面下的功夫,比一般女人多多了。可我怎么就找不到爱我的男人?好男人都到哪里去了呢?”

看着她绝望的神色:“我说,你能告诉我,你是怎样遇到你的三位曾经的丈夫?”

她滔滔不绝地打开了话匣子:

我从小是一个害羞的女孩，总怕别人欺负我，个子小且胆小的女孩，多半都会这样的吧？当我知道男女之事以后，我想，一定要找个子高大的男生，这样，谁欺负我，他就会站出来保护我。第一位丈夫是我同学，个子高高的，好似篮球运动员。我俩的学习成绩都不怎么样，谁也用不着瞧不起谁。知根知底的，优缺点都一目了然，按说应该特踏实吧？所以，一有了工作，我们就结婚了。他当上了老板的保镖，一天跟着老板出入那些不三不四的场所，认识了一个洗头的小姐。我现在特恨“小姐”这个词。那算什么小姐啊？简直就是一个只能看小人书的打工妹。要是有点儿身份的小姐，起码傍一个“大款”“中款”吧，这小姐，苍蝇也是肉，连个保镖也不放过。后来，他俩被我在自己的家里逮了个正着……我当时害怕极了，比那两个狗男女吓得还厉害。他们倒是比我镇静，我丈夫撂下一句话——你既然看见了，你就看着办吧！我呆呆地坐在家里，特别可惜我那精心布置的床，被糟蹋得乱七八糟……别看我这个人个子小，可受不了这种窝囊气，我二话没说，离婚！

离了以后，我很快就从打击中恢复过来了，非要争一口气，要让我的前夫看看，你算个什么东西？你只能往底层里找，我呢？哼！这回找的不但个子要高过你，身份钱财都要比你强！话虽是这样说，但有才华有身份的男人，大姑娘随便挑，干吗非得娶我这么一没学历二没个头三没好工作的二婚女子啊？我分析了一下自己的优势劣势。我长得不错，还因为从小就胆小，所以刚跟我接触的人，都以为我挺温柔的。许多男人啊，最看重的就是女人温柔。不信你到报纸上的征婚广告看看，有一个算一个，都是寻求温柔贤淑女子的。扬长避短吧，我就在这方面下功夫。学着做一个贤妻良母呗，没什么难的。只要说话声音轻一点儿动作慢一点儿，对小孩子特别疼爱就大功告成了。当然了，还得练着记住一些童话故事……因为我要找的那种身份的男人，基本上都是带一个小孩的，你要是能对他的孩子好，他自然会给你加分。我报了社会上的各种学习班，比如家长学校、烹饪班什么的。小姐妹都笑我，说你连个月娃子都没养下呢，自己连整虾都舍不得买，只吃虾皮，上这种班，不是跳级吗？我不理她们，也不告诉她们我的真实想法。要是万一失败了，多丢人哪。把这些都操练得差不多了以后，我就开始物色对象了。

从哪儿物色？当然是从征婚广告上了。这法子说起来挺笨的，其实多快好省。你买一堆报纸刊物，仔细研究，条件一目了然，一上午浏览百八十个男人的基本情况，不是难事。看得多了，也能增长经验，什么人是真心的，什么人是闹着玩的，甚至想占便宜的，估计个差不多。虽说里面有骗人的，但我也不是傻子，能分辨出个大概。感觉不好的，再不理他就是了。我特别重视身高这个条件，1.79米以下的，免谈。

你猜得不错，我前夫就是1.79米。怎么我也得找一个比他高的，高1厘米也是高。按说，我这些条件加在一起，也挺苛刻的。可我还真是找到了一个愿意见面的。个儿高，有钱，有一份体面的工作，有一个很可爱的孩子……一切的一切，都同我预计的一模一样。我给他做很可口的饭菜，亲吻他的孩子……

你问我这样做，是不是很勉强？说实话，有一点儿。但我知道这是为自己以后的幸福投资，也就一一地做了。这样接触了几次之后，是他催着结婚的。他说他太累了，需要一个安静的小潭。我说："我各方面的条件都不如你，你怎么会看上我呢？"他说，前妻跟着别人走了，他下决心要找一个各方面都不如自己的人，只要对他好，对孩子好，就成了。钱挣多少是多呢？他挣的钱够用的了，我的钱不多，这没关系……这些理由挺充分的，是不是？我信服了，觉得苍天有眼，我的准备都派上用场了，熬出头了。

我们很快就结了婚。婚礼是到国外旅行了一趟，几乎没通知朋友。我的第二任丈夫说，他不想大肆铺张，只想安安稳稳地过日子。我倒是很想风光一把，特别是让我的前夫知道知道，他离开了我，我却过得更好了。但新丈夫说低调处理好，我也就依了他。我还要保持一个贤惠的形象嘛。也许，我当时强烈要求大肆操办一番，事情就会是另外的结局了。毕竟他是一个好面子的人……结婚以后，我的本色就慢慢露出来了，我不可能老忍着吧？他的孩子做得不对的，我也不能老哄着，是不是？爆发是因为我替他去开孩子的家长会。老师劈头盖脸地一顿训，我回来当然要转述给他的父亲。也许我的表情不够沉痛，也许我的忧虑不够发自内心，本来嘛，又不是我的亲生孩子，我能做到如此，已经很不错了。说着说着，我的第二任丈夫就开始生气，说我不是真心爱孩子，有点儿幸灾乐祸……最后说，我是一只披着羊皮的狼……我太冤枉了，我怎么会是狼？我是打算当一只忠诚的看家狗啊。我们开始了争吵。夫妻吵架这事，是不能开头的。开了头，就有瘾，会越吵越来劲儿。正在这时候，他的前妻回来了。他们是怎么开始来往的，我不知道。有一天吵架之后，他对我说："我们还是离婚吧。我要和前妻复婚。她表示悔改，我原谅她了。我已经不相信女人了，但对孩子来讲，毕竟还是他的亲妈。至于你，可以给你一部分钱作为补偿……”

我走了。没要他的钱。我不是为了钱才和他结合的，我努力做了，可他只是把我作为一个替代品，我上当了。他结婚的时候不肯通知朋友，说明他自己就对这次婚姻没信心，不看重。

这一次，我真的垮了。后来，我很快有了第三次婚姻。要说我的第二任丈夫，什么都没给我留下，这不对。他把一个观念留给了我，就是找一个条件不如自己的人。这样，你就操持着主动，你可以不要他，他却要巴结着你……我再找丈夫的时候，什么条件都放弃了，只问一条，个儿要超过1.82米。

是的。我也涨了价码。您可以想到，在这种倒霉的时候，我能有什么好运气？他是一个好吃懒做的人，就靠我的那点儿收入养活他。等把我吃光了，他就出去找别的女人。我说那就离婚，他觍着脸说：“离婚干什么？凑合着过吧。我这是为你着想。像你这种女人，再离婚，谁还敢要你？丧门星！”

我真的蒙了，不知道哪里出了问题。我不是一个坏女人，也没有害过人。可命运为什么对我如此不公？俗话说，事不过三。我为什么三次婚姻都如此不幸？有时我想，好人和坏人总是有一定比例的吧？这世界上总还是好人多的吧？我就是在马路上随便拦住一个人，嫁给他，也不至于次次都输得这么惨吧？到底是什么地方出了毛病？

她一口气说了这么久，目光始终不对着我的脸，只是紧张忧郁地注视着我的手。好像我的手里，捏着根还阳救逆的仙草。

我缓缓地说：“出毛病的地方，其实你自己是知道的啊。”

她大吃一惊，说：“您别开玩笑。我要是知道，还能一次次地陷到这么惨吗？我不会跟自己作对的！”

我说：“你的三任丈夫，都有一个共同点。你也反复多次提到，你找丈夫有一个雷打不动的条件……”

她真是个聪明女子，马上说道：“您是说我对身高的要求吗？这有什么错呢？您到征婚广告上看看，基本上都有这一条。人之常情啊。”

我说：“我很理解你。但我想问，你在对男人身高的要求后面，寄托的是什么呢？”

她想想说：“我想……如果男方的个子高，以后生个孩子，个子也会高的。这不是优生优育的规律吗？”

我说：“你想得挺长远。这很好。可我一直没听到你有要孩子的打算。再者，对一桩婚姻来说，孩子并不是先决条件啊。请再想想，高个子后面的期望——是什么？”

她低下头想。当她再抬起头的时候，我看到了泪水。她说：“我想要的是一份家庭的安全感。”

我说：“对极了。婚姻是要给人以安全感的。但最主要的安全感是从哪里来呢？从男人的头发？从男人的眼睛？从男人的籍贯？从男人的誓言？”

她沉思了半晌，说：“要从男人对爱情的忠诚来。和个子无关。小个子的男人，也一样能做个好丈夫。”

我握着她的手说：“好。你讲对了一小半，还有一大半。”

她说：“婚姻的安全感更要从自己来。相信自己，不要把命运寄托在别人身上。这样，即便出了差错，也不会乱了分寸，病急乱投医。不会一错再错了。只要自己安全了，婚姻就安全了。”

我送她出门的时候，紧紧地握着她的手。她的指尖依旧很凉，但已经有一种坚定的力量蕴含在指掌中了。

去学女儿拳

家庭暴力的“暴”字，不知古文字学怎样讲，我从字形上，总是联想到男人对女人的凶恶。上书一个“日”字，为阳中至盛；下面一个“水”字，属阴中至柔。男人若凌驾于女人之上，没有平等，没有仁爱，暴力就随之滋长，疯狂蔓延。

我认识一位贤惠的女人，只因一点儿小事，就被丈夫打得鼻青脸肿。那汉子一米八的个头，会使漂亮的左勾拳，呼呼生风，蒜钵大的拳头打在女人的侧腰部，伤了肾，血尿持续了很久。

她让我帮拿个主意，我说：“离婚离婚！”她说：“孩子呢？”我说：“看着父亲施暴，母亲受欺侮，孩子的心灵就正常吗？”关于孩子问题，我们反复商量，总算达成共识，完整并不是在一切情况下永远最好，真理比父亲更重要。

为了搞清楚离婚这件事，女人自学了法律专业的课程。由于是带着问题学，毕业的时候，不但成绩优异，在婚姻法方面，简直就是专家了。我再也没资格提什么建议或意见，女人已洞若观火。

艰难的问题是房子，远比孩子复杂得多。单位不会给女人栖身之所，只能从现有的单元中分割一屋。一想到要是离了婚，仍和那样的男人共居一道走廊，共进一间厨房，共使一个厕所，共用一把大门的钥匙……女人就不寒而栗。

日子就这么一日日熬着，一月月拖着。我问："他还打你吗？女人长叹一口气："你知道杀人的人，一看见别人露出的脖子，手就发痒。打人也像杀人一样，有个戒。开了戒，就上了瘾，他经常用左拳在空气中挥出一道道风……"

我看着她，说不出话。许久，我说："我能帮你的，就是家门永远向你敞开。无论半夜还是黎明，你随时都可以进来。"

她说："我最怕的不是跑出家门之后，而是在家门里面。打的时候，我恐惧极了。蜷成一团挨打，除了刚开始，感觉不到疼。只是想，我就要被打死，大脑很快就麻木了。只记得抱头，我不能被打傻，那样，谁给我的孩子做饭呢？"

我说："你这时赶快说点儿顺从的话给他听，好汉不吃眼前亏。抽冷子抓紧时间往外跑，大声地喊'救命啊'！"

她说："你没有挨过打，你不知道，那种形势下，无论女人说什么，男人都会越打越起劲，打人打疯了，根本不把女人当人。"

凶残的家庭暴力！

我以为家庭暴力最卑劣、最残酷的特征是——在家庭内部，赤裸裸地完全凭借体力上的优势，人性泯灭，野性膨胀。肆意倚强欺弱，野蛮血腥践踏他人权利。或者说，暴力的施行者，根本就没有进化到文明人类，是两脚之兽。

由于妇女和儿童在体力上的弱势，他们常常是家庭暴力最广泛、最惨重的受害者。

朋友还在度日如年地过着，我不知道怎样帮她。一天，突然在报上看到一条招生广告，新开武术班，教授自由散打、擒拿格斗，还有拳理拳经十八般武艺……

我马上拿起了电话，既然没有房子离婚，既然没有庇护所栖身，既然生命被人威胁，既然权利横遭践踏，女人就应该学会自卫，让我们去学女儿拳！当暴力降临的时候，为我们赢得宝贵的时间，以求正义和法律的保护。

倾听灰姑娘

一位女友在国外做心理医生。回得国来，与我闲谈，说起她向许多心理疾患久治不愈的美国人，竭力推荐中国的一种疗法。

我说："是某种中药吧？中医对许多莫名其妙的病症，颇有奇异的效果。"

她抿嘴一笑说："不是。这疗法，不用口服不必注射，像我们这个年纪的中国人，操作起来都是极娴熟的。"

没想到，不知不觉中还有绝技在身，我忙问到底是怎样的疗法。

"就是谈心啊。当年我们俩不是结成对子，常常在操场边的葡萄架下，谈天到深夜吗？各自的家庭、心里的一闪念，还有苦恼和希望，都漫无边际地聊个够……直到现在，我的鼻子在大洋彼岸，在睡梦中，还时时会闻到篮球架旁的沙枣花香，那是一种无法形容的沁人心脾的醉气……"

我说："谈心这件事，现在的声名可不大好。过去许多人把谈心得来的材料，当成子弹，打了小汇报，酿出了无数冤案。人们如今都牢记老祖宗的教导，逢人只说三分话，未敢全抛一片心，哪里还有掏心掏肺的聊天？

“倘若是男人嘛，还有一个放松的机会，那就是三五知己喝醉了酒，吐出几分真言。女人就只好憋在肚里，让那些心里话横冲直撞，直到把自己的神经撞出洞来。再说，这也是社会的一种进步，我们好不容易得到了隐私权，岂能拱手相让？”

女友笑起来说：“隐私权是一种权利，你愿意用就用，不愿用就不用，自由在你手里啊。好比离婚这种权利，对于和和美美的夫妻来说，就可以闲置在那里。再者，人家逼迫你说出隐私，和你自愿地倾诉心曲，实在是两回事。

“其实越是隐私，对人心理的压力就越大，就越要有正常的宣泄渠道。随着社会物质文明的进步，人们对自己的生理健康越来越关注。哪怕微风吹落了草帽，也要赶快吞几片感冒药预防。但人们对自己的心理关怀太不够了，它就像一个衣衫褴褛的灰姑娘，躲在角落里。可这个灰姑娘是会发脾气的，一旦疯狂起来。将给我们带来巨大的痛苦。”

她忽然转换了话题说：“假如你和你的先生吵了架，你怎么办？”

我说：“那我就不理他。”

她问：“你和别人谈起吗？”

“一般不说。家丑不可外扬啊。”我叹一口气。

她说：“你跟我说了心里话，我也跟你说。在美国，假如我突然和我的先生吵了架，我会马上就去找我的心理医生。”

我说：“你自己不就是医生吗，还要找别人干什么？”

她笑笑说：“心理医生也和别的医生一样，自己是不能给自己看病的。夫妻吵架表面上看来都是因为极小的事情，但下面常常潜伏着由来已久的情感危机。

“假如我们不想分手，就一定要把这股暗流找出来，清醒地对待它、排解它。但心理医生在美国收费十分昂贵。”

我说：“主意虽好，只是咱们连小康尚未达到，第三世界消费不起。有没有自力更生、白手起家的法子？”

女友说：“有啊，这就是谈心。其实心理医生也是和病人谈心聊天，只不过更专业、更精彩一些。女性应该多有几个朋友，至少也要有一个你可以面对她哭泣的女人。

“我指的不是那种萍水相逢，或生意场上、权力上因为利害关系结成的伙伴，而是交往多年，知根知底善解人意的朋友。

“你说起了一片叶子，她就知道风从哪里来。哪怕你婚后爱上了另一个男人，你也用不着分辩自己不是一个坏女人，要商讨的只是应该怎样办……她真诚而善良，绝不会让你的故事流传。精心的信任和感情，就是不花钱的心理医生。友谊是一种像水一样互相流动的物质。这一次你给予了我，下一次我给予你。”

我说：“明白你的意思了，让我们倾听对方心中的灰姑娘。”

分手的时候，她对我说：“肝胆相照、温暖亲切的谈心遵循着一条美好的定律。那就是——和朋友分享：

快乐是传染的，起码可以加倍。

痛苦是隔绝的，至少可以减半。”

鞋带儿

鞋可以分成两大类，有带儿和没带儿的。没带儿的鞋，穿起来方便，可跑不快。有带儿的鞋，穿起来费事，要弯下腰来系鞋带儿。可鞋带儿能把鞋和脚紧紧地固定在一块儿，好像焊锡的作用。人穿着系了鞋带儿的鞋，办事走路就利索多了。那平添的机敏与速度，就蕴含在小小的鞋带儿里面。

我小的时候不怕黑，不怕大的声响，最恐惧的一件事，就是系鞋带儿。那时上全托的幼儿园，刚开始是老师给系鞋带儿。我觉得这是世上最精巧的活儿，大人们的手指像变魔术似的，三缠两绕，就打出一个黑蜘蛛的结。老师一边打结一边说："叫你们的家长甭买带带儿的鞋，怎么又买来了？"一副很劳累的样子。于是，我认定系鞋带儿是个苦活儿。

我决定自己学着系鞋带儿。我费了很长时间学打那个神秘的结。我先是把它拆开，这是很容易的一件事。但拆开之后完全不知道怎样再扭结到一块儿，我第一次明白了破坏一件东西是很简单的，要恢复它就复杂多了。要想靠毁坏某物来学会建造它，实在是很危险、很艰难的事，不是不可以一试，是机会只有一次。

只好再去找老师。她嘟囔了一句：“一个女孩子还这么淘，把鞋带儿都蹬开了。”然后飞快地打了个宝贵的结儿。我目不转睛地看着她粗大的手指像掏耳朵眼儿似的比画了两下，那两根原本孤立的小黑蛇就死死地粘在一起了。

我觉得我记住了那个过程。我又勇敢地第二次拆开了那个结。我费了很长的时间练习，蹲在地上，直到头晕眼花。我用老师的打法却打不成同样的结，只好试验其他新奇的打结法，结果要么完全不是一个结，鞋带始终是两根互不相干的面条；要么就是它们纠结得太紧密，像个破不出的谜语。面对死结，我用牙齿去咬。鞋带儿的滋味是微咸的，好像话梅。

我很想把自己的过失永远地掩盖过去。可是不行，午睡的时候我脱不下鞋，上不了床，只有带着死结去见老师。她粗暴地说：“你怎么这么笨？连鞋带都不会解！”

我至今不明白，为什么老师看不出，我是在练习一件新本领的时候失败了，却认定我是在重复一个旧过程时的愚蠢？

她的确是费了很大劲儿才解开了死结，有一瞬，她气得几乎要找剪子剪断它们。那一刻，我好害怕而且伤心，我觉得是我害了鞋带儿们。

我真正学会系鞋带儿，是在偶然间看到老师给别的小朋友操作这一过程时。我恰好站在老师的背后，一切都那么清晰明朗。我不知道应该算是自己太笨还是老师考虑得不够周到：平日她给我们系鞋带儿，都是蹲在我们的对面，而要学会某项技艺，你必须和老师站在同一方向。

我终于打出了一个惟妙惟肖的结，甚至比老师打的结还要紧，把脚背都勒疼了。我把脚翘得高高的，仿佛要把经过我面前的人都绊一个跟头。鞋带儿快乐地耸立着，等着人们发现这一惊人的事件。但是可惜得很，无论我怎样暗示，大家都不表示惊奇。我只有到老师那里去毛遂自荐，我想就算别人都拿这件事不当回事，我的老师应该由衷地高兴。别的不说，起码她以后不用辛辛苦苦地为我系鞋带儿了。

老师看了我的鞋带儿一眼，又看了我一眼，说："你早就该会了。"

我立刻从成功之后的喜悦坠入冰河。我至今感谢我这位老师，她使我极幼小的时候就懂得了，有时候你自以为十分辉煌的成就，在别人眼里是理所应当的平淡。

当我学会系鞋带儿以后，我就不再珍惜这个技巧。系鞋带儿很要紧的一条是两个端头要留得一样长。我渐渐地不再像初学那样将它们比画得如孪生兄弟，而是敷衍地一长一短随便绾两个结，任凭它们像断了一只翅膀的蝴蝶在我的鞋面上乱颤。

学会了偷工减料，我很高兴，但鞋带儿开始反击。那个冬天，风寒冷得如同冰糖葫芦上亮脆的薄片，把人的手割出细碎的血口。我刚上学，要走很远的路。未系牢的鞋带儿像风筝飘带儿，挂在一块尖锐的石头上，那个大马趴摔得我脑浆至今还乱成一团。我懵懵懂懂地爬起来，一时都不明白自己为什么要匍匐在这儿乘凉。好在那截鞋带儿并不忙着隐藏罪责，很招摇地在风中摆动着，让我刻骨铭心地记住它的重要。

不管我多么仇视它，我还是乖乖地将它重新系牢。冷空气把我的指关节变得同蜡烛一样硬，那个漫长的过程，比我一生用过的全部鞋带儿加起来还要长。

从此，我再不敢忽视系鞋带儿这一类的小事。你疏忽了它，它绝不会疏忽了你。你若不信，它就在你最扬扬得意的时候轻轻抖出一个花样，让你静静地躺在大地上清醒。

鞋带儿会断。断了的鞋带儿可以接起来，但接起来的鞋带儿就大不如从前了。首先是它不好使，接头会在每一个穿孔的部位疙瘩着不肯前进。再者是它不结实，会在你最需要登攀的时候突然断裂，让你觉着自己的脚似乎在那一刹突然脱落。

所以鞋带儿断了，我从不将就。别的都可补，鞋带儿不可补，赶快换新的。要赶路，结实最重要。

细细想，“鞋带儿”这个词挺妙。它是鞋子的带子，有了它，你就可以时刻把鞋带在身边。

有的时候，我们跑得不快，只是因为我们没把鞋带儿系好。或许，那原本就是一双没带儿的鞋。

淑女书女

假若刨去经济的因素，比如想读书但无钱读书的女子，天下的女人，可分成读书和不读书两大流派。

我说的读书，并不单单指曾经上过小学中学大学硕士博士，读过的一本本的教材。严格地讲起来，教材不是书。好像司机的学驾驶和行车、厨师的红白案和刀功一样，是谋生的预备阶段，含有被迫操练的意味。

我说的读书，基本上也不包括报纸和杂志，虽然它们都印有字，按照国人“敬惜字纸”的传统，混进了书的大范畴。那些印刷品上，多是一些速朽的信息，有着时尚和流行的诀窍。居家过日子的实用性是有的，但和书的真谛还是有些差异。

好书是沉淀岁月冲刷的沙金，很重，不耀眼，却有保存的价值。它是地球上曾经生活过的那些智慧的大脑，在永远逝去之前自摄下的思维照片。最精华的念头，被文字浓缩了。好像一锅灼热久远的煲汤，濡养着后人的神经。

书对于女人的效力，不像睡眠。睡眠好的女人，容光焕发。失眠的女人，眼圈乌青。读书的女人和不读书的女人，在一天之内是看不出来的。

书对于女人的效力，也不像美容食品。滋润得好的女人，驻颜有术。失养的女人，憔悴不堪。读书的女人和不读书的女人，在三个月之内，也是看不出来的。

日子是一天天地走，书要一页页地读。清风朗月水滴石穿，一年几年一辈子地读下去。书就像微波，从内向外震荡着我们的心，徐徐地加热，精神分子的结构就改变了，成熟了，书的效力才能凸显出来。

读书的女人，更善于倾听，因为书训练了她们的耳朵，教会了她们谦逊。知道世上多聪慧明达的贤人，吸收就是成长。

读书的女人，更乐于思考。因为书开阔了她们的眼界，拓展了原本纤细的胸怀。明白世态如币，有正面也有反面，一厢情愿只是幻想。

读书的女人，更勇于决断。因为书铺排了历史的进程，荟萃了英雄的业绩，懂得有得必有失，不再优柔寡断、贻误战机。

读书的女人，更充满自信。因为书让她们明辨自己的长短，既不自大，也不自卑。既然伟人们也曾失意彷徨，我们尽可以跌倒了再爬起来，抖落尘灰向前。

读书的女人，较少持续地沉沦悲苦，因为晓得天外有天、乾坤很大。读书的女人，较少无望地孤独惆怅，因为书是她们招之即来、永远不倦的朋友。读书的女人，较少怨天尤人、孤芳自赏，因为书让你牢记个体只是恒河沙粒沧海一粟。读书的女人，较少刻毒与卑劣，因为书中的光明，日积月累浸染着节操，鞭挞着皮袍下的“小”……

淑字，温和善良美好之意。好书对于女人，是家乡的一方绿色水土。离了它，你自然也能活。但与书隔绝的日子，心无家园。半生过下来，女人就变得言语空虚、眼神恍惚、心胸狭窄、见识短浅了。

淑女必书女。

从6岁开始

和北京一所中学的女生座谈。席间，一个女孩子很神秘地问：“您是作家，能告诉我们强暴究竟是怎么一回事吗？”

她说完这话，眼巴巴地看着我。她的同学，另外五六位花季少女，同样眼巴巴地看着我，说：“我们没来之前，在教室里就悄悄商量好了，我们想问问您，这究竟是怎么一回事？”

我微笑着反问她们：“你们为什么想知道这个词的意思？”

女孩子们七嘴八舌地说：“随着我们的年纪渐渐长大，家长啊老师啊，都不停地说：‘你们要小心啊，要保护好自己的身体，千万不要出什么意外。’在电影里、小说里，也常常有这样的故事，一个女孩子被人强暴了，然后她就不想活下去了，非常痛苦。总之，强暴是一件非常可怕的事情。但是，没有人把这件事同我们说清楚。我们很想知道，又不好意思问。今天，我们一起来，就是想问问您这件事。请您不要把我们当成坏女孩。”

我说：“谢谢你们对我的信任。我绝不会把你们当成坏女孩。正相反，我觉得你们是好女孩，不但是好女孩，还是聪明的女孩。因为这样一个和你们休戚相关的问题，你们不明白，就要把它问清楚，这就是科学的态度。如果不问，稀里糊涂的，尽管有很多人告诫你们要注意，可是你们根本就不知道那是怎么一回事的时候，从何谈起注意的事项呢？好吧，在我谈出自己对强暴这个词的解释之前，我想知道你们对它的了解到底有多少。”

女孩子们互相看了看，彼此用眼神鼓励着，说起来。

一个说，它肯定是在夜里发生的事。

第二个说，发生的时候周围会很黑。

第三个说，很可能是在胡同的拐角处发生。

第四个说，有一个男人，很凶的样子，可脸是看不清的。

第五个说，他会用暴力，把我打晕……

说到这里，大家安静下来，或者更准确地说，一种隐隐的恐怖笼罩了她们。我说：“还有什么呢？”

女孩子们齐声说：“都晕过去了，还有什么呢？没有了。所有的小说和电影到了这里，就没有了。”

我说：“好吧，就算你晕过去了，可是只要你没有死掉，你就会活过来。那时，又会怎样？”

女孩子们说：“等醒来的时候，已经是在医院里了，有洁白的床单，有医生和护士，还有滴滴答答的吊瓶。”

我说：“就这些了？”

女孩子们说：“就这些了。这就是我们对于强暴一词的所有理解。”

我说：“我还想再问一下，对那个看不清面目的男人，你们还有什么想法？”

女孩子们说：“他是一个民工的模样。穿得破破烂烂的，很脏，年纪三十多岁。”

我说：“孩子们，你们对这个词的理解，还远不够全面。发生强暴的地点，不仅仅是在胡同的拐弯处，有可能在任何地方。比如公园，比如郊外。甚至可以在学校甚至你邻居的家，最可怕的，是可能在你自己的家里。强暴者，不单可能是一个青年或中年的陌生人，比如民工，也有可能是你的熟人、亲戚甚至师长，在最极端的情况下，也可能是你的亲人。强暴的本身含义，是有人违反你的意志，用暴力强迫你同他发生性关系，这是非常危险的事件。强暴发生之时和之后，你并非一定晕过去，你可能很清醒，你要尽最大可能把他对你的伤害减少，保全生命，你还要在尽可能的情况下，记住罪犯的特征……”

女孩子们听得聚精会神，可把我紧张得够呛。因为题目猝不及防，我对自己的回答毫无把握。我不知道自己解释得对不对、分寸感好不好，心中忐忑不安。

后来，我同该中学的校长说，我很希望校方能请一位这方面的专家，同女孩子们好好谈一谈，不是讲课，那样太呆板了。要用生动活泼的形式，教给女孩子们必要的知识。使她们既不人人自危、草木皆兵，也不是稀里糊涂、一片懵懂。

我记得校长很认真地听取了我的意见，然后，不动声色地看了我半天。闹得我有点儿发毛，怀疑自己是不是说得很愚蠢或有越俎代庖的嫌疑。

停顿了一会儿之后，校长一字一句地说：“您以为我们不想找到这样的老师吗？我们想，太想了。可是，我们找不到。因为这个题目很难讲，特别是讲得分寸适当，更是难上加难。如果毕老师能够接受我们的邀请，为我们的孩子们讲这样的一课，我这个当校长的就太高兴、太感谢了。”

我慌得两只手一起摇晃着说：“不行不行。我讲不了！”

后来，这件事就不了了之。

在美国纽约访问。走进华尔街一座豪华的建筑，机构名称叫“做女孩”。身穿美丽的粉红色中国丝绸的珍斯坦夫人接待了我们。她颈上围着一条同样美丽的扎染头巾。她说：“我们这个机构是专门为女孩子的教育而设立的。因为据我们的研究报告证实，在女孩子中间，自卑的比例是百分之百。”

我说：“百分之百？这个数字真令人震惊。都自卑？连一个例外都没有吗？”

珍斯坦夫人说：“是的，是这样的。这不是她们的过错，是社会文化和舆论造成的。所以，我们要向女孩子们进行教育，让她们意识到自己的价值。”

在简单的介绍之后，她很快步入正题，晃着金色的头发说，对女孩子的性教育，要从6岁开始。

我吃了一惊：“6岁？是不是太小啦？我们的孩子在这个年纪，只会玩橡皮泥，如何张口同她们谈神秘的性？”

还没等我把心中的疑问吐出口，珍斯坦夫人说：“6岁是一个界限。在这个年龄的孩子，还不知性为何物，除了好奇，并不觉得羞涩。她们是纯洁和宁静的，可以坦然地接受有关性的启蒙。错过了，如同橡树错过了春天，要花很大的气力弥补，或许终生也补不起来。”

我点头，频频地，觉得她说得很有道理。但是，究竟怎样同一双双瞳仁如蝌蚪般清澈的目光，用她们能听得懂的语言谈性？我不知道。我说：“东方人讲究含蓄，使我们在这个话题上会遇到更多的挑战和困难。不知道你们在实施女性早期性教育方面，有哪些成功的经验抑或奇思妙想？”

珍斯坦夫人说："我们除了课本之外，还有一个神奇的布娃娃。女孩子看到这个娃娃之后，就明白了自己的身体。"

我说："可否让我认识一下这个神通广大的娃娃？"

珍斯坦夫人笑了，说："我不能将这个娃娃送给你，她的售价是80美元。"

我飞快地心算，觉得自己虽不饱满的钱包还能挤出把这个负有使命的娃娃领回家的路费。我说："能否卖给我一个娃娃？我的国家需要她。"

珍斯坦夫人说："我看出了你的诚意，我很想把娃娃卖给你。可是，我不能。因为这是我们的知识产权。你不可以仅仅用金钱就得到这个娃娃，你需要出资参加我们的培训，得到相关的证书和执照，才有资格带走这个娃娃。"

她说得很坚决，遍体的丝绸都随着语调的起伏簌簌作响。

我明白她说的意思，可是我还不死心。我说："我既然不能买也不能看到这个娃娃，那我可不可以得到她的一张照片？"

珍斯坦夫人迟疑了一下，说："好的。我可以给你一张复印件。"

那是一张模糊的图片。有很多女孩子围在一起，戴着口罩（我无端地认定那口罩是蓝色的，可能是在黑白的图片上，它的色泽是一种浅淡的中庸）。她们的眼睛探究地睁得很大，如同嗷嗷待哺的小猫头鹰。头部全都俯向一张手术台样的桌子，桌子上是千呼万唤始出来的布娃娃——她和真人一般大，躺着，神色温和而坦然。她穿着很时尚华美的衣服，发型也是流行和精致的。总之，她是一个和围观她的女孩一般年纪、一般打扮，能够使她们产生高度认同感的布娃娃。老实说，称她"布娃娃"也不是很贴切。从她颇有光泽的脸庞和裸露的臂膀上，可断定构成她肌肤的材料为高质量的塑胶。

围观女孩的视线，聚焦在娃娃的腹部。娃娃的腹部是打开的，如同一家琳琅满目的商店，里面储藏着肝脏、肺管、心房，还有惟妙惟肖的子宫和卵巢。自然，还有逼真的下体。

往事，也许是我在纽约的华尔街，一直想买下模具娃娃的强烈动力之一了。

非常感谢珍斯坦夫人，我得到了一张娃娃被人围观的照片的复印件，离开了华尔街，后来又回国。我虽然没有高质量的仿真塑胶，但我很想为我们的女孩制造出一个娃娃。期待着有一天，能用这具娃娃，同我们的女孩轻松而认真地探讨性。思前想后，我同一位做裁缝的朋友商量，希望她答应为我定做一个娃娃。

听了我详细的解说并看了图片之后，她嘲笑说："用布做一个真人大小的娃娃？亏你想得出！"

我说："不是简单的真人大小，而是和听众的年纪一般大。如果是6岁的孩子听我讲课，你就做成6岁大。如果是16岁，就要做成16岁那样大，比如身高一米六〇……"

朋友说："天哪，那得费我多少布料！你若是哪天给体校女排女篮的孩子们讲课，我就得做一个一米八的大布娃娃了！"

我说："我会付你成本和工钱的。你总不会要到827块钱一个吧（根据当天的100美元对人民币的汇率计算）？"

朋友说："材料用什么好呢？我是用青色的泡泡纱做两扇肺，还是用粉红的灯芯绒做一颗心？"

我推着她的肩膀说："那就是你的事了。为了中国的女孩们，请回去好好想，尽快动手做吧。"

女孩，请与我同行

那天，说好晚上九点到广播电台，直播一个呼唤真情的节目。都怪我临走时又刷了刷碗，出门比预定时间晚了五分钟。大城市里似乎活动着一条诡谲的规律，假如你晚了半步，就像跌入了黑暗的潜流，步步晚下去，所有的事物都开始和你作对。

我家门口是交通要道，平日打的，易如反掌。但此刻仿佛全北京的人都拥挤在出租汽车上，奔驰而来的汽车没有一辆亮出“空驶”的红灯。时间在焦急的等待中转瞬即逝，我急得头上热气腾腾。

顾不得往日的矜持，我跳到马路中央拦车。可惜每一辆迎面驶来的出租汽车的窗玻璃上都黑压压地涂满了人，任凭我将手臂摇得像风雨中的旗杆，车群还是拐着弯呼啸而过。

我想，也许我站的地方不理想，就向路口逼近，最后简直戳到红绿灯底下了。

现在，是最后的时限了。假如我再搭不上车，直播室里将留下一幅焦灼的空白。我无法设想那边即将到来的慌乱情景，只是疯狂地向每一辆的士招手。

突然，一辆红色的夏利出租车从天而降，稳稳地停在了我的身旁。司机是一个快活的小伙子，他露着一口白牙微笑着问我："您到哪里去？"

我伸手拉开车门，上了车报出地名。猛然一个尖锐的女声撕破了我们的耳鼓："你怎么问她不问我？是我先看到你的，是我先挥手的。这是我拦的车，该我上的……"

我们都愣了，看着这从一旁杀出的女孩。她穿着一身银粉色的连衣裙，夜风吹起裙裾，像套着一柄漂亮而精巧的阳伞。

略一思索，就明白了眼前的事态。女孩刚来到人行道上挥手拦车，车就停了。她以为这是她的功劳。

来不及同她做太多的解释，甚至不想分辨究竟是谁先举起的手（其实很简单，只要问一问司机就真相大白）。我只是想，既然我们在同一方向拦车，大目标就是一致的。于是问她："小姐，您到哪里？"

她不屑于理我，对着司机报出了她的目的地。司机轻松地说："我正不知道怎么回答您呢，这下好了，你俩顺路，您先到，那位女士后到。谁也不耽误……"

我敞着车门对她说："小姐，谁拦的车已经无所谓了，要紧的是我们赶快上路。对不起，我的确有急事，来不及再拦别的车了。既然我的路远，车费就由我来付。小姐，快上车吧，请与我同行。"

美丽的小姐掏出高雅的钱夹，也是娇艳的粉红色，对司机说："钱，我有的是。我从没习惯同别人坐一辆出租车。你请她下去，我多付你钱。"

我突然感到异乎寻常的寒冷，在这春意荡漾的夜晚。

那一瞬，我漠然向隅缄口无言。要是司机撵我下车，我只有乖乖地下去。就是过后义愤填膺地举报车号，司机也完全可以不认账，说他是先看到粉红色小姐后看到的我，这便是死无对证的事。况且按照我待人处世息事宁人的习惯，也绝不会打上门去告谁。

在那个时刻，甚至连广播电台的直播都茫然地离我远去。在人与人之间如此隔膜的今日，温情的呼吁是多么苍白微弱。

我抱着肘，怕冷似的等待着，等待一个陌生人的裁决。

司机对小姐说："我当然愿意多挣点儿钱啦。您忙吗？"

小姐嫣然一笑说："我不忙。就是晚饭后遛遛弯儿。"她很自信地看着司机，对自己的魅力毫不怀疑。

我已经做好了下车的准备，听见司机对小姐说："既然您不忙，那我就先送这位女士了。您再打别的车好吗？"

说着，他发动了引擎，夏利像一颗红色的保龄球，沿着笔直的长安街驶去。

女孩粉红色的身影，像一瓣飘落的樱花，渐渐淡薄。

我很想同司机说点儿什么，可是说什么呢？感谢的话吗？颂扬的话吗？在这车水马龙的都市里，似乎都被霓虹灯的闪烁淹没了。

"像这样的事多吗？"我终于说了。

"什么事？"他转动着方向盘，目视前方。

"就是同一方向行驶的乘客，却不愿搭乘。"

"多。挺多。其实同方向搭乘，既省了钱，又省了油，还省了时间，不消说还减轻了城市的交通污染。可是，有许多人就是不愿搭乘。不过一般人不愿合着坐，不坐就是了。像今天这位小姐，公然用钱来逞强的人，也不多。"司机一边说着，一边灵巧地避让着车流。

我轻轻地叹了一口气，问他也是问自己："人哪，为什么要这样喜好孤独？"

正巧前面是一盏红灯，司机拨弄着一个用作装饰的金“福”字，平静地说：“因为他们有时间，因为他们有钱。”

绿灯像猫头鹰的眼一般亮了。他一踩油门，车又箭矢般前进。一路上，我们再无交谈。

到达北京人民广播电台，离预定的直播时间还有五分钟。

我急急地把一张整币递给他，甩上车门就往楼里跑，那一道道进直播间的手续颇为费时。

司机在后面喊：“还没找您钱呢！”

我头也不回地说：“不用找了。别在意，那不是奖你的，是我没时间了。如果你不忙，待会儿请打开收音机，会听到我在节目里说起你……”

我不知道司机是不是听到了我的话，更不知道那朵粉红色的樱花，在坐着另一辆出租汽车兜风的时候，听到了我的呼唤没有。

我在说——女孩，请与我同行。

写『福』字的女孩

香节前的北方集市，热闹得像蜂巢。熙熙攘攘，喧喧嚣嚣，过年的气氛像扑面而来的海浪，把赶集的你浇个透湿。

走到干果市，一堆堆的南瓜子、西瓜子、葵花子，散发着撩人的香气。摊主揪着你的衣袖，非要你尝一把才走。你不买他的瓜子，他不生气。你若是不肯尝尝他的货色，他就很委屈地嘟囔着说："咋啦？嫌我的瓜子不新鲜吗？新出锅的，吃一颗香你一个跟头！"

你进了炮仗市，空气中弥漫着火药库的味道。红的二踢脚，绿的震天雷，一串串红辣椒似的挂鞭，看着就让你耳边鼓起枪战般的激烈音响。那金箍棒一样粗的"小钢炮"，长长的炮捻儿温顺地垂在一侧，好像一个穿红袄的嘎小子笑嘻嘻地看着你，你不由自主地绕着它走。走得远了，你又忍不住回过头去再看它两眼……

菜市有些萧条。绿色的菜叶被冷风飕得泛出褐黄，或翠得可疑，反射出晶莹的闪光——那是被冻透了。你叹了口气往前来，菜老板说：“真有心买吗？筐里有好的呀，摆在外面的是样品，原装的水灵着呢！”说着从捂着棉絮的箱里掏出一个西红柿，电光石火地朝你一闪，又掖了回去。

那半个西红柿的笑脸，灿烂无比。

你买了菜，又慢慢地向前走。来到了一处较为宽敞的场地。空地上摆了几张桌子，红纸铺台，几位先生挥毫泼墨，正在写对联。四周聚着拿钱求字的人们，人头攒动，却很安静。

这该叫个什么“市”呢？书法市吗？你好奇地站住了。

你发现了她，一个小小的女孩，提着几乎和她胳膊一般长的毛笔，也在为人写字。你不禁为她发愁，这么小的人，就算字写得好，能编出主顾满意的吉祥话吗？

看了一会儿。你笑了。担心真是多余的，她只写一个字——一个大大的酣畅淋漓的“福”字。

按说她的字写得并不是很好，但求她写字的人很多。她有一绝，笔下的“福”字竟是倒着写的。

“福”倒了——“福”到了！这是中国农民世世代代的愿望啊！

她面前有一沓裁好的红纸斗方。两个小瓶，一个装着金粉，一个装着银粉。还有一个巨型砚台，半截墨块。真是个孩子啊，桌上还散乱地扔着几片侧柏叶，一片晶晶烁烁的天然云母。

有主顾来了，她就很老到地问：“您是要金福还是银福还是墨福？”

主顾问了价码，做了选择，她就按要求施工。要金银福字的，她就把金银粉用调料稀释了，然后笔走龙蛇，一个倒“福”字一笔呵成，博得一片喝彩。

有的主顾掂量了半天说：“我还是要个墨福吧，便宜。”

小姑娘就不再说话，用嘴哈哈砚台里稀薄的冰晶，开始磨墨，还不时地把柏叶和云母丢进去，弄得砚池里泥泞不堪。

墨福写好了，等到收钱的时候，主顾说：“少要点儿吧。你的墨是自己磨的，你看那边，用的是‘一得阁’的香墨汁。”

小姑娘揉着红彤彤的手指说：“我的墨汁里加了树叶，您闻闻是不是有松树味？还加了云母，在太阳底下，福字里能透出金星呢！”

主顾就把红斗方对着太阳看，周围的人也凑上去。墨字在太阳下显出苍翠的金属色泽，主顾就按数放下钱。

一位老奶奶走过来说：“闺女，给我写个……小点儿的……”

女孩指着纸说：“奶奶，纸都是在家就裁好了的，没小的啊。”

老人扁着嘴说：“我就不信你那纸就没个边边角角碎料？做衣服的还有个布头贱卖呢！闺女，再找找吧……”

围着的人说话了：“过年贴福字，有钱就贴，没钱就拉倒。这个福字可没有打折的啊！”

在人们的哄笑声中，老奶奶悄悄地离去。她低着白发苍苍的头说：“我只要一个小小的福……”

女孩默不作声，挥毫饱蘸金粉，龙飞凤舞写下一个金色的倒“福”字，追上老奶奶，说：“我送您一个大大的‘福’……”

你站在北方晴朗而寒冷的天穹下，看着老人双手捧着金色的福字，消失在茫茫的人群中。

又有清新的松柏气味飘荡在你身后，写“福”字的女孩正在撕云母，传来极轻微的破碎声。

乡下的妹妹

记得那是“浩劫”刚起的日子，乡下的一位远亲给我家来信，说他的妻子产后得了重病，无钱医治，希望我父母能给予接济。信的末尾写了一句，说那新生的女儿长得很像我。以后，他们不时地写信来要钱，有时是缺粮，有时是缺衣。对于这些要求，父母多半满足，但也有不给的时候，说穷亲戚是无底洞，填不满的坑。

后来我当了兵，第一次领到可供我自由支配的津贴费，不由得想起在遥远的乡下那个很像我的小女孩，就给她家寄了五元钱，要她父母给照张相，看看她究竟是什么样子。

当我几乎将这事忘记了的时候，才收到一张一寸大小、模糊不清的照片。上面的小姑娘面黄肌瘦，根本就不像我。她父母说，钱被挪去买粮度荒，这是攒了几个鸡蛋卖些钱，才照下的相片。

随着岁月的流逝，这个未曾谋过面又绝不像我的乡下妹妹，便从记忆的磁带上抹掉了。

前几天，我家来了一位风姿绰约的女孩。时兴的黑色健美裤，茜红的羽绒衣，乳白色的马海毛线帽和垂到腰际的长围巾，正是冬季北京最俏的女孩子的装束。

“你找谁呀？”我问。我的朋友里还真没这么新潮的。

“就找你呀！姐姐！”她亲热地拉住我的手。

我们对面坐下，细细地拉起家常。她拿出那张小相片感谢我，说村里像她这么大的姑娘小伙子，在那个年代，没有一个人曾留下相片的。

“哎呀，怎么忘了，我是第一次出远门，怕想家，还带着相片。”她拿出一摞彩色相片。于是，我第一次看到了故乡那块富饶又曾一度贫瘠的土地，看到了我未曾亲近过的乡下亲戚，看到了他们新盖的房屋、新打制的家具，看到了丰收的庄稼……

相片的摄影技术并不高明，用的却是正宗的柯达相纸。亲戚们穿着崭新的衣服，笑容也很拘谨，但看得出是发自内心。

乡下的妹妹最后告诉我，她进了一家乡镇企业，这次是到北京衬衫总厂学习高级衬衫的制作，回去以后还要带徒弟呢！

“等我学会了，亲手做一件丝绸衬衣送给你。我们厂的产品是出口的。”她快活地笑着，露出乡下姑娘特有的纯朴与真诚。

“这是你妹妹吧？你们姐俩长得可真像。”看过相片的人都这样说。

论文、小网和乡村记忆

灯下，写关于中国当代文学的论文，论青年女作家的构成及创作走向。繁复的资料像麦秸垛湮没着我的思绪，之所以选择了这个题目，主要是为了蒙混过关。

我从众多的资料当中挑选出翔实可靠的，把每一位女作家的出生年月、籍贯、双亲文化水准、个人经历、学历、婚姻恋爱史、发表处女作的时间、创作的题材领域和基本风格等，综合了一张庞大的表格，把大家分门别类地统计在上面，像国民生产总值的计划图表。

我在杂芜的材料中艰难地挺进。那个答案——或者说是论文的观点，像礁石似的渐渐露出海面。

我突然看见一个女孩，瘦瘦高高地立在我的稿纸上。因为肤色黑，她的牙齿显得格外白，微笑着注视着我。

她，是我姥姥那个村的。

我的父母都是农村人。早年间，他们出来当兵，在遥远的新疆生下我。我半岁的时候，父母东调入京，我也就跟着成了一个城里人。

我五岁那年，妈妈领着我回老家看姥姥。这是我第一次系统地接触农村。农村的小姑娘围上来，问我城里的事。我做了生平最初的演讲。

“你们的房子可真矮！我家在城里住楼房。”我说。

“什么叫楼房？”为首的小姑娘问。她黑黑高高瘦瘦，九、十岁的样子，叫小网。

我傻了。我不知道怎样准确地描述楼房。吭哧了半天之后，我说：“楼房就是在房子上面再盖一间房子。”

大伙儿一通哄笑。小网闪着白亮的牙齿对我说：“这是根本不可能的。房子上面不能再盖房子。”

看着她斩钉截铁的样子，我开始怀疑自己的记忆。主要是我看出她是孩子们的头，我要是不同意她的观点，就甭想和大伙儿一块儿玩了。

她们接纳了我。

结论一：女作家个体多出自高级知识分子家庭，其中大文学家、大美学家、大艺术家的直系后裔，约占四分之一。呈现出明显的人才链现象。

“咱们今儿上坡去。”小网说。

我们老家处在丘陵地带，把小山叫作坡。

我在坡上第一次看到花生秧，觉得叶子精致得像花。小网说，你给咱看着点儿人，咱扒花生吃。

在这之前，我所见到的花生都是躺在柜台里的粉红胖子，不知道它们埋在地里的时候是一副什么模样。我对这个建议充满好奇和恐惧。我说："要是人来了，让人抓住了可怎么办？"小网说："你就大声喊我们。"她又对大家说："花生带多带少不是最要紧的，主要是不能叫人抓着。要是万一有人来了，大伙儿就朝四散里跑。要是往一个方向跑，还不让人一抓一个准！"她又格外叮咛："有人追的时候，就在树棵子里绕圈，他就抓不住咱啦！"

我当时愣愣地看着这个黑黑瘦瘦的女孩，心中充满崇拜。即使在许多年后的今天，我仍然看见她站在蓝绿色的花生秧里，指挥若定地说着这些令人可怕的话。海风把她稀疏的黄发刮得雾似的飘起，有几根发丝沾在嘴角。她用火焰似的小舌头拨起，继续说话。

开始干活了。小伙伴们拎着花生秧，利索地豁开地皮，像提网兜一样把潜伏在底下的花生果一网打尽。我吃惊地发现，花生并不像商店里卖的那样规格统一，而是个头悬殊。运筹帏幄的小网犯了一个致命的错误，就是不该把瞭望哨的重任交给我。

过了一会儿，我一抬头，哎哟我的妈呀！一个彪形大汉在距离我们很近的地方，张着磨扇一般的手说："这是谁家的孩子！就这么大天白日地偷！"

"快……快跑呀……"我发出最后的警告并身体力行。

大家按照事先的周密计划，四处逃窜。

我不知道，那个大汉为什么在众多的偷盗者里单单追击我。也许是因为我率先逃跑，移动的物体更易引发注意。

他很胖。我往山上跑。我不知道自己为什么选择了上山，可能是那么急切地往山下跑，非一个跟头栽下去不可。我个儿小灵活，正确的战术居然使我们之间的距离渐渐拉开。这时，面前出现了一片小树林，我记起了小网的话……

结论二：女作家群体都受过良好的高等教育，大学本科以上学历的约占百分之七十。作家的学者化是不可逆转的总趋势。

我开始绕着树跑，决定把这个胖子甩到看不到的远方。我绕了一棵树又一棵树，力求每一个圈都完美无缺。当我气喘吁吁地绕了最圆的一个圈以后，我看见彪形大汉像泰山似的立在我面前。

“你是谁家的？”他问。

“我是我姥姥家的。”我很悲壮地说。既然被抓住了，就敢做敢当。

“你姥姥……哦，你是跟你妈回娘家。说说吧，你妈叫什么名字？”

我只好告诉了他。他兀自嘟囔了两遍，嘴巴还动了一动，好像把这个名字咽到肚里去了。

“好了。你走吧。”他说，自己先走了。

我呆呆地站在荒漠的坡上，第一次感觉世界如此恐怖凄凉。我知道自己把妈妈出卖了，不知道什么厄运在等着我可爱的妈妈。

小伙伴们像幽灵一样从一棵棵树影背后闪现出来。她们静静地望着我，把狂奔之后残余的花生果捧给我。

“不吃不吃！”我烦躁地把花生打落在地，“你们刚才到哪里去了？为什么不来救我？”我质问。

小网走过来。我说：“都怪你，怪你！你让我围着树绕，我绕了，结果被抓住了。”

她叹了口气说：“那也得看该绕不该绕啊！”

我说："你赔我妈妈。"

她沉吟了一会儿，说："其实你妈妈没事的。他把家里大人名字记了去，是打算秋后罚款。你们过些日子就回北京去了，他到哪里去罚你妈？"

我说："要是我家还没走，他就来罚钱，可咋办？"

小网极有把握地说："不会的。平日里大伙儿都没有钱，他可罚得到什么？"

我长长地舒了一口气。小网把兜里的花生掏给我，说："就着熟地瓜干吃，有肉味。"

我吃了一口嫩嫩的花生果，满嘴冒白浆，又赶紧往舌头上搁了一块小网给我的熟地瓜干。我确实品出了一种奇异的味道，但我敢用我五岁的全部经历打赌：肉绝对不是这个味儿。

她们离肉已经太远，肉在记忆的无数次咀嚼中变质。

"好吃吗？"女孩们目光炯炯地望着我。

"不好吃！"我响亮地回答。

我看见小网深深地低了头。那块地瓜干是她好不容易才从家里偷出来的。

面对稿纸，我对那时的我仇恨刻骨。儿童的直率有时是很残忍的东西。有一天，小网对我说："我要上学去了。"我就赶快跑回家对妈妈说："我也要上学。"妈妈说："你才五岁，上的什么学？再说，咱们马上就要回北京。"

我说："我要上学。"

妈妈只好领着我去学校，除学费之外，多交了几块钱，说请费心，权当是幼儿园了。

教室里总共有三块木头。两块钉在地里当桩，一块横在上面做桌面。每人从家里带个蒲团，就是椅子了。

结论三：女作家的个人感情经历多曲折跌宕，婚姻爱情多充满悲剧意义。她们的作品就是她们的心灵史。

在大约一个月的学习时间里，我似乎没有记住一个汉字，好像也没有学会任何一道算术题。在记忆深处蛰伏的只有两件事。一是我学会了一首歌，就是“高高的兴安岭，一片大森林……”一是小网的学习非常好，老师几乎每天都要表扬她。

有一天，小网把我拉到一旁，愧疚地对我说：“以前我把你说错了。”

我大为好奇，说：“什么错了？”

小网说：“你看。”说着，把书翻到了很后面的一张。

我大惊失色，说：“这还没有学呢，你就能认了？”

她说：“也不全能，凑合着看吧。不说字了，咱看画。”

我说：“画怎么啦？没什么呀！”

她说：“你看那房子，双层的。这就是你说的楼吧。你比我小，可你见得比我多。我以后也要到外面去。”

后来，我回北京了。有时见到楼房，就会想到小网。轮到妈妈给老家写信时，我就说：“问问小网。”妈妈说：“小网好着呢，问一回也就得了吧，怎么老问？信是你姥姥托人写的，人家可不知道什么小网！”

等我自己学会写信了，我就给小网写了一封长信。信里说，我到同学家里看了电视……（那是1964年的事，电子管的电视还很稀罕。）妈妈看到了我的信，说：“你跟人家说这个干什么？小网能知道什么是电视吗？你这不是显摆吗？”

我想，小网一定是愿意知道电视的事情的。我绝没有显摆的意思，只是想把最新奇的事情告诉小网。不让写这些，我又写些什么？

我把信撕了。

后来，老家的人来信说，小网结婚了。嫁给一个东北人，到寒冷的关外去了。人们说，小网黑是黑，可是中看。要是一般人，还嫁不出去呢！后来听说她回过家，拉扯着一溜儿的孩子，右胳膊让碾机给铰断了，只剩下左手。大伙说，别看小网一只手，比两只手的媳妇能干。一只手能转着圈地擀饺子皮。有好事者说："一只手能包饺子俺信，可怎么擀皮？"人们偷偷地说："小网包饺子的时候，把案板搁炕上。人站在地上，歪着头，用下巴颏儿压着面剂子，一只手擀得飞快。只是她包饺子的时候不让人看，觉得自己那时候不美。"

我写下了论文的最后一条结论：

迄今为止，中国当代青年女作家群体中，尚没有一位是来自最广阔原野的农村女性。同当代青年男作家结构构成相比，具有极其明显的差异。

这是一种深刻的历史的遗憾。

梅勒妮的卵子

据媒体报道，加拿大一个7岁的女孩弗拉维患有一种罕见的先天性基因疾病脱纳氏综合征，这种由染色体缺失引发的疾病会破坏患者的卵子生成。为帮助女儿将来生儿育女，38岁的母亲梅勒妮捐出自己的21个卵子保存在液体氮气中，以供将来和女儿弗拉维丈夫的精子结合，通过人工授精孕育出孩子。7月3日，在法国里昂举行的欧洲生殖与胚胎学会年会上，加拿大维多利亚皇家医院麦克吉尔生殖中心公布了首例母亲为女儿捐赠卵子的医疗细节。

这项计划自曝光以来，一直产生激烈的伦理争议。当天的会上，生殖伦理组织的一名成员认为，梅勒妮没有充分考虑将来出生的婴儿面临的伦理困境。因为就生物学意义而言，弗拉维生下的婴儿将是她“同母异父”的弟弟或妹妹，而梅勒妮虽是婴儿的外婆，但还是事实上的母亲。

梅勒妮表示：“我只是在尽可能地帮助我的孩子，给她任何所需要的东西，如果需要我捐出一个肾，我也将毫不犹豫。因为年纪的原因，我不得不现在捐献卵子。我将把孩子看作自己的外孙，弗拉维会照料孩子，将是孩子真正的母亲。”她同时表示，弗拉维将决定是否采用这些卵子，“我只是给她提供一个选择，如果她愿意，她可以采用别人的卵子”。

我可以理解梅勒妮的选择。她因为自己的女儿罹患脱纳氏综合征而满怀内疚，她要尽自己的力量帮助女儿，甚至不惜把自己的卵子冷冻起来，以备将来女儿如果需要做母亲的时候，多一个选择。她甚至说出了“如果需要我捐出一个肾，我也将毫不犹豫”这样的话，让人们为母爱的执拗而感叹。

但是，一个卵子和一个肾毕竟有着本质的不同。从梅勒妮的口气里看，好像一个肾比一个卵子更重要，可能是因为捐献出一个肾，身体所受的损伤远比捐献卵子要大得多。但从生命伦理学的角度上来说，卵子和肾的意义是不同的。肾脏是无知无觉的，但卵子关乎到构建另外一个生命的开端。那个生命将成为有独立人格的个体，他会追问“我从哪里来”这样的终极问题。不知道梅勒妮是否想到，既然她的亲生女儿会罹患这种先天性的染色体疾病，那么她本人的卵子并不一定是完全健康的。退一万步讲，即使是完全正常的，弗拉维接受了这个卵子并成功孕育，弗拉维将如何面对这样一个同母异父的“孩子兼弟（妹）”？即使弗拉维可以面对这个事实，她将来的丈夫是否可以接受这样一个婴孩？纵然他们都可以过关，那么这个孩子长大得知真相之后，是否可以安然维持内心的平衡？

未知数太多了。医学固然可以在技术层面把一个卵子保存几十年，但我相信，无论是梅勒妮还是参与这一活动的医生们，都无法清楚地回答以后的问题。在关乎生命伦理的问题上，如果你没有想清楚，请不要贸然进入危险的领域，因为这绝不仅仅是技术的问题，它已经进入了造物主的范畴。

对于参与这一操作的医生们，很想问他们一个问题：假如有一对富有的夫妇，出了足够的金钱，要求把他们的精子和卵子分别冷冻起来，100年后再交配生出一个婴孩，所有的抚养费富翁家事先都储备好了，并指定了基金会负责。试问，有人愿意接受这项工作吗？

我想，一定有医生跃跃欲试。100年，这将挑战所有现代医术的极限啊！

但是，人类社会会接受这个愿望吗？对于一门深入生命过程以内的科学，医生们应该格外冷静和慎重。

尽一切努力把自己的基因遗传下去，是动物的本能。这就使我虽然能够理解梅勒妮和医生们的想法，但仍认为这是一种更高形式的自私。付出比较小的代价，得到自己的内心安宁，却全然不顾这个事件将对他人发生的未知影响，这就是对整个人类社会的不负责任。

全职主夫

早上，告别伊利诺伊州的小镇，出发到芝加哥去。行程的安排是——我和安妮先乘坐当地志愿者的车，一个半小时之后到达罗克福德车站，然后从那里再乘坐大巴，直抵芝加哥。

早起收拾行囊，在岳拉娜老奶奶家吃了早饭，安坐着等待车夫到来，私下揣摩：今天我们将有幸与谁同行？

几天前，从罗克福德车站到小镇来的时候，是一对中年夫妇接站。丈夫叫鲍比，妻子叫玛丽安。他们的车很普通，牌子我叫不出来，估计也就相当于国内的“夏利”那个档次。车里不整洁也不豪华，但还舒适。我这样说，一点儿也没有鄙薄他们的财力或热情的意思，只是觉得有一种平淡的家常。

丈夫开车，车外是大片的玉米地。玛丽安面容疲惫但很健谈，干燥的红头发飘拂在她的唇边，为她的话增加了几分焦灼感。我说：“看你很操劳辛苦的样子，还到车站迎接我们，非常感谢。”

玛丽安说："疲劳感来自我的母亲患老年性痴呆十四年，前不久去世了。都是我服侍她的，我是一名家庭主妇。我知道陪伴一名老人走过她最后的道路，是多么艰难的过程。母亲去世了，我一下子不知道干什么好了。照料母亲成了我生命的一部分。现在，我干什么呢？虽然我有家庭，鲍比对我很好……"

说到这里，开车的鲍比听到点了他的名，就扭过头，很默契地笑笑。

玛丽安说："孩子也很好，可这些都填补不了母亲去世后留下的黑洞。我的这一段经历，我不想让它轻易流失。你猜，我选择了怎样的方式悼念母亲？"

我说："你要为母亲写一本书吗？"

这的确是我能想出的悼念母亲的较好方法了。

玛丽安说："不是每个人都有能力写书的。"

我说："那么，你想出的方法是什么？"

玛丽安说："我想出的办法是竞选议员。"

我的眼珠瞪圆了。当议员？这可比写书难多了，不由得对身边的玛丽安刮目相看。议员是谁都当得了的？这位普通的美国妇女，消瘦疲倦，眼圈发黑，看不出有什么叱咤风云的本领，居然就像讨论晚餐的豌豆放不放胡椒粉那样，淡淡地提出了自己的议员之梦。

玛丽安沉浸在对自我远景的设计中，并未顾及我的惊讶。她说："我要向大家呼吁，给我们的老年人更多的爱和财政拨款。服侍老人不但是子女的义务，而且是全社会的代价高昂的工作。这不但是爱老年人，也是爱我们每一个人。我到处游说……"

我忍不住插嘴："结果怎么样？你有可能当选吗？"

玛丽安一下羞涩起来，说："我从没有竞选的经验，准备也很不充分。当然，财力也不充裕。所以，这第一次很可能要失败了。但是，我不会气馁的。我会不懈地争取下去，也许你下次来的时候，我已经是州议员了。”

玛丽安说到这里，鲍比就把汽车的喇叭按响了。宽广的道路上没有一个人，也没有任何险情。喇叭声声，代表鲍比的喉咙，为妻子助威。

我对玛丽安生出了深深的敬佩。怎么看她都不像一个能执掌政治的女人，但是谁又能预料她献身政治后的政绩，不是辉煌和显赫呢？因为她的动机是那样单纯和坚定！

有了来时和这位“预备役议员”的谈话，我就对去时与谁同车，抱有了强烈的期待。

车夫来了。一个很高大而帅气的男子，名叫约翰。一见面，约翰连说了两句话，让我觉得行程不会枯燥。

第一句话是：“出远门的人，走得慌忙，往往容易落下东西。我帮你们装箱子，你们再好好检查一下，不要遗漏了宝贝。”

在他的提醒下，我迅速检点了一番自己的行囊。乖乖，照相机就落在了客厅的沙发上。在整个美国的行程中，我仅这一次丢了东西，还被细心的约翰挽救了回来。

约翰的第二句话是：“你的箱子颜色很漂亮。它不是美国的产品，好像是意大利的。”

我惊奇了。惊奇的是一个大男子汉，居然在记忆中储存着女士箱子的色彩和款式的资料，并把产地信手拈来。

我说：“谢谢你的夸奖。你对箱子很了解啊。能知道你是做什么工作的吗？”

我猜想，他可能是百货公司的采购员。

约翰把车发动起来，他的车非常干净清爽。他一边开车一边回答："我的工作嘛，是足球教练。"

我自作聪明地说："赛球的时候走南闯北的，所以你就对箱子有研究了。"

约翰笑起来说："我这个足球教练，只教我的三个孩子。我有三个男孩，他们可爱极了。"

他说着，竟然情不自禁地减速，然后从贴身的皮夹里掏出一张照片，转手递给我们。三个如竹笋一般修长挺拔的孩子踩着足球，笑容像新鲜柠檬一样灿烂。

约翰说："我的工作，就是照顾我的三个孩子。我接送他们上学，为他们做饭，带他们游玩和锻炼。我的邻居看到我把自己的孩子带得这样好，就把他们的孩子也送到我这儿训练，我就多少挣一点儿小钱。但绝大多数时间，我是挣不到一分钱的。因为我不好意思领工资。我是全职的家庭主夫啊。"

我赶快把自己的脸转向窗外。因为我无法确保自己的五官不因巨大的愕然而错位。

令我惊奇的不仅是这样一个正当壮年的健康男子，居然天天在家从事育子和家务劳动，更重要的是他在讲这些话的时候，那种安然的坦率和溢于言表的幸福感。我从来没有见过一个男子说到自己的职业是——家庭主夫时，如此的心平气和。不对。不准确。不是心平气和，是意气风发。

我变得小心翼翼起来。我怕我不合时宜的语调，出卖了我的惊讶。我说："你的妻子是做什么的？"

约翰说："法官。她是法官。在我们这一带非常有名气的法官。"

我说："那你这样……没有工作，对不起，我的意思是在家里……工作……她心理平衡吗？"

约翰很有几分不解地说："平衡？她为什么不平衡呢？这是一种多么好的组合！她那么喜欢她的孩子，可是她要工作，把孩子交给谁来照料呢？当然是我了，她才最放心。"

话说到这个份儿上，我顾虑再追问下去是否有些不敬，但我实在太想知道答案了，只好冒着得罪人的危险说："要是您不介意，我还想问问，您心理平衡吗？"

约翰说："我？当然，平衡。我那么爱我的孩子，能够整天和我的孩子在一起，我是求之不得的。世上不是每个男人都有这样的福气。他们不一定能娶到我夫人这样能干的女子，我娶到了。这是我天大的运气啊。"

交流到这个程度，我心中的问号基本上被拉直，变成惊叹号了。我只有彻头彻尾地相信，世界上有一种非常快乐的家庭主夫生活着，绽放着令世界着迷的笑脸。

到了车站，我和安妮把所有的行李搬了下来，和约翰友好地招手告别。安妮突然一声惊叫："天哪，我的手提电脑……哪里去了？"

约翰不慌不忙地说："别急。很可能是落在岳拉娜老奶奶家了，待我问问她。"

约翰拨打手提电话，果然，电脑是在岳家。

怎么办呢？那一瞬，很静。听得见枫树摇晃树叶的声音。从车站到我们曾经居住的小镇，一来一回要三小时，约翰刚才还说，他要赶回去给孩子们做饭呢！

我们看着约翰，约翰看着我们，气氛一时有些微妙和尴尬。临行之前，他三番五次地叮嘱我们，现在不幸被他言中……

约翰是很有资格埋怨我们的，哪怕是一个不悦的眼神。或者出于不得不顾及的礼节，他可以帮助我们，但他有权利表达他的为难和遗憾。

但是，没有。他此刻的表情，我真的无法确切形容，原谅我用一个不恰当但能表达我当时感觉的词——他是那样的“贤妻良母”。真正的温和温暖的笑容，耐心而和善。好像一个长者刚对小孩子说过：你小心一点儿，别摔倒了。那孩子就来了一个嘴啃泥。他的第一个反应不是埋怨和指责，而是本能地微笑着，看到他的膝盖出了血，就帮助包扎。他很轻松地说：“不要紧。出门在外的人，这样的事情常常发生。你们不要着急，我这就赶回小镇。照料完我的孩子们的午饭，就到岳拉娜家取电脑，然后立即返回这里。等着我吧。在这段时间里，你们可以看看美丽的枫树。只有伊利诺伊的枫树，是这样冷不防地就由黄色变成红色的了，非常俏皮。离开了这里，你就看不到如此美丽的枫树了。”

约翰说着，挥挥手，开着车走了。我和安妮坐在秋天的阳光下，看着公路上，约翰的车子变成一只小小甲虫，消失在远方。我们什么也不说，等待着他亲切的笑容在秋阳下重新出现。

爱最怕什么

写过一篇“爱怕什么”，朋友又要我写一篇“爱最怕什么？”好像原本同时撒种育了一畦小白菜，突然接到命令，要从中挖出最大的一棵，不由得犯了踌躇。赶紧把自己的文字重温了一遍（说来惭愧，以前怎么写的，已记不周全）。

若已在那篇短文中说过了爱最怕什么，现在要做的事就是咬紧牙关坚持初衷，不可出尔反尔。可惜，没有。在那厢，我掰着手指头列举了若干项爱所害怕的事物，遗憾，始终没有说过一个“最”字。

只有现撰了。

我想，爱最怕的是“不真诚”。当然，我们首先要肯定，这个“爱”是真的，不是假的，也不是半真半假的。这是一个大前提。没有这个大前提，一切将无从讨论。假的爱，不是爱，是情感的盘剥和诈骗。

与万事相比，爱是极需真诚的一件事情。不单是从道德、理论的角度来讲爱需要真诚，即使从单纯技术的角度来说，真诚的重要性也名列前茅。

爱是全部身心的投入与契合，在这种人类无与伦比的亲密关系中，容不得丝毫的虚伪与欺骗。哪怕再高明的演员，也无法在如此近距离的耳鬓厮磨中，将真相掩盖得风雨不透。一个眼神，一个手势，一声叹息，一个背影……都是高明的奸细，可以把爱与不爱的信息通通出卖给对方。更不消说，沉溺于爱河中的人，如同长了顺风耳、通天眼，还有神鬼莫测的第六感鼎力相助……所以，爱是一场独特的双人考试，考场中不容作弊。你可以看对方的卷子，但自己的卷子要自己答。爱就是爱，不爱就是不爱。爱是最需要实话实说的。不爱了还强装爱，爱着却要强作不爱，都是人间的大辛苦、大困难之事。难为了自己，伤害了对方，机关算尽，又很难达到目的。现代人，你何苦做这般赔本的勾当！

当爱不存在的时候，唯有真诚是尊严和力量最后的栖息地。有人以为伪装的爱，是一剂情感的白药创可贴，虽说解决不了根本的问题，但尚可暂时止血止痛。殊不知，它是爱情的浓硫酸，不但彻底毁了爱的容，更是对他人凶狠的侵犯。

当真诚被动摇的时候，爱将无所附丽。培养爱情从练习真诚开始，保养爱情从维系真诚着手。真诚是爱的风向标，当一对相爱的人不再坦诚相见、直抒胸臆，爱的台风球就亮起来了。

人们常常以为爱中的人格外脆弱，其实不然。无论真实坏到怎样凶险的程度，只要有清醒的脑和灵巧的手，我们就有办法。单单损失了爱，还不是最凄惨的事情。如果在失去爱的同时，你还失去了对世界和人心真实的把握，才是更悲苦的事情。盲人瞎马、夜临深池，便成了情感和智慧的双料赤贫。

我不敢说，有了真诚就一定有爱情，但我敢说，没有了真诚就一定丢掉了爱情。从这个意义上讲，爱惜真诚吧，它是我们爱的保单。

情感按钮

情感有按钮吗?

常常想。却没有答案。

人们很爱说，你不要感情用事，那神情像在上书一个君主，不要起用一个坏武将。因为情感出马的时候，是莽撞的，不经思考的，没有胜算的，甚至一败涂地的。情感在这里成了不折不扣的贬义词。

情感真的是贬义的吗？如果，真的是，那么，就应该——把人五颜六色的情感都阉割了，变成一具没有情感的素白骨骼。

然而，这个世界已经有了太多的机器，缺少的正是有血有肉有风骨有情愫有气节有慈悲的汉子和女子啊!

不信，咱们打个赌试试。

你愿意娶一个没有情感的女子吗？恐怕绝大多数的男子会说：“不!”

你愿意嫁一个没有情感的汉子吗？几乎所有的女子都会

说：“不！”

你愿意生一个没有情感的孩子吗？“不！不！”我猜这是无数母亲的唯一答案。

你愿意有一个没有情感的母亲吗？“不！绝不！”我断定所有的孩子都会这样回答。

你愿意在没有情感的老师麾下当学生吗？学生们一定异口同声地说：“不！”

你愿意在没有情感的老板手下当员工吗？“不！”员工们会谨慎而坚定地作答。

你愿意在没有情感的国度里生活吗？……“不！不！”几乎所有的公民都会这样说！

人们这样需要情感，看来情感是万万少不了的。

但情感也需有节制。所有的事物都要有节制，超过了限制就是灾难。涓涓溪流是美丽的，不断地加大流量，成了滔滔洪水，就是祸端。暖暖春光是惬意的，热下去再热下去，温度不断升高，成了烈火焚烧就是酷刑。适当的愤怒，适当的哀伤，适当的哭泣，适当的欢喜……如果它们的力度是恰到好处的，那么每一种情感都是动力，都会使我们的生活丰富多彩，充满连绵不绝的激情与活泼泼的张力。

可惜，情感的特征就是不受控制。在某种程度上，它我行我素，自说自话，如同脱缰野马，洒脱不羁。所以，给情感安上一个按钮，就是非常必要的了。

情感按钮，它应该是圆的还是方的？什么颜色呢？谁来掌控呢？

都是问题。

依我看，情感按钮最好是液晶屏的，轻轻一触，不显山不露水地就完成了操作。如果你想发火，在别人还没有发现的当儿，你就在第一瞬间，觉察到了这喷薄欲出的火苗来自何方。你会问自己：“除了发火，我还有没有更好的表达方式？面前的这个人，这个时间，这个地点，是不是我发泄愤怒的最好对象与时空？发火除了让我有片刻的快意以外，会不会造成更长远的伤害和后果？”如果将这一切都考虑周全了，你还是想勃然大怒，我觉得那就让火山爆发一次吧。这就像你的武库里有一枚原子弹，你就是超级大国的总统，你有核按钮，只是所有的爆炸都是有强大破坏力的，你可以炸毁邪恶，也可能粉碎自我。如果你悲痛欲绝，你是可以哭的。不但可以无声地哭泣，也可以声震寰宇号啕痛哭。情感没有对错之分，只有存在与否。既然存在了，就要像对付堰塞湖一样，挖一条导流渠，让危险的库容降低。能缓慢地释放最好。实在不行了，也要爆破，总之，宜疏不宜堵。不然，所有的情感都蕴藏着巨大的能量，一旦失去控制，就会电闪雷鸣、风驰电掣地狂泄起来，那就极容易溃坝伤人。

情感按钮的形状，我觉得最好是椭圆形的。关于圆形的好处，各种书上都有解释，有说这样最省材料，有说这样最美观，还有说这样最方便。关于椭圆形的好处，讲得似乎不多。椭圆形，应该是圆形的弟弟吧。先有了圆形，然后圆形在某种压力下，就变成了椭圆形。圆形的所有优点它都保存着，只是比圆形更多了一些灵活变通。我喜欢椭圆形的原因是，它没有棱角，从任何方向抚摸起来，都是妥帖的、流畅的、简便的。既然我们的情感需要控制，那么这个按钮，当然以便利快捷温润周全为好。

如果要给情感按钮规定一种颜色，什么色好呢？红色，太鲜艳了，如果是火冒三丈的时候，这本身就是一个强烈的刺激。要不，黄色？想想，似乎太触目惊心了一点儿。想那海难的救生衣、道路的危险警示，都或深或浅地加入了一点儿红橙的黄。甫一看到，就令人警觉，甚至有不祥的预感。情感的按钮，还是更祥和一些吧。要不就绿色？环保并且时尚。细一琢磨，似乎稍微稚弱和青翠了些，不够坚定强韧。思来想去，最后决定取沧海和蓝天的色泽。

情感按钮，就用包容一切的蓝吧。海水的蔚蓝，翻起的浪花是雪白的，如同硕大无朋的蓝宝石，镶着银亮而曲折的边儿。我乘坐游轮环球旅行，每日看不够的就是无边无际的大海了。我惊叹这个星球上有那么多的水，那么广阔的蓝色，而且，它们绝不单调枯燥，而是变幻无穷。不知哪里来的不竭动力，它们无时无刻不在充满胜利地涌动着，含蓄但深不可测。中国有句古话，叫作“仁者乐山，智者乐水”。我因为从小就在西藏当兵，和无数山峦相依为命，虽不敢自诩为仁者，却是爱山的，如同爱一位同宿舍的老友。这一次，见了真正浩渺无际、奔腾不息的大海，才知道自己是多么崇拜水啊。不是智者，但是爱水，爱这孕育了无数生灵的颜色。

物种的起源，是来自水的。想当初，我们都是最简单的孢子，遨游水中。我们从海洋那里得到了最初的营养，开始了步履蹒跚的进化长征。如今我们成了这个星球上最智慧的生物，我们也面临着巨大的危机。看到海洋的时候，我们的心会宁静下来，在它面前，我们是如此渺小而单薄，比一朵浪花的生涯更短暂飘忽。一朵浪花的前世今生，可能进过鱼腹，可能幻成彩霞，可能成为雨滴和寒露，可能在蚌壳的体内变成珍珠……很多人的一生，绝无这般精彩绚丽。

还是回到情感按钮这里吧。我们每个人都在自己的情感之河上竖立一座水闸，它有一个蓝色的椭圆形的如同海洋之眼的按钮。当你无法控制自己情绪的时候，就轻轻地触摸它，它是光洁温凉的，带给你镇定和松弛。如果你真的想要放纵一次自己的情绪，就请在慎重思考之下，把按钮按下。如果你在这样的触摸中，渐渐地冷静下来，找到了另外的出口，那么，恭喜你啊，避免了一场情绪的厮杀。

性的第一印象

社会节奏加快，人们将第一印象提升到了显赫位置，不像以往的农耕社会，有着“日久见人心”的悠然和从容。大学生的谋职面试，会在三五秒的瞬间，就决定一只饭碗的取舍，更显出第一印象的窘急。见过一面的人，也许就此别过，永无再见的机会，第一印象就成最后印象。也许心存好感，由此展开一段经济和情感的传奇，最终成了眷属也说不定。第一印象，生杀予夺。

记得有个小实验，将一个从来没有见过兔子的婴孩，和一只小白兔放在一起。小白兔当然是温驯的，可是当其露面的时候，实验人员就伴以嚣张的声响和恐怖的光芒，孩子吓得哭了起来。这样的情形一而再，再而三之后，只要兔子一出现，不管有没有声响和光芒相随，孩子都十分惊慌。以致很久以后，孩子一旦看到小白兔的照片，还噤若寒蝉。这就是第一印象的长远效应，难以涂改。

从前，一个人什么时候接触到性，基本上是在可以控制的范畴内。大凡有些章法的人家，都如千手观音，尽量遮挡着孩子的眼睛、耳朵，“非礼勿视”“非礼勿听”。这种封闭加愚民的政策，应该说基本上是有效的。在罐头盒似的保护中，孩子们渐渐地长大，懵懵懂懂地走入成年之列。

在江南古镇徜徉，一老妇人诡秘地牵住我说：“到我屋里坐，有好东西给你看的。”

跟随她到了狭窄内室，老人家掏出一摞瓷片，说：“我看你年纪也不小了，家里的孩子一定也大了。婚嫁的时候，当妈妈的是要送点儿体己物给孩子的。你把我这东西买了去，等到女儿出门子，就压在她的箱子底，她一看就明白了。这是老辈子传下来的宝，乾隆年间的……”

原来，那是烧在瓷器上的性交图谱，粗糙拙劣。我躬身而退。

这种古朴的法子，现在宣告失灵。资讯如此顺畅，媒体四通八达，电视机里婚恋节目老少通吃，更不消说孩子们可在互联网上纵横驰骋，黄色站点如同粘鸟的巨网，不舍昼夜地在那里猥亵地微笑着，守株待兔，请君入瓮。

性这个东西，属于本能。凡属本能的东西，都顽强而茁壮。要把一个奔突不止的泉眼纳入轨道，除了因势利导，别无他法。

人在什么情形下对“性”产生第一印象，这是一个重要而莫测的问题。如果没有深入的研究和细致的安排，就会坠入听天由命、随波逐流的窠臼。来自传统的遮掩和回避、躲闪和忌讳，都使我们今天在面对这一问题的时候，借鉴甚少，踌躇甚多。

如果我们的孩子是在仓促中、紧张中、慌乱中、阴暗中，从一个自己不信任不爱戴不尊崇不熟悉的人那里，得知这一重大课题的第一印象，岂不错愕不止、惊骇莫名？！

如果这第一印象是不全面不科学不美好不安全的，扭曲的变形的阴暗的恐怖的第一印象，是否会将阴影涂布他的一生？！

关于性的第一印象，需在爱和科学的掌控之中。我在美国听到一个慈善组织说，他们认为最迟在6岁就要对孩子们开始周密的性教育。我参观了他们的课堂和教具，其准确和形象，让我这个当过医生的人也叹服。

我不知道有没有针对中国儿童的研究，也不知道这个年限究竟以几岁为宜。我期待——一定要让孩子们在阳光下得知性的知识，要由一位他们爱戴的长辈，用温暖的语调讲出，让他们看到美丽的色彩，同时听到快乐的音乐……希望这种相辅相成铸造的关于性的第一印象，使性的溪水欢畅地流向归宿，那就是——海洋般宽广的爱。

性感的进化

女友是经济学家。一天拉拉杂杂地聊天，不知怎的扯到性感上来了。她问："依你看，在表述对异性性感方面的要求上，男人和女人谁更赤裸裸？"

我一时没听明白，说："从哪些方面看呢？"

女友说："就从征婚广告上看吧。这是现代人对性感要求的最好标本。"

我说："那可能是男性。你没看到满世界花红柳绿的刊物封面，都是美女当家，基本是为了满足男性的审美欲望。"

女友说："错了。我看女性在要求男性性感方面，一点儿也不含蓄。比如征婚广告，女性全都很明确地标出要求男性的身高。身高这个东西，就是性感标志。在畜牧和农耕社会之时，包括前工业社会，一个男人的身高是非常重要的，因为追赶猎物、捕获敌方包括应对情敌，身高都是举足轻重的砝码。一个女人，找到一个高大的男人，自己和后代的生存与安全就有了比较稳固的保障。相比之下，男人还要克制一些，甚至可以说明智一些。他们在征婚广告上并没有写出要求女性的三围是多少，更多的是提出希望所征女性贤淑温柔，这是后天的品德而不是先天所赐。当然，你可以说贤淑也是性感，如果说性感也分档次的话，我看这是较高层次的性感指标。”

我笑了起来，说：“那按你的这套逻辑，其实要求男子的身高是一种过时的性感。”

女友正色道：“是啊。就是在原始社会，身高也不一定能保证必定胜出，矮个子只要智谋超群，也一样能遗传自己的基因，这也就是矮个子至今绵延不绝的原因。女人把持着身高这一点不放，是思维上的懒惰，把事物简单化了。简单的现代化还有一种表现，就是把财富当成了性感。”

我大笑，说：“这也太有趣了，身高当性感还可接受，至于钱和性感，实在有点儿风马牛不相及。”

朋友说：“毕淑敏，你太迂。我说的不是幸福，是性感。性感是个中性的词语，你不能说它好或不好，也不能说它一定会导致怎样的结果。一些不愿或不喜用自己的头脑思考的人，总是喜欢把复杂的事情写个普及版。如今，不单有钱是性感，有权有势也都成了性感的标志。你看腐化堕落的高官，几乎都有所谓的‘红颜知己’，其实不过是吞食了诱饵的异性猎物。以为男子有权有势有身高有祖业……就是性感，以为跟随他，自己的一生就有了保障，实在大谬。性感并不是生殖感，所以它不仅仅和性激素有关，更和一个人对自己性别的把握和修养有关。拿男子来说，像远古时期，必是跑得快跳得高能用石斧砍虎狼的头才是性感。到了后来，像诸葛亮那样摇着鹅毛扇但很有计谋的人，也要算作性感。远古对待女人，一定是能多多生育的母亲才叫性感。

但到了自杀的虞姬那会儿，除了美貌，刚烈忠贞也算性感了。这样看来，性感也是社会进步的指标之一。据说，最近某地评选最性感的男人，凤凰卫视的阮次山先生当选。这位老先生秃顶结巴，实在有违当下美男的标准。可见，性感的标准在不断进步。

“性感在女性来说，不是扭腰送胯飞媚眼，也不是丰乳肥臀嗲音调，而是一种将女性的外在和内在之美融为一体，不单要男性觉得这是异性独到的巧夺天工，更要让女性也觉得这是本性姹紫嫣红的骄傲。性感在男性，不是虎背熊腰蛮气力，也不是高官厚爵金满地，而是将男性的外在和内在之美也融合得天衣无缝，不单让女性觉得这是异性独到的万千气象，更要让男性也觉得这是自己奋斗和仰望的范本。”

我说：“听你这样一讲，我等便都是一点儿都不性感的凡人了。”

朋友说：“你以为性感像如今绿化的美国冷草坪一样遍地都是吗？性感其实是一种稀缺资源。”

未雨绸缪的女人

有一个游戏，我做过多次。规则很简单，几十个人，先报数，让参加者对总人数有个概念（这点很重要）。找一片平坦的地面，请大家便步走，呈一盘散沙。在毫无戒备的情形下，我说："请立即每三人一组牵起手来！"场上顷刻混乱起来，人们蜂拥成团，结成若干小圈子。人数正好的，紧紧地拉着手，生怕自己被甩出去。不够人数的，到处争抢。最倒霉的是那些匆忙中人数超标的小组，你看着我，我看着你，不知谁应该引咎退出……

因为总人数不是三的整倍数，最后总有一两个人被排斥在外，落落寡合、手足无措地站着，如同孤雁。我宣布解散，大家重新无目的地走动。这一次，场上的气氛微妙紧张，我耐心等待大家放松警惕之后，宣布每四人结成一组。混乱更甚了，一切重演，最后又有几个人被抛在大队人马之外，孤寂地站着，心神不宁。我再次让大家散开。人们聚拢成堆，固执地不肯分离，甚至需要驱赶一番……然后，我宣布每六个人结成一组……

这个游戏的关键，是在最后环节逐一地访问每次分组中落单的人：“在被集体排斥的那一刻，是何感受？你并无过错，但你是否体验到了深深的失望和沮丧？引申开来，在你一生当中的某些时刻，你可有勇气坚信自己真理在手，能够忍受暂时的孤独？”

我喜欢这个游戏，在普通的面团里埋伏着一些有味道的果馅。表面是玩耍，令人思维松弛，如同浸泡在冒着气泡的矿泉中，或许在某个瞬间发生奇妙的领会。

我和很多人玩过这个游戏，年轻的、年老的……记忆最深刻的是同一些事业有成的杰出女性在一起。也是从三个人一组开始的，然后是四个人一组。当我正要发布第三次指令的时候，突然，场上的女人们拥动起来，围起了五个人一组的圈子……我惊奇地注视着她们，喃喃自语道：“我说了让大家五人一组吗？”她们面面相觑，许久的沉默之后回答——没有。我说：“那为什么你们就行动起来了？听到了什么？想到了什么？”

那一天，就这个问题，展开了激烈的讨论。大家说：“我们是东方的女人，极端害怕被集体拒绝的滋味。看到了别人的孤独，将心比心，因此成了惊弓之鸟。既然前面的指令是三人或四人一组，推理下来就该是五人一组了。错把想象当成了既定的真实。现实的焦虑和预期的焦虑交织在一起，使我们风声鹤唳。我们是女人，更需要安全，于是竭尽全力地避开风险。至于风险的具体内容，有些是真切确实的，有些只是端倪和夸张。甚至很多人选择的爱情和婚姻，出发点也是逃避孤独。”

后来，我问过一位西方的妇女研究者，她可曾遇到过这种情形？她说：“没有，在我们那里，没有出现过这种情景。也许，东方的女性特别爱未雨绸缪。”我不知道这是表扬还是批评。大概所有的优点发展到了极致，都有了沉思和反省的必要。

女人什么时候开始享受

我们所说的享受，不是一掷千金的挥霍，不是灯红酒绿的奢侈，不是吆五喝六的排场，不是颐指气使的骄横……

我们所说的享受，不是珠光宝气的华贵，不是绫罗绸缎的柔美，不是周游列国的潇洒，不是管弦丝竹的飘逸……

我们所说的享受，只不过是在厨房里，单独为自己做一样爱吃的菜。在商场里，专门为自己买一件心爱的礼物。在公园里，和儿时的好朋友无拘无束地聊聊天，不用频频地看表，顾及家人的晚饭和晾出去还未收回的衣裳……在剧院里，看一出自己喜欢的喜剧或电影，不必惦念任何人的阴晴冷暖……

我们说的女人的享受，只是那些属于正常人的最基本的生活乐趣。只因，无数女人已经在劳累中将自己忘记。

女人何尝不希冀享受啊。

抱着婴儿，煮着牛奶，洗着衣物，女人用沾满肥皂沫的手抹抹头上的汗水说："现在孩子还小，等孩子长大了，我就可以好好享受享受了……”

孩子渐渐地大了，要上幼儿园。女人挽着孩子，买菜做饭，还要在工作上表现出色，女人忙得昏天暗地，忘记了日月星辰。

“不要紧，等孩子上了学就好了，松口气，就能享受了……”女人们说，她们不知道皱纹已爬上脸庞。

孩子终于开始读书了，女人陷入了更大的忙碌之中。

“要把自己的孩子培育成一个优秀的人。”女人们这样想着，陀螺似的转动在单位、家、学校、自由市场和各种各样的儿童培训班里……孩子和丈夫是庞大的银河系，女人是行星。

白发似一根银丝，从空气中悄然落下，留在女人疲倦的额头上。

“我什么时候才能无牵无挂地享受一下呢？”

在没有月亮的夜晚，女人吃力地伸展自己酸痛的筋骨，这样问自己。

“哦，坚持住。就会好的，等到孩子大了，上了大学，或有了工作，一切就会好的。到那个时候，我可以好好地享受一下了……”

女人这样对自己允诺。

她就在梦中微笑了。

时间抽走了女人的美貌和力量，用皱纹和迟钝填充留下的黑洞。

孩子大了，飞出鸽巢，仅剩旧日的羽毛与母亲做伴。

女人叹息着：“现在，我终于有时间享受一下了。”

可惜她的牙齿已经松动，无法嚼碎坚果。她的眼睛已经昏花，再也分不清美丽的颜色。她的耳鼓已经模糊，辨不明悦耳声响的差别。她的双腿已经老迈，再也登不上高耸的山峰……

出去的孩子又回来了，带回一个更小的孩子。

于是，女人恍惚觉得时光倒流了，她又开始无尽的操劳……

那个更幼小的孩子开始牙牙学语了，只是他叫的不是妈妈，而是奶奶……

女人就这样老了，终于有一天，她再也不需要任何享受了。

在最后的时光里，她想到了，在很久很久以前，她对自己有过一个许诺——在春天的日子里，扎上一条红纱巾，到野外的绿草地上，静静地晒太阳，听蚂蚁在石子上行走的声音……

“那真是一种享受啊。”

女人说着，就永远地睡去了。

原谅我描述了这样一幅女人享受的图画，忧郁而凄凉。

因为我觉得无数女人，在慷慨大度地向人间倾泻爱的时候，她们太不爱一个人了——那就是她们自己。

女人们，给我们自己留一点儿享受的时间和空间吧。不要一拖再拖，不要一等再等。

就从现在开始，就从今天开始。

不要把盘子里所有的肉，都夹到孩子的嘴边。不要把家中所有的钱，都用来装扮房间和丈夫。不要把所有的精力，都投入工作。不要在计划节日送礼物的名单上，独独遗漏自己的名字……

善良的女人们，请从这一分钟开始，享受生活。

致被强暴的女人

在我的书案上，摆着一封女人的来信。当我撕开它的时候，心境像往日一般平和。但在阅读的过程中，那些纸片像火焰一样抖动起来，炙痛了我的双眼。

这是一个52岁的女人，十年前，她被一个男人强暴未遂，但心理受到了重创。这些年间，她以泪洗面，两次自杀，以致精神分裂。她的家庭也受到种种伤害，悲惨已极……

倾听这样一位凄苦姐妹的呼救，我仰天长叹，沉思良久。

对于那个肇事者，法律和纪律已经做出了应有的裁决。阅读了有关的文件，我认为它们是公正的。

我知道这个女人，还远远不是遭受此种凌辱的最甚者，更有许多悲愤的灵魂，在暗中哭泣。她们流出的不是眼泪，而是心头的鲜血。

作为女人，我们从小就有一种深深的恐惧，那就是被人强暴。这恐惧像空气一样追随着我们，直到垂下苍白头颅的那天。

假如被人强暴，女人啊，我们该如何面对厄运?

在中国古老的烈女集锦里，所有的女人在被人强暴后，都以自身寻死告终。被强暴，就是失却了贞节，这奇耻大辱女人唯有以生命相抵，才可在人间留下一分清白。

斗转星移，今天的时代不同了。没有人要求被强暴的女人以一死而谢天下，但女人们在这自天而降的灾变之后，依然辗转于无尽的苦难之中。

对于腐败一定要严加鞭挞，对于罪犯一定要施以峻法。我对这种丑恶的性侵犯的男人，报以刻骨铭心的仇恨。

即使将其中的罪大恶极者凌迟，被强暴的女人依然是被强暴过，这是一个无法改写的事实。

女人们，我们该怎么办?

不要怨天尤人，不要自暴自弃。

不要在流言面前退缩，不要在众人面前低下高昂的头颅。

我们无罪，我们无辜。

不要像一盘旧磁带，总去回首那屈辱惨淡的一瞬。不要像痛失孩子的祥林嫂，逢人便悲切地复诵苦难。

不要靠旁人的叹息以安慰自己受伤的心灵，不要以暴烈的自戕来证实性格的刚正。

不要为这一朵阴云，从此暗淡了原属于我们的明媚的天空。不要为这一束荆棘，从此不再求索开满鲜花的草原。

强暴可以玷污我们的身体，强暴不可折服我们的意志。

强暴可以使我们一时万念俱灰，却不能使一个坚强的女性自此一蹶不振。强暴是一场悲哀的天灾人祸，有经验的老农蹲在田埂上，哭泣一阵，歇息一阵，拍拍身上的泥土，擦擦手中的农具，向远处望上一眼，他们又继续耕耘了。

假如我们被强暴，在做完惩治凶犯的一切工作之后，拭干泪水，让我们重新开始。

丢掉有关那一刻所有的记忆，让我们像新生的婴儿一般坦荡。烧毁目睹我们灾难的旧衣服，让痛苦的往事一同化为飞烟。取清凉的山泉自头顶浇下，洗涤我们每一根如丝的长发。挑选一件更美丽的裙衫，穿上它，快步行走在如织的人流中。

对生活中美好的事物，被强暴过的女人依旧可以发出真诚的微笑。

对生活中黑暗的角落，被强暴过的女人依旧可以发出强烈的谴责。

女人被强暴，是生命的记录上一处被他人涂抹的墨迹。轻轻地擦去就是了，我们的生命依然晶莹如玉、洁白无瑕。强暴是发生于刹那间的地震，我们需要久久地修复。但女性生命的绿色，必将覆盖惨淡的废墟。

让我们振作起来，面对强暴以及所有人为的灾难。这世上没有任何一种力量，可以强暴女性不屈的精神。

打开你的坤包

有句外国谚语说：“让我到你的房子里看一看，我就能说出你是个什么样的人。”

总觉得发明这话的洋人有点儿迂。对于女人来说，其实根本就不必到她的家，只要打开她的坤包瞧瞧，就知道她是个怎样的人了。

不信吗？让我们找块“实验田”，验证一下。

随意查看别人的物件，除了上飞机前的安全检查以外，都是侵犯人权的行当。看来作茧者必自缚。既然我发明了这则当代谚语，就先打开我的坤包看一看吧。

坤包，顾名思义，当为女士之包。但我的包不甚够格，因为它是一只石磨蓝的牛仔包，实为男女老少皆宜。之所以在各式各样的包群里选择了它，主要是因了它的结实。各式各样的包，都不如它禁拉又禁拽、禁打又禁踹。当然后半句夸张得有些邪乎，虽说挤公共汽车时经常是人已下了车门，包还嵌在车上人的腋窝下，需要使出拔河般的力气往外揪扯，但总还未到打与踹的地步。

第二个喜爱的原因是它的妥帖。岁月吸走了布匹的毛燥，泛出朵朵泪痕般的白环，显出暗淡的朴素。冬日里不会像真正的牛皮包咯咯作响，夏天里不会把钢轨似的带子勒进你汗湿的肩头。它永远宁静地倚靠在你的一侧，为你遮挡肋间的风寒。

第三点也许是最重要的原因，是便宜。不止一次，被精巧的羊皮手袋的价钱吓着，以后便更抱紧了自己的布包，想起它的种种好处，颇有相依为命的味道。

说了这许多皮毛上的事，现在让我们打开拉链。

包里最神秘的地方放着证件。没有证件就没法确定你到底是不是你。每次出门都要下意识地拍拍牛仔包的小口袋，摸到铁板似硬硬的一块，才敢放心地离开家。总奇怪外国女人是怎样瞒住自己的年龄不让陌生人知道的。在中国，无论你走到哪里，都要亮出你的证件才算坦坦荡荡。越是不认识的人，越要细细地看每一项。反正糊弄不过白纸黑字，我也就不在意面貌上是否显得年轻。

第二要紧的是钥匙。带着钥匙，就是带着家。钥匙对女人尤为重要，没有家的钥匙的女人是最孤苦的，钥匙太多的女人也不胜其烦。一个人独立的最显著标志，是有了一串属于自己的钥匙。每个职业女性的手袋都会在某个特定的角度叮当作响，那是家的钥匙和办公室的钥匙击出耀眼的火花。常常想，世上有无从不带钥匙的女人？那大概是一位女总统或一位女飞贼。

再然后包里的重要物件就是一支笔了。哦，是两支。因为我们的圆珠笔或签字笔质量都有些可疑，常会在你奋笔疾书时像得了多年的咳喘，憋得声嘶力竭。为防此等恶性事故，故像重大球赛一般，要预备替补。现今女士的夏装往往一个兜也没有，坤包就代替了衣兜，不可以须臾离开。

再其次就是电话簿。电话簿是一只储存朋友的魔盒，假如我遇到困难，就要向他们发出求救信号。一种畏惧孤独的潜意识，像冬眠的虫子蛰伏在心灵的旮旯。人生一世，消失的是岁月，收获的是朋友。虽然我有时会几天不同任何朋友联络，但我知道自己牢牢地黏附于友谊网络之中。电话簿就像七仙女下凡时的难香，留在身边，就储存了安宁。

当然还有女人专用的物品。一块手绢，几沓餐巾纸……至于女人常用的化妆盒，我是没有的。因为信奉素面朝天，所以就节约了那笔可观的开销。常常对自家先生说，你娶了我，真是节能型的。一辈子省下的胭脂钱，够打一个金元宝。北方冬春风沙大，嘴唇易干裂，就装备了一瓶护唇油，露水一般透明，抹在嘴上甜丝丝的，其实就是兑了水的甘油。一日黄尘像妖怪般卷地而来，口唇糙如砂纸。临进朋友的家门前，急掏出唇油涂抹一番，然后很润泽地走了进去。朋友注目我的下颌，我很得意，打算毫无保留地告诉她在哪儿可以买到护唇油。没想到她体贴地说："要不要喝点儿水？我知道你刚吃了油饼。"

几乎忘了最重要的内容，那就是坤包里要有钱。没有钱的女人寸步难行。但我是一个不能带很多钱的女人，钱一过百，紧张之色就溢于言表。不由得将包紧紧抱在胸前。先生讥之为："真正的偷儿断不屑偷你，一看就知道是个没大手面的人。"

包里常常装着昼伏夜出写成的文稿，奔走于各编辑部之间。少时读《钢铁是怎样炼成的》，念到保尔因邮寄手稿丢失痛不欲生之时，恨恨地发誓："他年我若为作家，稿子一定复写几份并尽可能地亲自送上。"牛仔包装了稿子的日子，是它最辉煌的时光。我把它平平展展地抱在胸前，好像几世单传的婴儿。包的长度和大张的稿纸恰好相仿，好似一只蓝木匣。公共汽车太拥挤的时候，我会把书包托举到头顶，好像凫水的人擎着怕湿的衣服。我喜欢洁净平滑的纹面，不乐意它皱得像被踩过的鞋垫。

一次，一位朋友说："你也该换一个坤包了。羊皮的。"

我说："太贵啦！"常常想，若用了那样的包，只怕所有的内容物都不值这坤包的钱。我本是个随意的人，却成了这包的奴隶。走到哪儿，先要操心这高贵的包装，岂不累心？

朋友说："不要装得那样可怜。如今，坤包是女人的徽章。人们常从你用的包来评价你这个人。"

我说："也不单单是从节俭的角度不愿买真皮精品坤包，因我包里常要装一样物品，恐那真皮包笑纳不了。"

朋友说："让我猜猜那是什么。大吗？"

我说："也不很大。"

她说："需要小心轻放吗？"

我说："差不多吧。"

她说："很贵重啦？"

我说："很平常的。"

她说："还真猜不出那是个什么东西。快告诉我。"

我说："是豆腐。作为家庭主妇，我常常要在包里装豆腐。"

她说："哎呀，那还真是装不得。南豆腐那么多汤，就是套两层塑料袋，也会把真皮包考究的衬里打湿的。"

我说："什么时候我家不吃豆腐了，我就去买精品包。"

苔藓绿西服

我是一个售货员，卖衣服的。在一家大商场。

新到一批男式西服。据说为了适应顾客的求异心理，每件的颜色样式都是独特的，做工精细，价钱也与之匹配。于是看的人多，买的人少。我却并不轻松，要回答各式各样的问题。明知道他不想买或想买也买不起，也得从架子上把衣服妥妥帖帖地递过去，由着他在四周都是镜子的廊柱旁，立正稍息、左右转体，刹那间绅士起来。直看得酣畅淋漓了，再假装突然发现或大了或小了或有个实际上并不存在的小毛病，冒充风雅地说一句：“麻烦您了，请收起来。”我就得“买与不买一个样”，不动声色地把带着体温的西服，挂回原来的地方。

这工作使人乏味。我爱卖处理品，那时候你高贵得像只熊猫。人们围着你气喘吁吁，各种年龄各种方言的语气惊人统一，央告你赶快卖给他们一件。高档西服则不同，来浏览的人都自觉有身份，你理应像仆人似的侍候他们。

正是下班时间，街面上像暴雨来临似的沸腾，我的柜台前却很冷清。人们买昂贵商品都愿意起大早，好像西服也要带着露水才新鲜。

售货员太寂寞的时候，也希望有人来打扰他，一如退了休的老工人渴望抱孙子。

一个男人和一个女人，手轻微挽着，走过来。男人略有秃顶，穿着很整洁的中山服，左上小兜的兜盖却别在了兜里，剩一粒晶蓝的扣子突兀地鼓起，像一只孤悬的眼睛。对这种男人的年龄，我一般要从外观印象里刨下几岁，好像耙得过松的土地，要抠掉暄土，才能看到真正的根系。女人青发飘飘，身段姣好，脸上化着极素雅的淡妆。她并不能算是很漂亮，但有一种高贵的气质像光环一样笼罩着她。人们看到她的现在，就推断她年轻时一定更为出众。其实中年才是她容貌最端庄的时候。一种熟透了的职业妇女的气息，从她色泽剪裁都非常合适的衣着里充盈而出。我把她的实际年龄向上放大了几岁。两个折扣打下来，我断定他俩是夫妻，年龄相仿。

这不是什么了不起的本事，也不是作家或算命瞎子的专利。跟人打交道，推断他们的关系，无非是熟能生巧，就像我一下子就能说出他俩穿多大尺寸的衣服一样。

“这里也不一定有。”男人疲倦地说，“我要赶回去开一个会了。”

“这里没有，我们就再去一家商场。就一家，好吗？”女人很有耐性地恳求。

男人不为所动，刚要反驳，女人“哇——”地叫了起来：“总算找到了！就在这里！快，快把那件西服拿过来！”

这女人是南方人。只有很南的两广人，才会用这种突如其来的“哇——”来表示极大的惊异和感叹。

“要哪件？”我冷静地追问。

“要那件苔藓绿西服。”女人用手一指，果断得如同一截教鞭。

我统辖的大军五花八门，因此也就适应了顾客们杜撰出的稀奇古怪的指示代词。比如这一排浓淡各异的绿西服，人们一般称为深绿和浅绿。独特些的称呼如橄榄绿、苹果绿。一次有位顾客叫我给他拿那件豆虫绿的，我脖子后面一阵刺痒，几乎要对他说不必买西服，到那边柜台买一件大襟棉袄吧。如此精确形象地把这种难以言传的黄绿相糅的颜色称为苔藓绿的，她是头一位。

我把苔藓绿西服递到他俩中间。女人伸手接了，抖开。男人张开两只手，大鸟似的，等女人来给他穿。

这个颜色的西服极少有人买，它暗淡无光，毫无特色。但我承认这女人还是很有审美眼光的，这件不出色的衣服穿在这个不出色的男人身上，使他立刻出色起来。这种效果并不常见。

“这就是你要找的那种颜色？这有什么好的！”男人平静的面孔难得地露出惊异。

女人正围着男人转着圈地看，好像他是一株刚开花的植物。听了这话，就直起身：“你说过，只要是我喜欢的，你就喜欢。”

“多少年前的老话了，你怎么还记得！”男人有些不耐烦。

“可你的衣服穿在身上，主要是我看。”女人坚持。

“在家当然是你看喽。可我在外头，上面要看，下面要看，方方面面都要看。这颜色不好。”男人很坚决，没有丝毫商量的余地。

“那你喜欢什么颜色？”女人退步了。

“藏蓝。”男人简洁地像吐出一个口令。

我的眼睛已经瞄好了适合男人身材的藏蓝色西服。这样一旦拿起来，可以迅速成交。

“那你就穿上这件苔藓绿西服，看着它……”女人热切地说。

不仅那男人觉得女人啰唆，我也觉得她毫无道理。

“我要开会去了。”男人甩下女人，径自走了。

女人执拗地沉默了一会儿，也走了。

第二天，该我调班。也就是说，不上昨天那个班次了。我们的班次很复杂，有多种组合方式。所以你若是在某个售货员手里买的货想要退调，在以后的同一时间去找他，是一定找不到的。有个同事病了，我代上他的班——就是昨天我上的那个班次。

一切都同昨天一样，窗外的沸腾与窗内的冷清。

一个男人和一个女人走过来。

“这里卖的西服质量很好。”女人说。

“我已经有好几套西服了，不缺的。”男人说。

“但我要给你买。我送你，你不要吗？”女人说。

“你愿意做什么就做什么。”男人温存地耳语。

他们旁若无人，好像我不是一个操着同他们一样语言的人。其实他们是对的，他们买西服我卖西服，在下一件西服购买之前，他们再不可能遇到我。纵使到了购买的时间，他们也不一定非要到我们店，而我也未必还在卖西服。

他们的目光像雷达似的在货架上睃巡，我知道尚未到决定的最后时刻，还可以偷片刻清闲。

那女人说了一句话，使我对她刮目相看。

她说：“嗯——还好。还在。请把那件苔藓绿西服拿给我。”

苔藓绿！我克制住自己的惊讶，在把西服递给她的同时，仔细地打量她。

是的。正是昨天晚上那个时刻的那个女人。她化了很厚的妆，这使她远看显得年轻、近看显得苍老。

我又仔细去观察那男人。从开始的对话里，虽然我已知道这男人不是那男人，但观察的结果还是使我大吃一惊。这男人无论年龄、装束，甚至面貌，都同昨天那个男人相似。只是他没有秃顶，生着恰到好处的头发。我甚至怀疑是否是昨天那个男人配了个假发套。

我把西服递给女人，女人把西服递给男人。

“好吗？”男人穿上问，并不看镜子，只看女人。

“好极了。”女人的脸透过白粉，显出红润。

“你既然这么喜欢这颜色，那么我去买一件女式的送你。”男人温柔地说。

“我们一人一件，当然更好了。只可惜……”女人快活地说。

“你穿，我就不穿了吧。你一定要送我，就送我一件铁锈红的。”

“这么说，你不喜欢苔藓绿？”女人白粉下的表情僵住了。

“喜欢。不过，我更喜欢铁锈红。我们应该说真话，对吧？”

“是的……说真话……”女人喃喃地重复着，吃力地将苔藓绿西服推还与我。

“走吧。”女人小声但很清晰地说。

“我们下次什么时候再见？”男人殷切地问。

“我们还是不见的好。这是真话。”女人说罢，先走了。

我和男人一同注视着女人的背影消失，许久之后，男人也走了。

他们走后，我把刚挂好的苔藓绿西服摘下来，像海关验照似的审视一番。这绿色确实古怪，唯有以“苔藓”称之才惟妙惟肖。看着看着，苔藓绿突然消失了，代之以我平日最喜欢的桃粉色。这当然是活见鬼，我知道这是对某种颜色注视过久产生的错觉。就像人们站在阳光下看红纸上的黑字，要不了多久，就会显出如蚱蜢般的翠绿色。

我挪开目光，过了一会儿又忍不住去瞧，桃红色的西装颜色暗淡了些，却依旧夺目。我强制自己许久不去看它。后来才一切正常，苔藓绿又安安静静地挂在那里了。

以后我每日上班，都有意无意地扫它一眼。只一眼，并不多看，我怕再出现那种蹊跷的错误。它像一个年老的房客，不管周围的伙伴如何变换，总是一如既往地住在那儿，任凭灰尘将它落成瓦檐色。我不知那文静的女人还领着其他的男人来过没有，但苔藓绿西服一直无人问津。

“你们这儿的苔藓绿西服，没有了吗？”

终于有一天，我听到一声含义复杂的呼唤。我立即断定是她。面前的女人显得十分苍老，满头灰发像一段混纺的派力斯衣料。她领着一个小伙子，匆匆地赶到柜台。

“有。有。”我忙不迭地回答，在转身的瞬间，巧妙地拂去灰尘，使苔藓恢复了雨后般的滋润。

“啊！我们终于没白跑！”女人欣慰地感叹，男孩倒显得无动于衷。

“穿上，穿上。”女人前后左右翻看着西服，像魔术师在展示他的道具，然后很珍重地给孩子披上。

“喜欢吗？”女人紧张地问。

“很喜欢。”男孩子边思索边回答。

我听见那女人长长地舒了一口气，连我也感到快慰。她终于等到了知音。她这次换了个年轻的男孩，这很正确。对某种颜色的喜爱是深藏在眼球里的秘密，别人是没有力量改变的。

“我们要了。”女人掏出华丽的钱包，开始付钱。

“妈妈，我自己来。”小伙子坚持自己付钱，年轻而雪白的牙齿亮闪闪。

我把衣服包好。

“这种橘黄色的西服，很少见。”小伙子说。

“孩子，你管这颜色叫什么？”女人像被沸水烫了，猛然把预备拿包装袋的手缩了回去。

“橘黄呀。不是吗？”小伙子惊讶极了。

“它怎么能叫橘黄，它是苔藓绿呀！你没听见我叫它苔藓绿吗？”女人骇怪地说。

“苔藓绿就苔藓绿好了。多么拗口的一个名字，它还不是它吗，叫什么不一样。”小伙子比他的妈妈更显得莫名其妙。

“不。苔藓绿不是橘黄，不是。孩子，你是不是看它的时间太长了？”女人还存着最后的希望。

“妈妈，辨认颜色是最简单的事。一秒就足够了。”男孩毋庸置疑地说。

“我们两个人之中，有一个错了。”女人带着无可挽回的悲哀与坚定说。

退款拆包，苔藓绿又回到它原来的位置。

以后，每逢我再看到苔藓绿西服，便感到它附着着一团神秘。虽然它其实连一分钟也不曾离开过我的柜台，我每天都将它的灰尘掸得干干净净，希望它能早早卖出去。

终于有一天，我走进柜台时，感觉到了某种异样。果然，在那道西服的长虹里，少了苔藓绿。

“苔藓绿哪里去了？”我急着问交班人。

“什么苔藓绿？还葱心绿、韭菜绿呢！”交班的嘻嘻哈哈地开着玩笑。我想起来，苔藓绿是一个专用名词。

“就是那件原来挂在这里的，”我指指苔藓绿遗留下的空隙，“说黄不黄说绿不绿……”

“你说的是它呀！它可是这批西服中的元老了，怎么？你想要？”

“不！不……”我不知如何说得清这份关切，“不是我要，我只是想知道它到哪里去了。”

“货架上的一件衣服，没有了，必然是被人买走了。”交班的极有把握地说。

“是不是一个女人带着一个男人？”我追问。

“一天卖那么多衣服，谁能记得过来！”他说。

他说得对。我问得过分了。不管怎么说，我祝愿那个文静的女人幸福，虽说她有点儿古怪。

可惜，我错了。

一个晴朗如牛奶般的早晨。商场巨大的茶色玻璃将明媚的光线过滤成傍晚的气氛。一位老女人，成为我的第一名顾客。

“请给我拿那件苔藓绿西服。”

她又来了。她的白发更多更密，已经显出冬天般的荒凉。

“对不起，我们这里没有这种颜色的西服。”我彬彬有礼地回答她，就算我们不相识，售货员通常对清早的第一位顾客态度也都很友好。

“请您仔细找一找。我的眼睛已经看不清了，无法准确地指出是哪一件。但它肯定在，人们都不喜欢它，我的用词也许不大准确，它不叫苔藓绿，也能叫橘黄或其他的名称。麻烦您了，请费心。”她怔怔地看着我，其实是透过我在看货架上的衣服。

“这种苔藓绿西服只有一件，它被人买走了。”

“真的？”她的眼睛突然冒出惊喜的火花。

“真的。”我斩钉截铁地告诉她。

“是一个男人？”她仿佛不相信地问。

“是一个男人。您知道，我们这里是专为男人们卖西服的。”

“不。我今天来，如果苔藓绿西服还在的话，我也要把它买回去。”老女人郑重地告诉我。

“谁穿？”我冒昧地问。

“我穿。”她毫不含糊地回答。

这女人着实把我搞糊涂了。我知道，随着苔藓绿西服的消失，她也不会再出现了。

“能告诉我，您为什么这么喜欢这种颜色吗？”我问。预备着被拒绝，没想到，她很愿意同我交谈：“因为我是这种染料的设计师。所有的人都说不好看，我就只用它染了一块衣料。我的丈夫，我的朋友，我的儿子……我的父亲已经过世，不然我也会让他来看这块料子做成的西服，可惜他们都不喜欢。我常常来这里，在远处观看，没有一个人挑选过这件西服……”她垂下那颗白发斑斑的头。

“其实，这是一种很奇特的染料。你可以不喜欢它那暗淡的绿色，但是只要注视着它，几分钟以后，它就会变成你所喜爱的颜色。它耗费了我巨大的心血……”

我觉得脊背一阵发凉。原来那美丽的桃粉色，不是眼花缭乱，而是一项惊人的成果！

“可惜，他们都不肯注视它，连几分钟的宽容也没有……”她苦笑着，片刻后又转成真正的微笑，“现在好了，终于有人喜欢它了。”

我想告诉她，我曾经看到过苔藓绿西服变换颜色，但我终于什么也没说。我毕竟不是出于喜爱，而只是由于偶然。我现在很羡慕那件买去了苔藓绿西服的男人，他是一个幸运者。

女人走了。我明白永远也不会看见她了，便注视着她很慢很慢地像沉没一般地从楼梯口消失了。

许久以后，一次清仓查库，我在报废物资堆里，看到了那件苔藓绿西服。

“怎么在这里？”我觉得头痛欲裂，伴随着恐惧。

“它为什么不能在这里？老鼠在上面咬了一个洞，我就把它从货架上取下来了。”经理回答我。

我久久地注视着苔藓绿西服。

它并没有变色。不知是染料失效，还是我心目中最喜欢的颜色已经就是苔藓绿了。

也许，苔藓绿根本就不会变颜色。

费城被阉割的女人

写下这个题目，心中战栗。这不是我起的题目，是她自己——那个费城的女人对自己的命名。那个秋天的午后，在费城雪亮的阳光下，我们都觉出彻骨的寒冷。

从华盛顿到纽约，中途停顿。从费城下火车，拖着沉重的行囊。我们（我和翻译安妮）要在这里拜会贺氏基金会的热娜女士，进行一场关于女性的谈话。计划书上，这样写着：我们将同贺氏基金会的负责人热娜一同共进午餐，地点由她选定，费用AA制。

热娜是一位身材瘦小的白人女性，面容严峻。握手的时候，我感到她的手指有轻微的抖动，似在高度紧张中。她同我们抵达一座豪华的五星级饭店，闹得我也开始紧张。

我觉得美国人普遍受过训练，谙熟在察觉自我紧张之后的处理方式，就是将它现形，直接点出紧张的原因，紧张也就不攻自破了。落座后，热娜挑明说：“我有些紧张。通常，我是不接待新闻和外事人员的。只是因为你是从中国来，我才参加这次的会面。基金会接到来自世界各地妇女的咨询电话，每年约有一万次。但是，来自中国的，一次也没有。从来没有。”

我说：“当中国妇女了解了贺氏基金会的工作之后，你也许就会接到来自中国的电话了。”

热娜开始娓娓而谈：

贺氏基金会主要是为可能切除子宫和卵巢的女性提供咨询。在基金会的资料库里，储存着最丰富、最全面、最新近的有关资料，需要的女性都可以免费获得。

据我的统计，全世界有9000万妇女被切除了子宫，其中的6000万被同时切除了卵巢。在美国，这个数字是全美每年有60万妇女被切除了子宫，其中的40万同时被切除了卵巢。卵巢和子宫，是女性最重要的性器官，它们不是不可以切除，但那要为了一个神圣的目的，就是保全生命的必须，迫不得已。而且，身为将要接受这种极为严重的手术的女性，要清楚地知道将要发生在自己身上的是怎样一回事，它有哪些危险，不但包括暂时的，也要包括长远的。

但是，没有。没有人告知女性这一切。有多少人是在模糊和混乱的情形下，被摘除了自己作为女性的特征。我个人的经历就是最好的说明。

我的经历对我个人是没有什么帮助了，但我要说出来，因为它对别的女性可能会有帮助。噩运是从18年前开始的。我在宾夕法尼亚大学心理系任助理研究员，同时还在上学。那时我36岁，有三个孩子。每天很辛苦，早上5点半起床，送孩子到幼儿园去，晚上10点半才能回到家。我的月经开始不正常，出血很多。我的好朋友为我介绍了一个医生，我去看。他为我做了检查之后说，我的子宫里有一个囊肿，需要切除。我很害怕，就连着看了五个不同的医生。他们都说需要切除。我记得最后一位是女医生，她说："你必须手术，你不能从我这里回家。因为你回家之后就可能会死，那样你就再也看不到你的孩子了。"我说："做完了手术之后，会怎么样呢？"她说："你会感觉非常好的。"我还是放不下心，就到图书馆去查资料，书上果然说得很乐观，说术后对人不会有什么影响。我相信了这些话，同意手术。

手术的前一天晚上，我的感觉不好，很不好——我的第六感告诉我。我把不安对丈夫说了，他是一个律师，听了以后很不高兴，说你不要这样婆婆妈妈的。医生说："你不做手术会死。"填手术申请表的时候，他说："这上面有一栏，必要的时候，除了子宫以外，可能会切除你的卵巢。"我说："我不切。"他说："可是我已经签了字。"我说："你换一张表吧，另签一次。"这件事我记得非常清楚，那是犹太节的前一天。

后来，在手术中，没有征得我们的同意，医生就把我的子宫和卵巢都切除了。我是满怀希望地从手术中醒来的，但没想到，我整个变了一个人。那种感觉非常可怕，没有词可以形容。我从医院回到家里，觉得自己的房子变得陌生，一切都和以前不一样了。我极力说服自己忽视和忘记这些不良的感觉，快乐起来，但是我的身体不服从我的意志。子宫不仅仅是一个生殖的器官，而且还分泌激素。切除之后对女性身体的影响，大大超出人们的想象。据统计，76%的女性切除子宫之后，不再出现性高潮，阴蒂不再接受刺激，阴道内也丧失了感觉。很多女性的性格发生了改变，变得退缩，不愿与外界打交道，逃避他人。如果你因此去看医生，医生总是对你说，这是心理上的问题，但我要用自己的经历说明，这不是心理上的，而是生理上的。

我的身体一天天差下去，做爱时完全没有感觉，先生就和我疏远了。我把自己的感觉告诉他。我说："我走路的时候，总是听到声响，我以为背后有人，回头看看，没有人，可是那声音依然存在。后来我知道了，那声音是从我的盆腔里发出来的。"可他不愿听。两个月后，我的情况越发严重起来。我的腿、膝关节、手腕、肘部……都开始痛，我连吃饭和打电话的力量都没有了，甚至看书的时候，都没有力气翻动书页。我去看骨科医生，他说我的骨骼没有毛病。但是我的症状越来越重，医生们怀疑我得了某种不治之症，就把我关进了隔离室。但我连被子的重量都承受不了，医院就为我定制了专门的架子，放在床上，以承接被子的重量。

就这样煎熬着。医生们不知道我得的是什么病，但我非常痛苦。后来，我的丈夫和我离了婚。一位实习医生说，他认识中国来的针灸大夫，或许能看我的病。我半信半疑地到中国城去了一趟，那里又脏又破，简陋极了。我是一个受西方教育的人，很相信西医。我什么也没同针灸大夫说，就转身走了。

这样又过了两年。我的体重下降得很厉害，只有75磅，再不治，我马上就要死了。每天睁开眼，我就想："我还有什么活下去的理由呢？"我想自杀。但我想到，一个孩子，他可能有第二个父亲，但不会有第二个母亲。为了我的孩子，我要活下去。后来，我的朋友把我抬到针灸大夫那里。

前几次，好像没有什么明显的疗效，但是从第四次起，我可以站起来了。到了第二个月，我的骨骼就可以承受一点儿重量了，我能戴手镯了。

每周两次针灸，这样治疗了九年后，我的身体渐渐恢复。我开始研究我所得的病，收集资料，我的孩子也帮着我一起查找。这一次，我找到了病因，这是子宫切除后的典型症状之一。此后的两年里，我一直钻到图书馆里，直到成为这方面的专家。

这时候，我遇到了一位同样切除了子宫的女性，她只有28岁，切除术后，也是感觉非常不好。她对我说："医生为什么没有告诉过我这一切？他们只说术后会更好，但真实的情况根本就不是那么一回事。"她还说："事先，我也问过一位同样做过这种手术的女友，我问她：'会比以前更好吗？'她说：'是的，是这样的。'但我做完了手术，感觉很不好的时候，我再次问她，她说，她的感觉也很不好。我说：'那你为什么不在事前告诉我实话呢？'她说，她不愿说实话。她不愿独自承受痛苦，她希望有更多的人和她一样痛苦。"

这时，我才发现，有这种经历的不仅仅是我一个人。在女人被切除子宫和卵巢之后，改变的不但是性，还有人性。我还见过一个女孩子，只有18岁，简直可以说是个儿童，也被切除了子宫。她热泪盈眶地说："为什么没有人告诉我一切？"她的母亲也曾做过子宫切除，但她的母亲也告诉她，做过之后会更好。手术之后，她对母亲说："为什么连你也不告诉我真相？"母亲说："没有人敢说'我没有性别了'，说'我丧失性了'。就算我是你的母亲，这也是难以启齿的事情。这是隐私，你不可能知道真相。”

我知道，这不仅仅是我个人的事情了，是众多女性面临的重大问题。我要尽我的力量。我到电视台去宣讲我的主张，我的孩子和我离婚的丈夫都在看这个节目。临进演播室的时候，我吓得要命，一口气吞下了两颗强力镇静剂。

我说，这个世界上有这么多被阉割的女人，有多少人清楚地知道将要发生的一切，会给她们带来怎样深远的影响？医生不喜欢听“阉割”这个词，但事实的真相就是如此。我做研究，喜欢用最准确、最精当的词来描述状态，无论那状态有多么可怕。这些女人有权利知道将要发生的事情。

我说，不要以为在这个过程中，女医生和过来人的话就可以听。女人伤害起女人来、背叛起女人来，也许比异性更甚。人性的幽暗在这里会更充分地暴露。

劝你做子宫摘除术的女医生会说：“你还要你的子宫干什么？你已经有孩子了，它没有用了。”在这种时候，女医生显示的是自己的权力。她只把子宫看成是一个没用的器官，而不是把它和你的整个人联系在一起。

在美国，摘除女人的子宫是医院里一桩庞大的产业。每年，妇女要为此花费出80亿美元。这还不算术后长期的激素类用药的费用。可以说，在药厂的利润里，浸着女性子宫的鲜血。所以，医生与药厂合谋，让我们的空气中弥漫着一种谎言。他们不停地说：“子宫是没有用的，切除它，什么都不影响，你会比以前更好。”面对这样的谎言，做过这一手术的女性，难以有力量说出真相，总以为自己是一个特例。她们只有人云亦云地说：“很好，更好。”于是，谎言在更大的范畴内播散。

我并不是说，子宫切除术和卵巢切除术就不能做。我不是这个意思。我只是说，在做出这个对女性有重大影响的决定中，女性有权知道更多，知道全部。

那一天，我说了很多很多。我都说了。我不后悔，可是我说完之后，在大街上走了许久许久，不敢回家。后来是我的孩子们找到我，他们说："妈妈，你说得很好啊。"

我成立了这个贺氏基金会，我这里有最新的全面资料。当一个女性要进行子宫和卵巢手术的时候，可以打电话来咨询。这就是我现在的工作。完全是无偿的。我还组织全世界丧失子宫和卵巢的妇女来费城聚会，我们畅谈自己的感受。在普通的人群中，你也许会感到自卑，觉得和别的女人不一样，甚至觉得自己不再是女人了。但在我们的聚会里，你会看到这个世界上和你一样命运的还有很多人，你就有了一种归属感。你会更深刻地感知人性。

热娜一直在说，安妮一直在翻译，我一直在记录。我们在费城只做短暂的停留，然后就要继续乘火车到纽约去。我们各自的午餐都没有时间吃，冷冷地摆在那里，和我们的心境很是匹配。

热娜送我们赶往火车站。分手的时候，她说："我说了很多话，你几乎没有说什么话。可我能感觉到你是一个善良的人，我现在很会感知人。从当年那位中国针灸医生身上，我就知道中国有很多善良的人。"

发的断想

“头发长，见识短”是形容女人的一句俗话，总觉得这话没道理。头发为什么同见识成反比例?

但头发的确是性别的象征。少时我在喜马拉雅、冈底斯和喀喇昆仑三山交会处的高原当兵，男人多，女人少。我们常年裹在绒绒的棉衣里，纵使用直尺去量，也绝无曲线，唯一可在轮廓上昭示出男女的是头发。为了消除男人的遐想，领导要求我们把所有的头发都藏进军帽。刘海儿自然是一根也不留，少女光亮的额头如同广场一般洁净。颈后的碎发却很麻烦，我的发际低，须把头发狠狠地拎起，茅草一样塞进军帽，帽檐因此翘得很高，像喇叭花昂然向上。每晚脱下军帽都要搓揉许久：头皮像遭了强烈的惊吓，隆起一片粟丘疹。那时候有一个梦：让头发晒晒太阳。

有一种液体叫“海鸥”，我至今不知它的成分，但它味道独特，难以忘怀。那时探家回北京，归队时总要背几大瓶，关山迢迢，不以为苦。用“海鸥”洗过的头发清亮如丝，似乎也没有头皮屑，又好分装。记得一次战友分别，想送她一点儿小礼物，正琢磨不出哪样东西称心，她说：“就送我一瓶海鸥水吧，等于送我一头好头发。”

第一次用现代的洗发液，是妹妹在包裹中寄到高原的。那是一枚小小的鱼形塑料泡，泡里储着水草绿色的液体。妹妹说，那是出国回来的朋友所赠，她舍不得用，又翻越万水千山送我。好长时间舍不得剪开，只有姐妹之情，才有这份细腻与悠长。

如今，我们已经有数不胜数的洗发液了，色彩斑斓、清香扑鼻。女人们可以梳各式各样的发式，从最简单的“清汤挂面”到最繁复的朋克式，都是私事，无人干涉。女人们的头发便在春天的和风里，尽情地晒太阳。

对于一则广告的立意，我略有些微词。一个美丽的女孩求职，一切都很顺利。就在要被录用的一瞬间，突然发现了她的头皮屑，于是女孩子像鲜花一样的前程模糊了……

女人的自信心就这样与头发呈现出密不可分的正相关吗？！

男人和女人的头发都会长得很长，例如我们的清朝。而世界允许女人留长发，是上天赐给女人的财富。头发使女人显得更妩媚、更娇柔，把头发浣洗得亮丽如漆，是女人的功课，源远流长。

然而，头发毕竟是头发，女人应该心比发长。

午夜的声音

把朋友们的姓名写在一张纸上，嗬，好长！细一检点，几乎全是女性。

交女友比交男友随意与安宁。男友跟你谈的多是国家、命运和历史，沉重而悠长。

于是，累。

还有那条看不见的战线，总在心的角落时松时紧，好像在弹一首喑哑的歌。先是要提醒对方，后是要提醒自己：不要在懵懵懂懂之中误越了界限。总有那种邻近模糊的时刻，便要在心中与他挥泪而别。

与女友相处，真是轻松得多、惬意得多。与女友聊天，像在温暖清澈的水中游了一次泳，清爽润滑，百骸俱松，灵魂仿佛被丝绸擦拭一新，又可以闪闪发光地面对生活了。

可惜世界太大，女友们要聚到一起太不容易。你有空时她没空，她得闲时你无闲。还有先生的事、孩子的事，像杂乱的水草缠住脚踝。大家相逢在一处，像九星连珠似的，时间要算计了又算计。

于是，女人们发明了电话聊天。忧郁的时候，寂寞的时候，悲哀的时候，烦躁的时候……电话像七仙女下凡时的难香，点燃起来，七八个号码拨完，女友的声音，就像施了魔法的精灵，飘然来到。

一位女友正在离婚，她在电话的那一端向我陈述，好像一只哀伤的蜜蜂。我静静地倾听，犹如一个专心的小学生。虽然时间对我来说极其宝贵，虽然我只听开头就猜出结尾，虽然夜已深沉，虽然心中焦虑，我依旧全神贯注地倾听，在她片刻的停顿时，穿插进亲昵的嗯或呵……我很希望自己能创造出杰出的话语，像神奇的止血粉撒布在朋友滴血的创口，那伤处便像马缨花的叶子一般静谧闭合……但我知道我不能。我能送给朋友的就是静静地倾听，所有的语言都苍白无力，沉默本身就是理解和友谊。

有时，铃声会在夜半突然响起，潜入我的梦中。夫比我灵醒，总是他先抓起电话，然后对我说："你的那群狐朋狗友又来啦！"

"你是毕淑敏吗？有件事情我想求你……"声音大得震耳欲聋，使我疑心她就在楼下的公用电话亭。

其实她在城市的另一隅，女大当婚，却至今单身。她总是像潜艇一样突然浮出海面，之后又长时间地不知踪影。然而我知道她在人群中潇洒地活着，当她需要朋友的时候，就会不择时机地叩响我的耳鼓。

"有什么事你尽管说……"我一边披衣一边用眼光搜索鞋子，好像准备去救火。

“别那么紧张。”她轻快地笑了，“我只是想求你帮我写几个信封……”她说着，详详细细、清清晰晰交代给我一个男人的地址和姓名。

“因为这样一件事，就值得把我从温暖的被窝里薅出来吗？”我睡眼惺忪地问。

“这就是我的那个他呀！我每天要给他写一封信，传达室的老头都认识我的字迹啦！我想换种笔体，这样他取信时就不会难为情啦！”

哦！我的女友！我对着黑漆漆的玻璃窗做了一个鬼脸：为了她的男友，她可不怕叨扰自己的女友！

我也会在某个刹那下意识地抚摸电话键，好像触及一串润滑的珍珠。“你好。”我对一位女友说。“你好。”她说，“有什么事吗？”她清清凌凌地问，一点儿也不惊讶，好像预知我在这个时刻会找她。“没什么事，只是，想找人说说话……你们那里下雨了吗？”我沉吟着，继续组织着自己语言的阶梯。“下了，雨不小也不大。”她平静地回答。“我很想到雨里去行走，很喜欢在坏天气的时候，到湖里去划船……”我突然很急切地对她说。“嗯，你此时心情不好。”她说，“我们每个人都有这种时候，忍一忍就会过去。不要紧，做饭去吧，择菜去吧，看一本喜爱的书……要不然就真到风雨中去走走吧，不过，可要穿起风衣，撑起雨伞，最起码也需戴上斗笠……”我的心在这柔柔的劝慰之下，终于像黄昏的鸽群，盘旋之后，悄然落下。

每一位女友，都是一幅清丽的画。每一次谈话，都是一盏温馨的茶。我们互相凝眸，我们互相温暖，岁月便在女人们的谈话中慢慢向前推进。

芒果女人

小学同学艨从北美回来探亲，因国内已无亲属，她要求往日同伴除了叙旧以外，就是陪她逛街购物吃饭。于是，大家排了表，今日是张三明日是李四，好像医院陪床一般，每天与她周游。

艨的先生在外发了财，艨家有花园洋房游泳池，艨的女儿在读博士，艨真是吃穿不愁，可是艨依然很朴素，就像当年在乡下插队时一般。艨说："我这么多年主要是当家庭妇女，每日修剪草坪和购物。要说有什么本领，就是学会了如何当一名消费者。"

艨说："中国的商家已经学会了赚钱，可很多人还不知道钱要赚得有理。中国老百姓也已经知道了，钱可以买来服务。可这服务是什么质量的，心里却没数。"

和艨乘出租汽车。司机一边开车，一边用打火机引着了烟。艨对我说："你抽烟吗？"我偏头躲着烟雾说："不抽。"艨说："我也不抽。"然后是寂静，只有发动机的震颤声。等了一会儿，艨对司机说："师傅，我本来是想委婉地提醒您一下，没想到您没察觉。那我就得明说了，请您把烟熄了。"司机愣了一下，好像没听懂她的话，想了想，还算和气地说："起得早，困。抽一支，提提神。我这车，不禁烟，没看不贴禁止吸烟的标志吗？"艨说："这跟禁烟标志无关，而是您抽烟并没有得到我们的允许啊。"司机说："新鲜。抽烟这事，连老婆都管不着我，干吗要得到你们的允许？"

艨说："您老婆给您钱吗？"

司机说："新鲜。我老婆给我什么钱？是我给她钱，养家糊口。"

艨沉着地说："这就对了。您老婆和您是私事，你可听也可不听。我们出了钱，从上车到目的地这段时间内，买了您的服务。我们是您的雇主，您在车内吸烟，怎能不征询主人的意见呢？"

我捏了一把汗，怕司机火起来。没想到，他握着烟想了半天，把长长的烟蒂丢到车窗外面了。过了一会儿，司机看看表，把车上的收音机打开，开始听评书连播《肖飞买药》。音波起伏，使车内略显尴尬的气氛得到了某种稀释。

艨的眉头皱起来，这一次，她不再旁敲侧击，径自说："师傅，我心脏不好，不能听这种激动的声音。请您关闭音响。"

司机旧恨新仇一起发作，于是恨恨地说："怎么着？这评书我是每天都听的，莫非今天拉了你，就得坏了我的规矩，让我不知道肖飞是怎么从鬼子眼皮底下逃出去的？你这个女人脑子有毛病！"

我虽从感情上向着艨，但司机的话也不无道理。别说肖飞还是有趣的故事，赶上毛头司机让你听汗毛都奓起的摇滚，不也得忍了吗？我忙打圆场说：“师傅，我这位朋友爱静，就请您把喇叭声拧小点儿，大家将就一下吧。”

没想到首先反对我的是艨。她说：“这不是可以将就的事。师傅愿意听《肖飞买药》，可以。您把车停了，自个儿坐在树荫下，爱怎么听就怎么听，那是您的自由。既然您是在从事服务性的工作，就得以顾客为上帝。”

司机故意让车颠簸起来，冷笑着说：“怎么着？我就是听，你能把我如何？”说完，把声音扩到震耳欲聋。

艨毫不示弱地说：“那您把车停下。我们下车！”

司机说：“我就不停，你有什么办法？莫非你还敢跳车？！”

艨坚定地说：“我为什么要跳车？我坐车，就是为了寻求便利。我付了钱，就该得到相应的待遇，您无法提供合乎质量的服务，我就不付您报酬。天经地义的事情，走遍天下我也有理。”

我以为司机一定会大怒，把我们抛在公路上。没想到在艨的逻辑面前，他真的把收音机关了，虽然脸色黑得好似被微波炉烘烤过度的虾饼。

司机终于把我们平安拉到了目的地。下车后，我心有余悸。艨却说：“这个司机肯定会记住这件事的，以后也许会懂得尊重乘客。”

吃饭时，落座艨挑选的小馆，她很熟练地点了招牌菜。艨说此次回国，除了见老朋友，最重要的是让自己的胃享享福，它被洋餐折磨得太久太痛苦了。菜上得很快，好像是自己的厨艺。艨一个劲儿地劝我品尝，我一吃，果然不错。轮到艨笑眯眯地动了筷子，入了口，脸上却变了颜色，招来服务员。

“你们掌勺的大厨，是不是得了重感冒？不舒服，休息就是，不宜再给客人做饭。”艨很严肃地说。

服务员一路小跑去了操作间，很快回来报告说：“掌勺的人很健康，没有病。”她一边说着，一边脸上露出嫌艨多此一举的神色。

我也有些怪艨，你也不是防疫站的官员，管得真宽。忙说：“快吃快吃，要不菜就凉了。”

艨又夹了一筷子菜，仔细尝尝，然后说：“既然大厨没生病，那就一定是换了厨师。这菜的味道和往日不一样，盐搁得尤其多。我原以为是厨师生了感冒，舌苔黄厚，辨不出咸淡，现在可确定是换了人。对吗？”她征询地望着服务员。

服务员一下子萎靡起来，又有几分佩服地说：“您的舌头真是神。大厨今天有急事没来，菜是二厨代炒的。真对不起。”

服务员的态度亲切可人，我觉得大可到此为止。不想艨根本不吃这一套，缓缓地说：“在饭店里，是不应该说‘对不起’这几个字的。”

艨说：“如果我享受了你的服务，出门的时候，不付钱，只说一声‘对不起’，行吗？”

服务员不语，答案显然是否定的。

艨循循善诱地说：“在你这里，我所要的一切都是付费的。用‘对不起’这种话安慰客人，不做实质的解决，往轻点儿说，是搪塞，重说，就是巧取豪夺。”

这时一个胖胖的男人走过来，和气地说：“我是这里的老板，你们的谈话我都听到了，有什么要求，就同我说吧。是菜不够热，还是原料不新鲜？您要是觉得口感太咸的话，我这就叫厨房再烧一盘，您以为如何？”

我想，艨总该借坡下驴了吧。没想到艨说：“我想少付你钱。”

老板压着怒火说："菜的价钱是在菜谱上明码标了的，你点了这道菜，就是认可了它的价钱，怎么能吃了之后砍价呢？看来您是常客，若还看得起小店，这道菜我可以无偿奉送，少收钱却是不能开例的。"

艨不慌不忙地说："菜谱上是有价钱不假，可那是根据大厨的手艺定的单，现在换了二厨，他的手艺的确不如大厨，你就不能按照原来的定价收费。因为你付给大厨的工钱和付给二厨的工钱是不一样的。既然你按他们的手艺论价，为什么到了我这里，就行不通了呢？"

话被艨这样掰开揉碎一说，理就是很分明的事了，于是，艨达到了目的。

和艨进街上的公共厕所，艨感叹地说："真豪华啊，厕所像宫殿，这好像是中国改变最大的地方。"

女厕所里每一扇洗手间的门都紧闭着，女人们站在白瓷砖地上，看守着那些门，等待轮到自己的时刻。

我和艨各选了一列队伍，耐心等待。我的那扇门还好，不断地开启关闭，不一会儿就轮到了我。艨可惨了，像阿里巴巴不曾说出"芝麻开门"的口诀，那门总是庄严地紧闭着。我受不了气味，对艨说了声："我到外面去等你啊。"便撤了出去。等了许久，许多比艨晚进去的女人，都出来了，艨还在等待……等艨终于解决问题了以后，我对艨说："可惜你站错了队啊。"

艨嘻嘻笑着说："烦你陪我去找一下公共厕所的负责人。"

我说："就是门口发手纸的老大妈。"艨说："你别欺我出国多年，这点儿规矩还是记得的。她管不了事。我要找一位负责公共设施的官员。"

我表示爱莫能助，不知道这类官司是找环保局还是园林局

（因为那厕所在一处公园内）。艨思索了片刻，找来报纸，毫不犹豫地拨打了上面刊登的市长电话。

我吓得用手压住电话叉簧，说："艨你疯了，太不注意国情！"

艨说："我正是相信政府是为人民办事的啊。"

我说："一个厕所，哪里值得如此兴师动众？"

艨说："不单单是厕所，还有邮局、银行、售票处等，中国凡是有窗口和门口的地方，只要排队，都存在这个问题。每个工作人员速度不同，需要服务的人耗时也不同，后面等待的人不能预先获知准确信息。如果听天由命，随便等候，就会造成不合理、不平等、不公正……关于这种机遇的分配问题，作为个人调查起来很困难，甚至无能为力。比如，我刚才不能一个个地问排在前面的女人，你是解大手还是解小手，以确定我该排在哪一队后面……"

我说："艨你把一个简单的问题说得很复杂。简明扼要地告诉我，你打算在厕所里搞一场什么样的革命？"

艨说："要求市长在厕所里设条一米线，等候的人都在线外，这样就避免了排错队的问题，提高效率，大家心情愉快。北美就是这样的。"

我说："艨，你在国内还会上几次厕所？还会给谁寄钱或取邮件？我们浸泡其中都置若罔闻，你又何必这样不依不饶？你已是一个北美人，马上就要回北美去，还是到那里安稳地享受你的厕所一米线吧。"

艨说："这些年，我在国外，没有什么本事，就是买买东西上上街。我不像别的留学生回国，有很多报效国家的能力。我只是一个家庭妇女，觉得那里有些比咱高明的地方，就想让这边学了来。

这几天我让你们陪我，是想让你们明白我的心。我不是英雄，没法振臂一呼，宣传我的主张；也不是作家，不会写文章，让更多的人知道我的想法。我只有让你们从我看似乖张的举动里，感觉到这世上有一个更合理的标准存在着，可以学习借鉴。”

我为艨的苦心感动，但还是说：“就算你说得有理，这些事也太小了。要知道，中国有些地方连温饱都没有解决啊。”

艨说：“我对中国充满信心。温饱解决之后，马上就会遭遇这些问题。对于普通人来说，我们流泪，有多少是为了远方的难民？基本上都是因为眼睛里进了沙子。身边的琐事标志着文明的水准。现代化不是一个空壳，它是一种更公正更美好的社会。”

我把压在电话叉簧之上的手指松开了，让艨去完成找市长的计划。那个电话打了很长，艨讲了许多她以为中国可以改进的地方，十分动情。

分手的时候，艨说：“有些中国人入了外国籍以后，标榜自己是个‘香蕉人’，意思是自己除了外皮是黄色的，内心已变得雪白。而我是一个‘芒果人’。”

我说：“‘芒果人’，好新鲜。怎么讲？”

艨说：“芒果皮是黄的，瓤也是黄的。我永远爱我的中国。”

女抓捕手

参加活动，人不熟，坐车上山。雾渐渐裹来，刚才还汗流浃背，此刻却寒意浸骨。和好风光联系在一起的，往往是气候的陡变。在山下开着的空调，此刻也还开着，不过由冷气改热风了。

车猛地停下，司机说此处景色甚美，可照相，众人响应，挤挤攘攘同下。我刚踏出车门，劲风扑面呛来，想自己感冒未好，若是被激成了气管炎，给本人和他人都添麻烦，于是沮丧转回。

见车后座的角落里，瑟缩着一个女子，静静地对着窗，用涂着银指甲油的手指，细致地抹着玻璃上凝起的哈气，半张着红唇，很神往地向外瞅着。

我问："喜欢这风景，为什么不下去看呢？"

她回过头来，一张平凡模糊的面孔，声音却是很见棱角。说："怕冷。我这个人不怕动，就怕冻。"

我打量她，个子不高，骨骼挺拔，着飘逸时装，没有一点儿多余的赘肉，整个身架好像是用铁丝拧成的。

她第二次引起我的注意，是偷得会议间隙去逛商场。我寻寻觅觅，两手空空，偶尔发觉她也一无所获。我说："你为何这般挑？"

她笑笑说："我不要裙子，只要裤子。好看的裤子不多。"

我说："为什么不穿裙子呢？我看你的腿很美啊。"

她抚着膝盖说："我也很为自己抱屈，但没办法啊。你想，我买的算是工作服。能穿着裙子一脚把门踹开吗？"

我如受了惊的眼镜蛇，舌头伸出又缩回。把门踹开！乖乖，眼前这个小女子何许人？杀人越货的女飞贼？

见我吓得不浅，那女子莞尔一笑道："大姐，我是警察。"

我像个真正的罪犯那样，哆嗦了一下。

后来同住一屋，熟悉了。她希望我能写写她的工作。当然，为了保密，她做了一些技术性的处理。

她说："我是抓捕手。一般的人不知道抓捕手是干什么的，其实我一说，您就明白了。看过警匪片吧，坏人们正聚在一起，门突然被撞开，外面有一人猛地扑入，首先扼住最凶恶的匪徒，然后大批的警察冲进来……那冲进来的第一个人，就叫抓捕手。我就是干那个活儿的。"

我抚着胸口说："哦哦……今天我才知道什么叫海水不可斗量。别见笑。请问，抓捕手是一个职务还是职称？"

她说："都不是。是一种随机分配。就是说，并没有谁是天生的抓捕手，也不是终身制的。但警察执行任务，和凶狠的罪犯搏斗，总要有人冲在最前头，这是一种分工，就像管工和钳工。不能一窝蜂地往里冲，瞎起哄，那是打群架……"

我忍不住插话："就算抓捕手是革命分工不同，也得有个说法。像你这样一个弱女子，怎能把这种最可怕、最危险的事，摊派到你头上呢？”

她笑笑说：“谢谢大姐这般关怀我。不过，抓犯人可不是举重比赛，讲究多少公斤级别，求个公平竞争。抓捕是没有道理可讲的，抓住就是胜利，抓不住就是流血送命。面对罪犯，最主要的并不是拼力气，是机智，是冷不防和凶猛。”

我说：“那你们那儿的领导，老让你打头阵，是不是也有点儿欺负人？险境之下，怕不能讲‘女士优先’！”

她说：“这不是从性别考虑的，是工作的需要。”

我说：“莫非你身藏暗器，乃一真人不露相的武林高手？”

她说：“不是。主要因为我是女警。”

我说：“你把我搞糊涂了。刚才说和性别无关，这会儿又有关。到底是有关还是无关？”

她说：“您看，刚才我跟您说我是抓捕手，您一脸瞧我不起的样子，嫌疑人的想法也和您差不多（听到这儿，想起一个词——物以类聚。挺惭愧的）。当我一个弱女子破门冲进窝点时，他们会一愣，琢磨：‘这女人是干什么的？’这一愣，哪怕只有一秒，也赢得了最宝贵的时间。狭路相逢勇者胜啊。特别是当我穿着时装、化了浓妆的时候，准打他们一个冷不防……”

我看看她套在高跟鞋里秀气的脚踝，说：“这是三十六计中的‘兵不厌诈’。只是，你这样子，能踹开门吗？”

她把自己的脚往后缩了缩，老老实实地承认：“不行。”

我说：“那你破门的时候，要带工具吗？比如电钻什么的？”

她说：“您真会开玩笑。那罪犯还不早溜了？我现在不能踹开门，是因为没那个氛围。真到了一门隔生死，里面是匪徒，背后是战友，力量就迸射而出。您觉着破门非得要大力士吗？不是。人的力量聚集到一点，对准了门锁的位置，勇猛爆发，可以说，谁都能破门而入。”

我神往地说：“真的？哪一天我的钥匙落在屋里时，就可以试试这招了。省得到处打电话求人。”

她很肯定地说：“只要您下定了必胜的信心，志在必得，门一定应声而开。”

我追问：“进门以后呢？”

她说：“是片刻死一般的寂静。然后我得火眼金睛地分辨出谁是最凶猛的构成、最大威胁的敌人，也就是匪徒中的头羊，瞬间将他扑倒，让他失去搏杀的能力。说时迟那时快，战友们就持枪冲进来，大喊一声：‘我们是警察！’……”

我打断她，说：“且慢且慢。难道你不拿枪，不喊‘我是警察’吗？”

她非常肯定地说：“我不拿枪，并且绝不喊。”

我说：“怎么和电影里不一样啊？”

她说：“那是电影，这是真拼。我如果持枪，就会在第一时间激起敌人的警觉，对抓捕极为不利。如果我有枪，必是占用最有力的那只手，就分散了能量，无法在最短时间内将匪首击倒。再说，既是生死相搏，胜负未卜，如果我一时失手，匪徒本无枪，此刻反倒得了武器，我岂不为他雪中送炭，成了罪人？所以，我是匹夫之勇，赤手空拳。”

我说：“那你不是太险了？以单薄的血肉之躯，孤身擒匪。说实话，你害怕过吗？”

她缓缓地说：“害怕。每一次都害怕。当我撞击门的那一瞬，头脑里一片空白。这一撞之后，生命有一段时间将不属于我。它属于匪徒，属于运气。我丧失了我自己，无法预料，无法掌握……那是一种摧肝裂胆的对未知的巨大恐惧。

我说：“你当过多少次抓捕手了？”

她说：“二百四十三次了。”

我又一次打了哆嗦。颤声问：“是不是第一次最令人恐惧？”

她说：“不是。我第一次充当抓捕手之前，什么都没想。格斗之后，毫发未损，按说这是一个很圆满的开端和结局。可是，犯人带走了，我坐在匪徒打麻将的椅子上很久很久站不起来，通体没有一丝力气。无论瞧什么东西，连颜色、形状都变了，仿佛是从一个死人的眼眶往外看。我当时以为这定是害怕的极点了，万事开头难，后来才知道，恐惧也像缸里的金鱼一样，会慢慢长大的。

“经历的风险越来越多，胆子越来越小。您一定要我回答哪一次最恐惧，我告诉您，是下一次。”

我说：“既然你这么害怕，就不要干了嘛！”

她说：“我只跟您说了恐惧越来越大，还没跟您说我战胜它的力量也越来越强了。如果单是恐惧，我就坚决洗手不干了，想干也干不成。不是，恐惧之后还有勇气。勇气和恐惧相比，总要多一点点。这就是我至今还在做抓捕手的原因。”

我叹了一口气说：“你受过伤吗？”

她说：“受过。有一次，肋骨被打断了，我躺在医院里，我妈来看我。我以前怕她担心，总说我是在分局管户口的。我妈没听完介绍就大哭了，进病房的时候，眼睛肿成一条缝。我以为她得骂我，就假装昏睡。没想到她看了我的伤势，就嘿嘿笑起来。我当时以为她急火攻心，老人家精神出了毛病，就猛地睁开了眼。她笑了好一会儿才止住，说：‘闺女，伤得好啊。我要是劝你别干这活了，你必是不听的。但你伤了，就是想干也干不成了。伤得不算太重，养养能恢复，还好，也没破相……’

“伤好了以后，我还当抓捕手。当然瞒着老人家。但妈的话，对我也不是一点儿效力都没有。从那以后，我特别怕刀。一般人总以为枪比刀可怕，因为枪可以远距离射杀，置人于死地。刀刺入的深度有限，如果不是专门训练的杀手，不易一刀令人毙命。不是常在报上看到，某凶手连刺了多少刀，被害人最终还是被抢救过来了吗？

“我想，枪弹最终只是穿人一个小洞，不在要害处，很快就能恢复。如果伤在紧要处，我就一声不吭地死了。死都死了，我也就没什么可怕的了。所以说枪的危害，比较可以计算得出来。但刀就不同了，它一划拉一大片，让你皮开肉绽、血肉模糊，但你还没死。那样，假如我妈看到了，会多么难过啊，我也没脸对她解释。所以，我为了妈妈，就特别怕刀，也就特别勇敢。因为在那手起刀落的时刻，谁更凶猛，谁就更有可能绝处逢生。”

话谈到此，我深深地佩服面前这个貌不惊人的女警察了。我说：“你为什么选择了这么一份危险的工作？”

她说：“我个子矮，小的时候老受欺负。我觉得警察是匡扶正义的，就报名上了警校。人们常常以为，大个子的人才爱当警察，其实不。矮个子的人更爱当警察。因为高个子的人，自己就是自己的警察。”

我说：“你能教我一两招功夫吗？比如双龙夺珠什么的，遇到坏人的时候，也可自卫。”

我说着，依葫芦画瓢，把食指和中指并排着戳出去，做了一个在武侠电影中常常看到的手势。

她笑得很开心，说：“您的这个姿势，像二战中盟军战俘互相示意时打出的‘V’，但基本上没效力。因为中指和食指长度不同，真要同时出击，中指已点到眼底，食指还悬在半路，哪儿能制敌于死命？真正的猛招，用的是两根相同长度的手指。”

我忙问：“哪两指？”

女警笑笑说：“姐还真想学啊？如果不介意，我在您身上一试，诀窍您就明白了。当年我们都是这样练习的。”

我忙说：“好好。我很愿领教。”

她轻轻地走过来，右手掌微微一托，抵住我的下颌，顶得我牙关紧扣。紧跟着，她的食指和无名指，如探囊索物般扪住了我的眼皮，不动声色地向内一旋、向下一压……天哪！顿时眼冒金星、眼若铜铃，如果面前有面镜子，我肯定能看到牛魔王再世。

她轻舒粉臂，放松开来，连声道：“得罪了得罪了。”

我揉着眼球赞道：“很……好，真是厉害啊……只是不晓得要多长时间才修得如此功夫？”

她说：“也不难。希望罪犯都被我们早早降伏。普通老百姓，永远不要有使用这道手艺的场合。”

分手的时候，她说：“能到大自然中走走，真好啊。和坏人打交道的时间长了，人就易变得冷硬。绿色好像柔软剂，会把人心重新洗得轻松暖和起来。”

希冀中的女警

从没见过女警察。

哦，不对不对。照片和画报上，有多少英姿勃发的女警在微笑；屏幕和戏剧里，有多少英雄果敢的女警在行动；工作和奋斗中，有多少智勇双全的女警在生活……谁敢说自己没见过女警？！

每逢从北京长安街经过，天安门前飒爽威武的女交警，每一次都把目光牵住，直到渐行渐远，头还回着，眼神扯成两条袅袅的丝线。到警官大学讲课，台下那些神采飞扬的女警官牢牢吸引了我的注意力，我不由自主地一直面对着她们演讲。以至于讲课结束后，有个男警察不服气地说："您为什么也不抽空儿看我们一眼？是不是年轻的时候想当女警，一直没机会？"

甚至我记忆中唯一一次和警察的不愉快交往，接触的也是一位女性。那年我在西藏当兵，到派出所为新生的孩子报户口。按文件，在五千米以上高原服役的军人，子女的户口可落在平原亲属处。那女警说："你应把孩子先带到雪山上，病了再回来，就可报上户口了。”我说：“你可懂得什么叫高原？它对刚满月的婴儿，意味着什么？”当我走出派出所时，泪水滚下面颊。

那女警傲慢的面容，在二十年后的今天仍纤毫毕现，但我依旧要顽强地说，我没有见过女警。

我所说的见，不单是指眼光扫过，而是一个深深走进心灵的身影，一个寄予了美好和期望的形象。

希冀中的女警忠心赤胆，饱含着对祖国和民族的深情；希冀中的女警目光炯炯，关注着人民的甘苦和社会的痼疾；希冀中的女警身手矫健，有着过人的勇敢和机敏；希冀中的女警敢恨敢爱，既手起刀落又柔肠万千。

希冀中的女警走路快疾如风，有无数艰巨的任务等着她的双肩承担。希冀中的女警手指纤细却很有力，擎得起放得下举重若轻。希冀中的女警，有长长的睫毛，遮盖着一双犀利的慧眼。希冀中的女警面色既温柔和蔼暖如春风，也不乏肃杀冷峻严冬般的威凛。希冀中的女警在胜利的时候会微笑，在焦虑的时候会垂泪，在父母面前是好女儿，在丈夫面前是好妻子，在孩子面前是好妈妈。希冀中的女警在功勋面前会淡然一笑，在责任面前会挺身而出。希冀中的女警脱去橄榄绿的制服，走在人群中的时候，普通得像林海中的一株白桦。希冀中的女警穿上橄榄绿的制服，前进在队伍中的时候，卓越如一枚蓄势待发的火箭。

当人们不曾抵达月亮的时候，就创造了吴刚和嫦娥的神话。当人们终于踏上月球的环形山时，才发现大自然远较想象更为雄奇。

也许当我终有一天，结识到真正的女警，我会发觉，她们比我所有的希冀都更加超拔。

假如酋长是女性

假如远古时代，有两个部落，为了一口水井，引起激烈的争执，到了剑拔弩张、一触即发的关头，怎么办？

假如酋长是男性，肯定热血喷涌，气贯长虹。年轻的男子聚集在他的身边，呼啸着，奔腾着，摩拳擦掌，械斗很可能在下一秒爆发，刀光剑影，血流成河……

男性依据自身强壮的体魄，更相信横刀跃马得来的天下，更相信“枪杆子里面出一切”的真理，崇尚一斗定乾坤。

假如酋长是位女性，事态将会如何演变？

她也许首先会被即将到来的惨况，吓得闭紧了眼。她是繁殖和哺育的性别，当生命即将受屠戮的时候，她感到灵魂被锋利的尖刀镂空，锥心刺血的疼痛。

“我们还有没有其他的办法，可以避免这场生命的搏杀？不就是为了一口水井吗？里面流动的液体，一定要用鲜血换回？孩子们，难道已经到了以血为水的地步？透明的清水比滚烫的鲜血更为宝贵吗？”

她苍老的双手伸向黑暗的苍穹，仿佛要在虚空中抓住一条拯救人们的绳索。

“让我们先不要忙着用血去换水，我们避开他们，再挖一口水井吧。”女酋长软弱地退让，“人血不是水，让我们用劳动换取和平。”

人们不甘心地服从着，将地掘出很多深洞，但是，除了原有的井，新的窟窿里干燥得如同沙漠。

人们聚啸起来，隐隐的不满野火一般燃烧。这个女人让我们示弱，让我们劳作，却一事无成。

女酋长敏锐地觉察到了动荡的情绪，但她毫不理会众人的怨恨，继续指示说：“让我们出去寻找，双脚走遍每一座险峻的山峦，眼光巡视过每一条隐蔽的峡谷，手指抚摸到每一处潮湿的土地，看是否还能寻觅一眼可以和水井媲美的清泉？让我们尽一切努力，将和平维持到最后一分钟。”

没有，哪里都没有新的水源。千辛万苦、无功而返的寻水人仰天长啸。

“那我去同邻居部落的首领商量，是不是可以研究出一个折中的方案。每家分别用一天水井，合理地分配资源，用公平来尝试和平？”女酋长撕扯着自己的头发，低垂着沉重的头颅。她并非不珍惜自己的尊严，但和尊严同等重要的，是人的生命。

对方部落拒绝了共同使用水井的建议，战云又一次笼罩上空。

仗到了非打不可的时候。假如是男酋长，怒发冲冠，铁马金戈，振臂一呼，兄弟们早就冲上去了，血肉横飞，白骨嶙峋，杀一个天昏地暗。血与火本身，就是惨烈的过程和最终的结论。

女酋长在这千钧一发的机会，依旧犹豫彷徨。她扪心自问，是否已尽到了最大的努力，避免战争？“是的。”她流着泪对自己说，心在泪水中渐渐泡得坚硬起来。

如果一定要刀兵相见，那就来统计一下，我们将要流出多少鲜血？是一盆血？是一桶血？还是一缸血？甚至是一个血的湖泊、血的瀑布、血的海洋？一定要将那血量尽可能地减少，哪怕多保存一滴一缕也好，血液是制造生命的原料。

女酋长掐指计算着，在即将进行的战争中，有多少妻子将失去丈夫？有多少母亲将失去儿子？有多少孩子将失去父亲？有多少家庭将不复存在……女酋长的心凄楚地战栗着，发布作战命令的手高高抬起，又轻轻放下，如是者三。

征集担架，组织救护，战争进行到哪里，医生就要追随到哪里，尽最大的努力减少牺牲，尽最大的努力争取和平……女酋长做好了种种准备之后，艰难地吹响了决斗的号角。

女酋长一方胜利了，人们围着被血水环绕的水井载歌载舞，许多人在狂欢中流下眼泪，凝结成冰晶，他们的亲人永远地走向了远方。

女酋长望着人群，挥之不去的念头盘旋胸间。这块土地底下，真的只有一口井吗？井水真的比生命还要宝贵吗？对方部落的人失去了水源，将如何度日，如何生存？

胜利之后的女酋长，脸上没有笑容。

这就是一个男酋长和一个女酋长之间的不同。这种不同，从上古时代就一直流传下来，源远流长直到今天。

这是我在联合国第四次世界妇女大会上，听一位黑人妇女讲的故事。她反复强调一句话：学会用女性的眼光看世界。

深圳女“牙人”

起因是我在那家五星级的酒店里不好好走路，东张西望，看了那扇紧闭的小门一眼。

就在我张望的那一瞬，小门突然开了，我看见许多如花似玉的女孩端端正正地坐在里面，全神贯注地听一位女士讲着什么。

在特区，美丽的女孩不算稀奇，好像全中国的美女都集中到这里了，她们要以自己的青春、美貌、智慧和胆略换取更多的地位与金钱。除了那些使用不正当手段的，一般来说，我很钦佩她们，但她们脸上的神情打动了我。小门后面是一间宽敞豪华的多功能厅，排着桌椅，好像临时布置的课堂，不知在传授着什么诀窍，她们沉迷得如醉如痴。

恰在此时，那位主讲的女士回了一下头，我清晰完整地看到了她的形象。她穿一身“梦特娇”的黑丝裙，泛着华贵高雅的光华。但是，她长得好丑啊！两只距离很远的鼓眼睛，架着烧饼一般厚重的大眼镜，很像一个先天愚型的脸庞。特别是她的牙齿，猛烈地向前凸，好像随时要拱什么东西吃，人们俗称这种人为：龅牙齿。

但是，有一种威严像光环一样笼罩在她的周身，使课堂上所有的靓丽女子都屏气凝神地听她讲课。她叫起一个非常娇美的女孩，说：“你讲讲，听了我的课，你以后打算每月挣多少钱？”

那个女孩很有魄力地说：“我以前在政府当文员，每月薪水1500元。我既然干了这一行，起码收入要翻一番，每月3000元，我想差不多。”

龅牙女士问：“大家觉得怎样？”女孩们窃笑着，表示赞同。

龅牙女士一字一句地说：“假如你们有一天挣到刚才说的那个数，就是每月3000元，我对你们有一个要求，就是无论走到哪里，无论什么人问起，你们都不要说是我的学生。这太丢人了！你们每个月最少要计划挣到1万元。”

全场大骇。

就在这一刻，我萌发了采访龅牙女士的愿望。

她是一位专做金融期货的交易所经纪人，是资深的行家里手。

经纪人是一个陌生的名称，是在商品交换中专门从事介绍交易，以获取佣金的中间人。古称“牙人”，专门为买方和卖方牵线搭桥。在欧美等经济发达国家，经纪人行业极为发达。随着我国改革开放事业的发展，新的经纪人也从东方古老的地平线升起来了。

龅牙女士要同世界上几个大的交易所同步工作，由于时差，每天都干到夜里2点，上午还要分析路透社的电讯，我们只有利用共进午餐的时间交谈。

奢华典雅的西餐厅，枝形吊灯像一树金苹果，在我们头顶闪耀。

我特地带了几百块钱预备做东，心里忐忑着，不知这位腰缠万贯的富豪小姐会不会消费出我的预算！没想到，她玉手一挥说："今天我做东。"

我说："那怎么好意思？已经浪费了您的时间，再要您破费，不是太说不过去了？"她说："不要争了，我喜欢做东，喜欢最后一招手叫小姐埋单的豪迈。我要谢谢你给了我这样一个机会。"说罢，她详细地问了我的喜好，为我点了法国蜗牛、水鱼汤、甜点和一客叫"雪山火焰"的冰激凌，而她自己只要了一份行政午餐。

面对这样的小姐，你还能说什么？我只有精心地用钳子去夹蜗牛。见她的脸色不大好，我关切地问她："是不是病了？"

不想这一句，她的脸色空前地红润起来。"昨天晚上累的呀！"她说，"日本细川内阁总理辞职，引起美元对日元汇率比价的大动荡。昨天晚上我不断地下单子，所有的单子都在赚。一夜间，我为我的客户赚了15万美元，所以现在神经还松弛不下来。"

我瞠目结舌。"那您也能得不少报酬吧？"我问。

"没有。一分都没有。"龅牙女士平静地回答我，"除了应有的佣金，无论我们为客户赚了多少钱，我们都拒绝接受额外的报答。"

"为什么？您毕竟是用自己高超的智慧为他赚了大钱啊！出于人之常情，也该这么办事的。"我说。

"我们是在用客户的钱做生意，事先已经说好了固定的佣金，其余赚了的钱自然都是客户的。我们每一笔账目都是有据可查的，不能多拿一分。这是我们这一行的职业道德。"龅牙女士很仔细地吃她的蛋炒饭，以同样的仔细回答我的问题。

我说：“既然你们为客户赚不赚拿的佣金都是一定的，那你们会不会不认真做呢？”

她说：“不会。干这一行需要很强的责任心，如果你不认真，老给你的客户赔钱，他就不让你做了，你的坏声名就传出去了。你就是想做，也做不下去了。我们也像老字号一样，有自己的声誉呢。比如我，客户就多得很，遍布全国。一般的小客户我是不接的。”龅牙女士颇为自豪地说。

我频频点头，突然出其不意地问：“您现在当然是门庭若市了啊，可是从前呢？您初出市的时候，人们也这么抢您吗？”

她陷入了沉思……我替那时的她发愁。

“是啊。我这个人别的本事不敢说有多少，但绝对有勇气。我翻电话簿子专找那些有名的大公司，指名点姓地要见总经理。我说：‘我给你们送来了一个绝好的发财机会，就看你们能不能抓住。’”

“结果呢？”我替她捏了一把汗。

“结果是我打了400个电话，只有一个总裁愿意当面听我说说关于期货的投资问题。”

“后来呢？”我简直有点儿紧张了。因为我知道女人给人的第一面感官印象是多么重要，龅牙女士这么不扬的外貌，纵使她再踌躇满志，只怕人家一见了她的面孔，也要三思而行。更不消说大公司里簇拥着花团锦绣的小姐，让她们一陪衬，龅牙女士非无地自容不可。

我试探着说：“全国最美的佳丽云集特区，您在工作中有无感到压力？”

她优雅地笑了，暴起的牙略略收敛了一些。“你是说我长得有些困难，是不是？”她一针见血地说。

我也索性开门见山：“是啊，心灵美自然是很宝贵的，但外貌美在初次打交道里，也非常重要。特别是在特区，特别是对女人。”我有些残酷地指出这一点，且看她如何作答。

她爽朗地大笑，全然不顾“女人笑不露齿”的古训，况且她的牙始终不屈不挠地暴凸在外面，就是想掩藏也是徒劳。笑罢，她很严肃地说：“你说错了。特区以貌取人不假，但那是指的衣着之貌，而非相貌之貌。我长得这个样子，不但未使我的工作受挫，反倒帮了我的大忙。”

看我不解，她接着说：“第一，假如你在特区看到一个非常美丽的女子，同你探讨投资的事，你的第一个念头肯定是，她没准儿是个骗子。老板可能乐意同她搭讪，跳舞或喝咖啡，但绝对不放心把钱交到她手里。我出马的时候，就免了这样一层猜度。第二，假如哪个漂亮的女人做成了什么事业，人们首先怀疑她是否利用了自己的美色，而对她的真才实学持考察态度。她在无形中先失去了人们的信任，而我则得天独厚。第三，中国人很相信老祖宗留下来的话，人人都会说：‘人不可貌相，海水不可斗量。’一般人看到我这样一个貌丑的女人，竟敢气宇轩昂地走进写字楼，几乎不容置疑地判定我有超人的技艺，对我另眼看待。第四，我要见到总经理、总裁这一类的角色，免不了要同秘书小姐打交道。特区的秘书小姐往往是多功能的，这我不说你也知道。她们对来访的女宾警惕性格外的高，尤其是靓女，但是，她们对我天生不设防，甚至还怀着淡淡的怜悯，这为我的工作提供了不少方便。我在心里暗暗地对她们说：‘其实你们不过是老板的雇员，而我则是他的伙伴——投资顾问。我的价值要高得多。’第五，免去了许多人的想入非非。这一点我不解释，你可以明白的，因此，我得以潜心研究期货操作的理论与实践。我对这一行充满了热爱与投入……”

面对她钢铁一样的谈话逻辑，我心悦诚服。

面对这样一个既很丑也不温柔的龅牙女子，你会觉得她的灵魂高贵而倔强。

我说：“你也是一种女人的典范呢。”

她矜持地微笑说：“你不要夸我，我正准备教那些新来的女孩学坏。”

我骇了一跳。我已知道那些女孩是期货代理公司新招聘的经纪人，经过刻苦的学习，就要开始正式工作了。龅牙女士说：“你不要惊奇，我主要是教会她们享受。她们必须买名牌的西装，以保持永远仪表高雅。必须每天都用名贵化妆品，以使自己的面部看起来容光焕发。出门必须打的，绝不能去挤公共大巴。她们必须学会进高档歌舞厅，借剧烈的体力运动宣泄掉白日脑力工作的紧张。她们必须吃正规的中餐或西餐，绝不允许在大排档上凑合吃一碗云吞或摊个煎饼……”

我说：“想不到，你还这样事无巨细地关心女经纪人的健康。”

她冷冷地说：“我不是关心她们的健康，我是关心她们的饭碗。”

我还不觉悟，说：“是怕大排档不干净，坏了她们的肚子？”

她说：“是怕她们的客户看到她们狼狈不堪地从公交车上走下来，满头满脸的汗，吃着肮脏的小吃。这样的话，客户还会把几十万上百万的投资交给我们吗？”

我担忧地说：“这么大的花费，这些初入行的女孩能承担得起吗？”

她说："可以去借呀，会用别人的钱赚钱的人，才是聪明人。她们必须学会享受，享受可以激发人的欲望。你想拥有美妙的生活吗，你就得好好地干。当然，我说的是用正当手段去挣钱。假如一个人，特别是一个女人，只满足于吃糠咽菜，她是注定不会有什么大出息的。假如你享受过了，你就不愿意再过苦日子，只有拼命地去做、去挣钱，来维持你优越的生活，且不说在这种工作中，你还赢得了创造的快乐。"

我对面前的龅牙女士刮目相看，她把一种陌生而充满活力的关于女人的观念，像那盏美味的水鱼汤一样，灌进了我的胃。

我们沉默着，沉默不是金，是一种思考。

她突然微笑着说："你猜，我现在想什么？"

我说："在想一个庞大的计划吧？"

她说："不是啊。我在想，明天我再见到那些新来的女孩子，要对她们交代一件事情，那两天讲课时，忘记了。"

我说："什么事这么重要呢？"

她说："我还要告诫她们，只要当一天经纪人，腿上就永远不能穿四股丝袜，而要穿连裤袜。"

我说："一双袜子还有这么多讲究吗？"

她说："当然啦，一个在同老板讨论大投资的女经纪人，如果突然感到她丝袜的松紧带要掉，她就会惊恐万分，会把大事耽误了。"

我的目光已经注意不到她龅牙齿的缺憾，只觉得她的脸上自有一种和谐。

只见她潇洒地一挥手，说："小姐，埋单！"

我所喜爱的女性

我喜欢爱花的女性，花是我们日常能随手得到的最美好景色。从昂贵的玫瑰到卑微的野菊。花不论出处、朵不分大小，只要生机勃勃地开放着，就是令人心怡的美丽。不喜欢花的女性，她的心多半已化为寸草不生的黑戈壁。

我喜欢眼神乐于直视他人的女性。她会眼帘低垂余光袅袅，也会怒目相向、入木三分，更多的时间，她是平和安静甚至是悠然地注视着面前的一切，犹如笼罩风云的星空。看人躲躲闪闪，目光如蚂蚱般跳动的女性，我总疑心她受过太多的侵害。这或许不是她的错，但她已丢了安然向人的能力。

我喜欢到了时候就恋爱、到了时候就生子的女人，恰似一株按照节气拔苗分蘖结粒的麦子。我能理解一切的晚恋晚育和独身，可我总顽固地认为逆时辰而动，需储存偌大的勇气，才能上路。如果是平凡的女子，还是要珍爱上苍赋予的天然节律，徐步向前。

我喜欢会做饭的女人，这是从远古传下来的手艺。博物馆描述猿人生活的图画，都绘着腰间绑着兽皮的女人，低垂着乳房，拨弄篝火，准备食物。可见，烹饪对于女子，先于时装和一切其他行业。汤不一定鲜美，却要热。饼不一定酥软，却要圆。无论从爱自己还是爱他人的角度想，“食”都是一件大事。一个不爱做饭的女人，像风干的葡萄干，可能更甜，却失了珠圆玉润的本相。

我喜欢爱读书的女人。书不是胭脂，却会使女人心颜常驻。书不是棍棒，却会使女人铿锵有力。书不是羽毛，却会使女人飞翔，书不是万能的，却会使女人千变万化。不读书的女人，无论她怎样冰雪聪明，只有一世才情，可书中收藏着百代精华。

我喜欢深存感恩之心又独自远行的女人。知道谢父母，却不盲从。知道谢天地，却不畏惧。知道谢自己，却不自恋。知道谢朋友，却不依赖。知道谢每一粒种子、每一缕清风，也知道要早起播种和御风而行。

女人与清水、纸张和垃圾

女人与水，是永不干燥的话题。在我的祖籍山东，有一古老的习俗。哪家的女人死了，在殡葬发送的队伍中，一定要扎头肚子大大的纸水牛，伴着女人的灵柩行走。它的功用在于陪女人灵魂上西天的途中，帮她喝水。

风俗说，哪个女人死了，她一生用过的水都将汇集一处，化作条条大河，波涛翻卷而来，横在女人通往来世的路上，阻她的脚步。

假如那女人一辈子耗水不多，就轻轻松松地蹚过河，上岸继续西行。但女人好似天生与水有仇，淘汰漂洗，一生中泼洒了无穷无尽的水。平日细水长流地不在乎，死后一算总账，啊呀呀，不得了，水从每个湿淋淋的日历缝隙滴出，汪洋恣肆。好在活人总是有办法的，用纸扎出水牛，助女人喝水，直喝得水落石出了，女人才涉江款款赶路。如果那是一个生前特别爱洁净、特别能祸害水的女人，浊浪排空，十万火急，她的亲人就得加倍经营出一群甚至几群纸牛，头头腹大如鼓，排在阵前，代人受过。

初次听到这风俗，我先是感叹先民对水的尊崇与敬畏。故乡毗邻大海，降雨充沛，并不缺水，但农人依旧把水看得这般崇高，不但生时宝贵，死后也延续着掺杂惧怕的珍爱。

其次，便是惊讶在水的定量消费上，性别差异竟如此显著。特地考查一番，那里的男人纵使活时从事再挥霍水的职业——比如屠户（窃以为那是一个需要很多水才能洗清血迹的行当），死后送葬也并无须特扎纸水牛陪伴。只要一夫当关，足可抵挡滔滔水患。

再其次，惊讶于我们民族中“糊弄事”的本领泛滥。惯于瞒天瞒地，如今也瞒到了清水衙门身上。且不说一头牛喝水量有限，单是那牛周身用纸，就很令人担忧。只恐它未及吞水，自己就先成了河边糊里糊涂的纸浆。

细想来，这风俗中也埋着深刻的内涵——在生活用水的耗竭上，女人有着义不容辞的责任。

女人，一生要用掉多少水啊，我们荡涤污浊，我们擦拭洁净……有哪一个步骤能离开水的摧枯拉朽、鼎力相助？包括女人自身的美丽与清香，水都是最坚实、最朴素的地基。水是女人天生和谐的盟友，水是女人与自然纯真的纽带。

多少年来，女人忽视了水，淡漠了水，抛洒了水，轻慢了水。不过，水是宽容温和的，一如既往地善待女人，以至于在很长一段时间内，女人以为水至柔无骨，取之不尽用之不竭。终于，水在无穷无尽的消耗中衰减了、倦怠了、纤细了、肮脏了……女人们才从梦中惊醒，听到水渐渐疲弱的叹息。

为什么要靠纸做的水牛帮忙，女人才能横渡生前用水汇聚的江河湖泊？假如女人一生节水，每一滴水都用得其所，逝去的女人自会分水之法，平安地从水面飘逝，进入物质不灭的新循环。假如那女人损水无数，缺功少德，又不知悔改，纸水牛，你切不要帮她！让她在自己一生铺张的水中沉没，化作一尾小鱼，从此以自己的生之冷暖记得水的恩德与重要。

女人，谁为你呼唤

朋友，你问我这次在北京参加联合国第四次世界妇女大会非政府论坛的感受，真是一言难尽。许多见闻、许多遐思、许多震撼、许多收获交织在一起，还没能理出一个头绪。最令我感动的是——一位位白皮肤、黑皮肤、棕皮肤、黄皮肤的女性，站在高高的讲坛上，理直气壮地向世界阐述自己的观点，声音响彻天地。

一位在战争中遭受强暴的妇女，愤怒地谴责践踏人权的罪恶。一位黑人女教授，以大量数据证明在过去十年里，妇女在高层政府机构参政的比例，呈下降趋势。比如，在美、英、法、中、日等大国首脑中，没有一位是女性。一位澳洲土著妇女的后裔，声泪俱下地控诉当年白人统治者怎样野蛮地屠杀了他们的祖先……

一位瘦弱的妇女以“我们的战争”为题，吸引了很多人的注意，实际上，她谈的是自己与乳腺癌搏斗的经历。她说：“男性医生在割除我的女性器官时，那种漫不经心的冷漠态度，深深地刺伤了我。我想，他对我的性征不负责任，那么，他对我的生命也将是不负责任的。”

甚至在国际妓女组织的论坛上，也有人在振臂疾呼（我不知道她们是妓女，还是研究这一问题的学者）：妇女有支配自己身体的权利。既然有人可以出卖自己的鲜血、眼球和肾脏，妓女也可以出卖自己的一部分器官以谋生。贫穷，是娼妓存在的最重要原因……

上述种种观点的正确与否，都是可以争论的，但这种站在国际舞台上，直言不讳地为自己的利益而呼唤的勇气，令我震动。

女人是一个羞怯的性别。我们在这个世界上遇到的难题比男人要多得多，但女人们的习惯是冥思苦想、窃窃私语、蹙眉顿首、暗自垂泪，甚至有时干脆悬上一条绳索，或喝下一瓶毒药……

面对问题，我们希望冥冥之中有一双慧眼，注视到我们的苦难；有一张利嘴，代我们伸张正义；有一副坚强的臂膀，帮助我们跨越沼泽。

然而，我们播种的是渴望，收获的是沉默。

最理解女性自身的，是我们自己。我们熟悉我们的身体，我们了解我们的欲望，我们知道我们的长处，我们洞悉我们的弱点。我们深刻地感受到自然界的风霜雨雪，我们对人类的发展有不可替代的见解与贡献。

没有人能代替我们工作，也没有人能代替我们对这个世界发言。

为了女性的平等而呼唤。为了女性的解放而奋斗。让我们在明朗的太阳下，迎着风，大声地对着世界陈述我们的观点，使人间更美好。这就是我参加此次会议最深切的感受。

女人，你必须为自己而呼唤。

斜视

没考上大学，我上了一所自费的医科学校。开学不久，我就厌倦了。我是因为喜欢白色才学医的，但医学知识十分枯燥。我拿了父母的血汗钱来读书，心里总有沉重的负疚感，加上走读路途遥远，每天萎靡不振的。

“今天我们来讲眼睛……”新来的教授在讲台上说。

这很像文学讲座的开头，但身穿雪白工作服的教授随之拿出一只茶杯大的牛眼睛，解剖给我们看，郑重地说：“这是我托人一大早从南郊买到的。你们将来做医生，一要有人道之心，二不可纸上谈兵。”

教授随手尽情展示那个血淋淋的球体，好像那是个成熟的红苹果。

给我们讲课的老师都是医院里著名的医生。俗话说，山不在高，有仙则灵。教授演示到我跟前时，我故意眯起眼睛，我无法容忍心灵的窗口被糟蹋成这副模样。从栅栏似的睫毛缝里，我看到教授质地优良的西服袖口沾了一滴牛血，他的头发像南海观音的拂尘一般雪白。

下了课，我急急忙忙往家赶。换车的时候，我突然发现前面有一丛飘拂的白发。是眼科教授！我本该马上过去打招呼的，但我是个内心孤独羞涩的女孩，我想，只上过一次课的教授不一定认识我，还是回避一点儿吧。

没想到，教授乘车的路线和我一样。只是他家距离公共汽车站很远，恰要绕过我家住的机关大院。

教授离了讲台，就是一个平凡的老头。他疲惫地倚着座椅扶手，再没有课堂上的潇洒。

我心想，他干脆变得更老些，就会有人给他让座了。又恨自己不是膀大腰圆，无法给老师抢个座。

终于有一天，我在下车的时候对教授说：“您从我们院子走吧，要近不少路呢。”

教授果然不认识我，说：“哦，你是我的病人吗？”

我说：“您刚给我们讲过课。”

教授歉意地笑笑：“学生和病人太多了，记不清了。”

“那个院子有人看门。让随便走吗？倒真是节约不少时间呢。”教授看着大门，思忖着说。

“卖鸡蛋的、收缝纫机的小贩，都所向无敌。您跟着我走吧。我们院里还有一个绿色的花园。”我拉着教授。

“绿色对眼睛最好了。”教授说着，跟我走进大院。

一个织毛衣的老女人在看守着大门。我和教授谈论着花和草经过她的身边。我突然像被黄蜂叮了一下——那个老女人乜斜着眼在剜我们。

她的丈夫早就去世了，每天斜着眼睛观察别人，就是她最大的乐趣。

从此，我和教授常常经过花园。

一天，妈妈对我说："听说你天天跟一个老头子成双成对地出入？"

我说："他是教授！出了我们大院的后门，就是他的家。那是顺路。"

妈妈说："听说你们在花园谈到很晚？"

"我们看一会儿绿色。最多就是一场眼睛保健操的工夫……"我气愤地分辩，不是为了自己，而是为了教授。

妈妈叹了一口气说："妈妈相信你，可别人有闲话。"

我大叫："什么别人？！不就是那个斜眼的老女人吗？我但愿她的眼睛瞎掉！"

不管怎么说，妈妈不让我再与教授同行。怎么对教授讲呢？我只好原原本本和盘托出。

"那个老女人，眼斜心不正，简直是个克格勃！"我义愤填膺。

教授注视着我，遗憾地说："我怎么没有早注意到有这样一双眼睛？"他忧郁得不再说什么。

下课以后，我撒腿就跑，竭力避开教授。不巧，车很长时间才来一趟，像拦洪坝，把大家蓄到一处。走到大院门口，教授赶到我面前，说："我今天还要从这里走。"

知识分子的牛脾气犯了。可我有什么权利阻止教授的行动路线？

"您要走就走吧。"我只有加快脚步，与教授分道扬镳。我已看见那个老女人缠着永远没有尽头的黑毛线球，阴险地注视着我们。

“我需要你同我一起走。”教授很恳切、很坚决地说。作为学生，我没有理由拒绝。

我同教授走进大院。感到不是有一双而是有几双眼睛乜斜着我们。斜眼，一定是种烈性传染病。

“你明确给我指一指具体是哪个人。”教授很执着地要求。

我吓了一跳，后悔不该把底兜给教授，现在教授要打抱不平了。

“算了！算了！您老人家别生气，今后不理她就是了！”我忙着劝阻。

“这种事，怎么能随随便便就放过了呢？”教授坚定不移。

我无计可施。我为什么要为了这个斜眼的女人，得罪了我的教授？况且我从心里讨厌这种人。我伸长手指着说：“就是那个缠黑线团的女人。”

教授点点白发苍苍的头颅，大踏步地走过去。

“请问，是您经常看到我和我的学生经过这里吗？”教授很客气地发问，眼睛却激光般锐利地扫描着老女人的脸。

在老女人的生涯里，大概很少有人光明正大地来叫阵。她乜斜的眼光抖动着，说：“其实我……我……也没说什么……”

教授又跨前一步，几乎凑近老女人的鼻梁。女人手中的毛线球滚落到地上。

文质彬彬的教授难道要武斗吗？我急得不知如何是好。这时，我听见教授一字一顿地说：“你有病。”

在北京话里，“有病”是个专用语汇，特指有精神病。

“你才有病呢！”那老女人突然猖狂起来。饶舌人被抓住的伎俩就是先装死，后反扑。

“是啊。我是有病。心脏和关节都不好。”教授完全听不出人家的恶毒，温和地说，“不过我的病正在治疗，你有病，自己却不知道。你的眼睛染有很严重的疾患，不抓紧治疗，不但斜视越来越严重，而且会失明。”

“啊！”老女人哭丧着脸，有病的斜眼珠都快掉到眼眶外面了。

“你可不能红嘴白牙地咒人哪！”老女人还半信半疑。

教授拿出烫金的证件，说：“我每周一在眼科医院出专家门诊。你可以来找我，我再给你做详细的检查。”

我比老女人更吃惊地望着教授。

还是老女人见多识广，她忙不迭地对教授说：“谢谢！谢谢！”

“谢我的学生吧。是她最先发现你的眼睛有病的。她以后会成为一个好医生的。”教授平静地说，他的白发在微风中拂尘般飘荡。

从老女人斜的眼珠里，笔直地掉下一滴水。

关于婚姻和家庭的独白

你认定了一个男人或一个女人作为终身伴侣，就是斩钉截铁地拒绝了这世界上数以亿计的男人和女人。也许，他们更坚毅、更美丽，但拒绝就是取消，拒绝就是否决，拒绝使你一劳永逸，拒绝让你义无反顾，拒绝在给予你自由的同时，取缔了你更多的自由。拒绝是一条单航道，你开启了闸门，就奔腾而下，无法回头。

拒绝的实质，是一种否定性的选择。

我们的拒绝常常过于匆忙。这是因为我们在有可能从容拒绝的日子里，胆怯地挥霍掉了光阴。我们推迟拒绝，我们惧怕拒绝。我们把拒绝比作困境中的“背水一战”，只要有一分可能，就鸵鸟式地缩进沙砾。殊不知，当我们选择拒绝的时候，更应该冷静和周全，更应有充分的时间分析利弊与后果。拒绝应该是慎重思虑之后的一枚成熟浆果，而不是强行捋下的酸葡萄。

结婚，通常是在我们尚未完全明了它的严重性前，就匆忙决定了的一件事。

它是年轻人最大的也是最初的一场赌注。

晚婚和思考，可以部分地补救我们的缺乏经验。

但它从根本上说，是不可预测的。

现代文明给了我们弥补的机会，这就是离婚。

如果一个人从第一次婚姻里学到的不是正确的经验，就可悲地进入了一轮更盲目的赌博。

失败有时可以提供教训，有时会使我们更加昏了头脑。

女孩为了使自己显得可爱，就不由自主地在男人面前装傻。

喜欢傻女人的男人，不是因为自己弱智，无法同聪慧的女孩并驾齐驱，就是旧礼教的信徒，以为“女子无才便是德”。

同这样的男人分手，原是不足惜的。

夫妻吵架，表面上看起来都是因为极小的事情，但下面常常潜伏着由来已久的情感危机。假如我们不想分手，就一定要把这股暗流找出来，清醒地对待它，排解它。

当我们守候在年迈的父母膝下时，哪怕他们鬓发苍苍，哪怕他们垂垂老矣，你都要有勇气对自己说：“我很幸福。”因为天地无常，总有一天，你会失去他们，会无限追悔此刻的时光。

我不相信一见钟情。钟情，其实是“一见”之后经过漫长时间思索的确认。如果只有一见，而没有其后的八见、十见、百见……情就始终无所黏附，不过是飘在空中的尼龙丝。

如果真的因一见而没齿难忘，那实际上钟的不再是情，而是自己浪漫的想象与幻觉。

幸福并不与财富、地位、声望、婚姻同步，它只是你心灵的感觉。

对于我们的父母，我们永远是不可重复的孤本。无论他们有多少儿女，我们都是独特的一个。

假如我不存在了，他们就空留一份慈爱，在风中蛛丝般无以附丽地飘荡。

假如我生了病，他们的心就会皱缩成石块，无数次向上苍祈祷我的康复，甚至愿灾痛以十倍的烈度降临于他们自身，以换取我的平安。

我的每一点成功，都如同经过放大镜，进入他们的瞳孔，摄入他们心底。

假如我们先他们而去，他们的白发会从日出垂到日暮，他们的泪水会使太平洋为之涨潮。

面对这无法承载的亲情，我们还敢说，我不重要吗?

母亲的关切就像一件旧时的毛衣，在严寒的日子里，我们会忆起它的温暖，在风和日丽的春天，我们就把它遗忘。但对母亲来说，每一缕思念都那样绵长，每一条关于我们的音讯都令她长久地咀嚼。我们每一点微小的成绩都会熨平她额上的皱纹，我们的每一次挫折和失误都会令她扼腕叹息……

这也许是一条奇怪的放大定律——儿女的风吹草动，会凝聚成疾风迅雨降临母亲的心灵。当我们跋涉在人世间的时候，母亲的心追随着我们，感应着我们，承受着我们的苦难，分担着我们的忧愁。

尽管世上规定了母亲节，其实母亲无节日。或者说，母亲也是天天过节日的。孩子会笑了，孩子会走了，这就是母亲的节日啊。孩子唱第一首歌，孩子写第一个字，这都是母亲的节日啊。

孩子得了第一次奖，虽说只是一支普通的铅笔，这也是母亲盛大的节日啊。

孩子学得了知识，孩子建立了功业，孩子在世界上找到了属于他的另一半，孩子有了更小的孩子……这些都是母亲的节日啊。

孩子的每一点进步，都是母亲永远铭记在心的节日。

一位母亲，培养出一个优秀的孩子，那就是人类永恒的节日。

一个不爱母亲的人，基本上是没有救的。无论他取得了怎样的成就，在他的内心深处，永远是冷漠。

婚姻也需要学习

一位心理学家说过："婚姻关系是人类所有关系中，最为亲密和最为紧密的关系……"我初次听到此话，先是惊奇，然后有些不以为然。我想，母子关系、父子关系甚至祖孙关系，难道不是更为亲密和紧密的关系吗？我们不是都有这样的经验吗——母亲的怀抱和父亲的臂膀，是我们永久依傍的港湾！

那位心理学家接着说，爱一个和自己有血缘关系的个体，这在某些动物，完全可以做到，近乎一种本能。比如，一只母鹿在饿狮袭来的时候，宁愿牺牲自己，也要保护仔鹿的生命……动物界重复过无数次这般可歌可泣的场景，想来谁都不会怀疑。但是，爱一个和自己没有丝毫血缘关系的个体，直至结成相濡以沫生死相依的关系，这只有人类社会中才会存在。它在习俗和法律上被称为婚姻。因此，婚姻是一个创举，是一种进化，是一门艺术，在它中间，包藏着人类所有品质和关系的总和。它的基础应该是爱。

婚姻实质上是一个中性词。也就是说，它可以分为好的婚姻和不好的婚姻。高贵与卑鄙、真诚与虚伪、宽宥与刻薄、奉献与索取、提携与拖累、升华与堕落……凡此种种人类精神世界的状态，都可以在婚姻中找到它们的模型。试想一下，两个性别、背景、教养、性格、职业、爱好等都不同的人走到一个屋檐下，四目相对朝夕与共，那确是一种肝胆相照“图穷匕首见”的赤裸裸的真实。矛盾终将暴露，摩擦必然产生，理解和退让是润滑油，共勉和并进是婚姻的理想状态。在婚姻中，人们将被迫学习交流和谅解，在这种缩小了的世界中，模拟着整个人生的风云。

研究婚姻是一个大题目，尤其对准备走进婚姻的青年人来说，更应该是必修课。但在现实中，是一个相对薄弱的环节。中国的古话说：男大当婚、女大当嫁。好像只要年纪到了，去婚嫁就是了，至于婚嫁之后的事，男女青年自会料理。在我们的文化中，把对于婚姻的了解和把握，看成是一件瓜熟蒂落、水到渠成的事情，只要岁数到了，自然无师自通。这种想法带有原始社会的遗风，把婚姻的内核几乎等同于性的本能。但是，人类进化到今天，婚姻关系绝不仅仅是性的结合，而有了更为深邃宽广的内容。如果说单纯的生理机能还可待自然法则来开启，但是婚姻的社会性，是必须学习才能掌握的。可惜，我们的学校是不提倡谈恋爱的，既然连前奏都在禁止之列，那么，主题就更是不登大雅之堂了。这就出现了一个悖论——我们期待着更多高质量的婚姻，即将走入婚姻家庭的成员对此重大事件却是云山雾罩、不甚了了。他们和她们，或者道听途说、半遮半掩地自学成才，或者两眼一抹黑，仓促上阵，或者花拳绣腿，知其一不知其二更不知其三。更可怕的是，有些人自以为掌握了驭妻驭夫的婚姻秘诀，其实是以讹传讹的腐朽观念。这种婚姻的愚民政策，导致很多惨淡经营、得过且过的低质量婚姻，无知更导致很多悲剧上演。由此可见，婚姻教育极为重要，须未雨绸缪，从尚未走进婚姻的年轻人抓起，才可事半功倍。

每一个孩子都是从小处在父母的某种婚姻状态之中的。他们不但是这种关系的目击者、承受者，而且是学习者和传承者。所以我们常常听到这样的故事：一个从小生活在离异家庭中的孩子，长大后，非常渴望真情和幸福。但是，当他走进婚姻之后，如同中了魔法，竟然亦步亦趋地重复了父母失败的婚姻。有的人从此一蹶不振，也有的人不乏勇气和追求，屡败屡战，然而终是重蹈覆辙，难以自拔。我们在唏嘘这种人间悲剧的同时，不由得深深地反思——某些失败婚姻的模式，也同某种病症一般，具有传染和遗传的特质吗？

在婚姻中，有很多未知的领域需要探索和研究，任重而道远。

新世纪来临的时候，人们常常许下许多愿望。愿家庭快乐幸福，是全世界所有踏进和准备踏进婚姻的人的共同期望。让我们为这个理想而努力。

结婚约等于

世界上的事情，有些是不好比的，比如，一颗星球和一片树叶，孰重孰轻？

当然是星球重了。但那颗星球远远地在天上飘着，和我们没有什么关系。一片树叶袅袅地坠下来，却惹得一位悲秋的女子写下千古绝唱。孰轻孰重？

但人们仍然喜爱比较，古时流传“不比不知道，一比吓一跳”“人比人得死，货比货得扔”等诸多话语，说明“比”的重要性。如今科学加盟，更是创出了许多先进的指标，使“比”这件事，空前的科学和精确起来。

看到过一张社会再适应评定量表。

那表的左端，将我们生活中可能遭遇的变化，列成长长的一排。从亲人死亡、夫妻不和、离婚退休、违法破产、搬家坐牢，一直到睡眠习惯的改变，和亲家翁吵架这样的事件，都做成明细的账表，共计有数十种之多。

表的右侧，列出各相应事件的生活变化单位，简言之，就是一个事件对生活影响的严重程度。据说，这个表是根据五千多人的病史分析和实验室所获资料得来，可以对某个人因为生活变化而造成的适应程度，做出数量估计。

当生活变化单位超过一百五十时，百分之八十的人感到严重不适、抑郁或心脏病发作。

这段话说起来十分拗口，其实就是把我们在生活中经常遭遇到的事，跟小学生的算术卷子似的，每题各打一个分，说明它对我们身心的影响。把最近碰上的事的分叠加起来，就得到了一个总分，大致表明它们对我们生存境况的影响。不过，这个分可不像高考的分越高越好，而是患病的危险性同分数成正比。

居生活事件严重程度前三项的是：

配偶的死亡：得分一百。

离婚：得分七十三。

夫妻分居：得分六十五。

可见，在纷繁的世界上，家庭和亲人对我们至关重要。爱护家庭，就是爱护我们自己的生命。

金钱对身心的影响，远没有想象中那般明显。少于一万元的抵押和贷款，居于严重等级的第三十七级台阶上，分值仅仅为十七，只相当于过一次半圣诞节。

各种节日也被列入影响生活的事件，比如圣诞节，它的分值是十二。刚开始很有些不得要领，过节是快乐的事情，怎么反成了坏事？静下心来想想，也有道理。在每一个盛大的节日后，都有许多人疲倦和病痛。假如是身在远方的游子，每逢佳节倍思亲，潸然泪下，忧郁足以致病了。

与上司的矛盾，分值是二十三，只相当于一次半睡眠习惯的改变（睡眠习惯的改变分值为十六）。

这表是洋人制定的，不大符合我们的国情。他们在职业上来去比较自由，与老板闹僵了也不是什么了不起的事，对自己的情绪影响不大。若是中国的统计数字，和领导翻了脸，对目前的形势和以后的出路都会投下巨大的阴影，这一点儿分值肯定是不够用的，起码需高上一倍。

表上所列大多是消极事件，就是我们常说的坏事，但也有积极事件。比如，制定者们将杰出的个人成就这一辉煌事件的影响值，定为二十八分，相当于儿女离家（二十九分）和姻亲纠纷（二十九分）。

我们这个民族信奉的是“人逢喜事精神爽”，高兴还来不及呢，哪里还会因此有病?

反过来一想，中医素有“大喜伤心”与“乐极生悲”之说，大约也是这个道理。比如，《儒林外史》中的范进中举，不知算不算具备了“杰出的个人成就”，但鬼迷心窍，一时疯傻，须他的岳丈一巴掌打在脸上才苏醒过来，却是千真万确的。

结婚这一栏的分值是五十。

约等于一个半知心好友的死亡（好友死亡为三十七分）。

约等于一次搬迁（二十分）加上一次转学（二十分）再加上一次轻微的违法行为（十一分）的总和。约等于个人受伤或害病（这一项为五十三分）。

超过了被解雇（四十七分）和退休（四十五分）。

结婚这件大喜事，竟有这样高的不良影响分值，世间许许多多的女子，可能也同我一样出乎意料，对人生的这一重要转折估计不足。

这张表当然也不是权威，但它毕竟从另一个角度向我们发出异样的警报。

结婚给女人带来了巨大的变化，从女儿变成媳妇，从恋人变成妻子，从自由身进入了特定的角色。

中国有句古话，叫作“凡事预则立，不预则废”，这张表就相当于我们生活的预报表。它是客观而严峻的。

过多沉迷于玫瑰色想象，对幸福不切实际的甜蜜憧憬，会削弱承受艰难的耐力。婚姻并不仅仅是快乐，是节日，是两情相悦，是生死与共，它还是考验，是煎熬，是一种对熟悉生活的破坏和一种崭新模式的建立，是包含了智慧、勇气、人格、意志的双方重新组合。就像进入一块陌生的大陆，所有事情都有可能发生，我们对此必须有清醒的认识和足够的心理准备。

结婚约等于一次必将穿越风暴的航行。当新船驶离港口的时候，两个水手要将自己的身心调整到最光明、最昂扬的状态，镇静地眺望远方，携手向前。

婚姻鞋

婚姻是一双鞋，先有了脚，然后才有了鞋。幼小的时候光着脚在地上走，感受沙的温热、草的润凉，那种无拘无束的洒脱与快乐，一生中会将我们从梦中反复唤醒。

走的路远了，便有了跋涉的痛苦。在炎热的沙漠被炙得像鸵鸟一般奔跑，在深陷的沼泽被水蛭蜇出肿痛……

人生是一条无涯的路，于是，人们创造了鞋。

穿鞋是为了赶路，但路上的千难万险，有时尚不如鞋中的一粒沙石令人感到难言的苦痛。鞋，就成了文明人类祖祖辈辈流传的话题。

鞋可由各式各样的原料制成。最简陋的是一片新鲜的芭蕉叶，最昂贵的是仙女留给灰姑娘的那只水晶鞋。

不论什么鞋，最重要的是合脚；不论什么样的姻缘，最美妙的是和谐。

切莫只贪图鞋的华贵，而委屈了自己的脚。别人看到的是鞋，自己感受到的是脚。脚比鞋重要，这是一条真理，许许多多的人却常常忘记。

我做过许多年医生，常给年轻的女孩子包脚，锋利的鞋帮将她们的脚踝砍得鲜血淋漓。缠上雪白的纱布，套好光洁的丝袜，她们袅袅地走了。但我知道，当翩翩起舞之时，也许有人会冷不防地抽搐嘴角，那是因为她的鞋。

看到过祖母的鞋，没有看到过祖母的脚。她从不让我们看她的脚，好像那是一件秽物。脚驮着我们站立行走。脚是无辜的，脚是功臣。丑恶的是那鞋，那是一副刑具，一套铸造畸形、残害天性的模型。

每当我看到包办而蒙昧的婚姻，就想到祖母的三寸金莲。

幼时我有一双美丽的红皮鞋，但我很讨厌穿它，就像鞋窝里潜伏着一只夹脚趾的虫。每当我不愿穿红皮鞋时，大人们总把手伸进去胡乱一探，然后说：“多么好的鞋，快穿上吧！”为了不穿这双鞋，我进行了一个孩子所能爆发的最激烈反抗。我始终不明白：一双鞋好不好，为什么不是穿鞋的人具有最后的决定权？！

同样，旁人不要说三道四，假如你没有经历过那种婚姻。

滑冰要穿冰鞋，雪地要着雪靴，下雨要有雨鞋，旅游要有旅游鞋。大千世界，有无数种可供我们挑选的鞋，脚却只有一双。朋友，你可要慎重！

少时参加运动会，临赛的前一天，老师突然给我提来一双橘红色的带钉跑鞋，祝愿我在田径比赛中如虎添翼。我脱下平日训练的白网球鞋，穿上像橘皮一样柔软的跑鞋，心中的自信突然溜掉了。鞋钉将跑道扎出一溜齿痕，我觉得自己的脚被人换成了蹄子。我说我不穿跑鞋，所有的人都说我太傻。发令枪响了，我穿着跑鞋跑完全程。当我习惯性地挺起前胸去撞冲刺线的时候，那根线早已像绶带似的悬挂在别人的胸前。

橘红色的跑鞋无罪，该负责任的是那些劝说我的人。世上有很多很好的鞋，但要看适不适合你的脚。在这里，所有的经验之谈都无济于事，你只需在半夜时分，倾听你自己脚的感觉。

看到好几位赤着脚参加世界田径大赛的南非女子的风采，我报以会心一笑：没有鞋也一样能破世界纪录！脚会长，鞋却不变，于是鞋与脚，就成为一对永恒的矛盾。鞋与脚的力量，究竟谁的更大一些？我想是脚。只见有磨穿了的鞋，没有磨薄了的脚。鞋要束缚脚的时候，脚趾就把鞋面挑开一个洞，到外面凉快去。

脚终有不长的时候，那就是我们开始成熟的年龄。认真地选择一种适合自己的鞋吧！一只脚是男人，一只脚是女人，鞋把他们联结为相似而又绝不相同的一双。从此，世人在人生的旅途上，看到的就不再是脚印，而是鞋印了。

削足适履是一种愚人的残酷；郑人买履是一种智者的迂腐；步履维艰时，鞋与脚要精诚团结；平步青云时，切不要将鞋儿抛弃……

当然，脚比鞋贵重。当鞋确实伤害了脚，我们不妨赤脚赶路！

冰雪篱笆

一位男医生对我说："我有一个男病人，说他的妻子是世界上最冰冷的女人，我想请你同她谈谈，不知你能否答应？"我一时没反应过来，开玩笑道："世上最冰冷的女人，大概要数《泰坦尼克号》中的露丝小姐，那种冰海中的长时间浸泡，冻彻心肺，真乃人间酷刑。"

男医生说："哦，不是那种体温上的冰冷。是性的冷淡。经过多方面的探讨，我是束手无策了。转介给你，女性之间的对话可能较为方便。"

我严肃起来道："你先说说，她丈夫是怎样求诊的。"

医生道："那丈夫说，他和妻子是大学的同学，真是男才女才、男貌女貌啊……"

我忙说："停，停。请解释。什么意思？绕口令似的。"

医生道："是啊，当时我也听得一头雾水，要他说得清楚一点儿。那丈夫道：'这是同学们的评价，意思说我们两个，就是我和我妻子，都很有才华，相貌也同属上乘。古戏中说的是郎才女貌，对我们来说，每个人都有才，每个人也都有貌。若我们两个结合起来，双才双貌，色艺俱佳，那就好事占绝，无往不胜。’”

我忍不住问道：“哦，天下有这样的佳偶，真是难得。依你的眼光看，这做丈夫说得可确实？”

医生笑笑：“我知道你开始介入情况了，想了解一下这对夫妇对现实状态的感觉，是否在常规之内。是的，常常有这种人，自我感觉太好，对自己的评价和对他人的评价走进了误区，把自己神化，把他人妖魔化。如果来人是这种情况，倒比较简单。我仔细观察了这个男子，天庭饱满，地角方圆，谈吐有方，很有学养，合乎法度，只是神色忧郁。看来，他对现实的把握是正常的。”

我说：“那么，他的妻子，你见了吗？”

男医生说：“见了。正因为见了，才更觉糊涂，他的妻子仪容俏丽，是一个优雅智慧的知识女性，能很开放地同我谈论他们夫妻间的性生活不和谐问题，并说双方都到医院做了各项检查，所有的指标都显示正常。

“所以，我是没办法了，看你可有什么妙计一安天下。因为我不但从医生的角度，更从一个男人的角度出发，同情理解那个丈夫的苦恼。希望你能和他的妻子开诚布公地谈谈，看是什么症结在阻挠着这位生理上完全正常的女性，无法全身心地爱她的丈夫。”

我说：“试试吧，我也没有很大的把握。”

和那位妻子见面的第一瞬间，我就承认男医生的判断完全正确。这是一位外表看起来无可挑剔的正常女性，白领装束，风度翩然。

我说："从哪里开始谈呢？"

她说："就从基因开始吧（为了称呼的方便，我就叫她茵）。"

我说："为什么从这里开始呢？好像一个生物实验室似的。"

茵笑了，说："基因几乎就是我和丈夫结合的红娘啊。"

我讶然，问道："这是怎么回事？"

她说："您知道，大学是个谈恋爱的好地方。几乎所有杰出或不怎么杰出的男生女生，都希望在大学的校园里找到自己的另一半。人们不但自己辛辛苦苦地找着，还用自己的眼光为别人操劳着。在这方面，人可以说是充满了搭配结合的欲望，甚至有一种游戏测验的味道。男宿舍和女宿舍经常议论班上谁和谁合适，这是半夜三更时分永久的话题。

"我和我的丈夫，就是在这种氛围中走到一起的。所有的人，都说——我们是多么般配的一对啊。

"是的，不是我自夸，我的容貌和智商，在女人当中都属于上乘。我说这一点儿没有炫耀的意思，只是实事求是。"

茵说到这里，看着我。我知道需要给她一个回馈，我用力地点点头。不但是出于礼貌，更出于赞同。

茵接着说下去：

"我的先生也很棒。有句俗话，众口铄金，意思是群众舆论的力量非常大，我相信这句话。人们都说你们合适，熟悉你的人这样说，刚刚认识不久的人也这样说，你的家人这样说，你的仇人也这样说，你就觉得这件事有点儿神秘、有点儿宿命，甚至有点儿在劫难逃。说的人多了，你就有一种顺从感，并在其中感觉到安全，以为这是一桩保险的婚姻。

"后来，我们果真结婚了。刚开始的时候，我们夫妻生活很幸福，那种滋润有流光溢彩的美容效果，是能够反映到皮肤上的。认识我的人都说：‘你越来越俏皮了，什么时候添宝宝啊？你们的孩子，一定会结合双方的优点，又聪明又漂亮……’”

说到这里，茵的目光突然暗淡了。她停顿了片刻，懒懒地说下去：

“生了宝宝之后，有一段时间我忙着照料孩子，丈夫也很体谅我，夫妻生活那方面很少要求。后来，请了保姆，孩子有人照料了，另居一室，当我们有机会开心地鸳梦重温时，我才突然发现，我所有的兴趣都丧失殆尽，整个人如同枯木死灰。这不是心理上的原因，我爱我的丈夫，我希望他快乐幸福，但是，身体不听我的指挥，它抗拒厌恶这种活动，像石块一样毫无反应。当时我想，可能是生育的变化强烈地改变了我的机能，随着时间的推移，就会慢慢恢复。我把这个感受同我丈夫讲了，他通情达理，很理解我，愿意等待我复原。我们就这样等着，试着……但是，至今已经整整七年了，女儿已经从襁褓走进了小学，但我和丈夫的夫妻生活没有丝毫好转。我已尽了所有的力量，可身体不是电脑，它不听从你的命令，顽强地抵抗着。我身不由己，非常痛苦……”

茵讲到这里，停下来，眼巴巴地看着我，希望我能批出一条秘诀。

我看着她，心想：“看来，他们夫妻感情上很恩爱，生理上也经过反复测查，排除了器质性疾患，症结究竟在哪里呢？”

突然，一个有关时间的概念强烈地提示了我——“生了宝宝之后”。

我说：“生了宝宝之后，发生了什么事情呢？”

我在心中飞快地假设了多种可能性，没想到茵回答我说：“没发生任何事情。当然，有了宝宝，时间比以前紧张，身体操劳了，但是，这都不是决定因素。你可以看出来，我的身体很好。”

是的。我看得出来，她营养状态不错，既不臃肿也不纤弱，正是少妇生机勃勃的年华。

我的直觉让我坚持“时间”这个变量，总觉得在这个时段，发生了什么。她的否认，让我感到按照通常的逻辑似乎不能解释。我细细地回忆着她说过的每一个字，猛然，我想到了对话时，她那个少见的开头——基因。

我说：“你相信基因吗？”

她苦笑了一下说：“信又不信。”

我追问：“此话怎讲？”

她说：“信，是因为那是科学，中国外国的报纸都在讲。龙生龙、凤生凤，你不信行吗？要说不信，嘿……我和丈夫的基因都不错……算了算了，不谈了。”她万分沮丧地低下了头。

我感到自己正在接近那个谜团的核心。虽然追问下去看起来是一种残忍，但也许正是要害所在。我说：“我看你一下子变得垂头丧气的，你能否告诉我，这和基因有什么关联吗？”

她痛苦地低下了头。由于她的头低得很深，我无法看到她的面部表情。当她再次抬起头，我才看到她满脸滂沱的泪水。

我说：“看到你非常难过，我也很不好受。能告诉我，你想到了什么？”

她吃力地说：“不是想到，是看到……第一次看到的时候，我几乎昏了过去。”

说着，她从自己精巧的手提包夹层里，掏出一张照片，递给我。

我看到一个女孩，扁扁的头，肿眼泡，塌鼻子，瘪嘴巴，稀疏的头发……天哪，几乎女孩子长相上的所有忌讳，这小姑娘都占全了。

“这是……”我迟疑着没敢把话说完整。

“是的，这是我的女儿。这就是基因的故事。我和我丈夫的基因都那么卓越，可是组合在一起，怎么就成了这个样子？我恨这种男女结合，它是一种魔鬼的戏法。它能把优秀化成腐朽，它耍弄人，它把一种灾难、一种命运的不可知性强加给我，它让我一看到这个孩子，就对性的活动产生了强烈的憎恶感。它是蛇蝎出没的烂泥潭，给你片刻欢愉，然后是无尽的恐怖和烦恼。直到你沉没了，它却若无其事地站在一旁冷笑。它把瞬间的事情，化成严酷绵延的后果。把无尽的灾难留给那对无辜的男女，留给那对男女天真的孩子……所以，我要反抗它。我要禁绝它对我的再一次迫害。我用冰雪修建篱笆，严丝合缝，它再也休想钻入。我以所有的力量抵御它的诱惑，我不能承受当我第一次看到这个孩子的丑陋容貌时所遭受的惨痛挫败，那一刻，我是世上最绝望的母亲……”

我忙插入说：“不好意思打断一下，你对女儿怎样？”

在这一刻，我真的非常关切那位让母亲大失所望的女儿。

“还好。因为我知道这不是她的过错。我不该恨她。要说恨，该恨的是我，是她的父亲，是我和丈夫的这种结合，是制造生命的过程。”茵说完，紧紧咬着嘴唇。

谈到这里，终于真相大白了。这位母亲，因为无法接受女儿的容貌，追根溯源，她认为是性的活动导致了男女双方基因的重组，就在潜意识里抵制夫妻间的性生活。她用自己的推理，堆积成一座冰山，把自己冷冻成了“露丝”。

我说：“生命的诞生的确是一个非常复杂的过程。显性遗传或隐性遗传，还有许许多多人类无法破解的题目。基因是无罪的，夫妻间的性生活是无罪的，你的女儿也是无罪的。况且，一个人的先天相貌和他后天的发展也没有完全必然的关系。你的冷漠，归根结底，来源于一种不合理期望的破灭。你希望有一个完美无瑕的孩子，这可以理解，却不能把它当成百分百的真实。一旦达不到理想，你就把愤怒投射到了夫妻生活上。”

茵看着我，若有所思的样子，久久，喃喃地说：“哦哦，原来，是这样啊。其实，有了现代的避孕工具，悲剧就不会重演。再说，基因的组合，也是人类无法控制的概率……”

我欣喜地看着她，知道冰雪已渐渐消融。

垃圾婚

有一位女博士，电话里表示要采访我。因为日程排满了，我和她约了多日之后的一个晚上。那天，我早早地到了咖啡厅，她来迟了，神情疲惫。我说："你是不是生病了？如果不舒服，别勉强。"她很急迫地说："不不不……我现在就是希望和人谈话，越紧张越好。"

于是，我们开始。她打开笔记簿，逐条提问。看得出，她曾做过很充分的准备，但此刻精神是萎靡恍惚的。交流到正关键的时刻，她突然站起来，说："不好意思，我上一下洗手间。"

我当然耐心等待。她回来落座，我们接着谈。不到十分钟，她又起身，说："不好意思——"然后匆匆地向洗手间方向小跑而去。

一而再，再而三。因为我们所坐的位置离洗手间有一段距离，拐来拐去一趟颇费时间，谈话便出现了很多空白和跳跃。她不断地添加咖啡，直到我以一个医生的眼光，认为她在短时间内摄入的咖啡因含量已到了可能引起严重失眠和心律紊乱的边缘。

我委婉地说："你要在意自己的身体。如果不适，咱们改日再谈吧。咖啡也要适当减少些，不然——像你这样美丽的女孩，会变得皮肤粗糙、面容暗淡了……"

她猛地扔开采访本，说："我这个样子，您仍旧认为我是美丽和光彩的吗？"

我说："是啊。当然是。如果安安稳稳地睡上一个好觉，我相信你更会容光焕发。"

她说："您说的睡觉，是什么意思呢？"

我说："就是很普通、很家常、很必需的睡觉啊。温暖安全的房间，宽大的床铺，松软的枕头，蓬松的被子……当然了，空气一定要清新，略带微微的冷最好。哦，还有一件顶重要的事，要有一架小小的老式闹钟，放在床头柜上。到了预定时间，它会发出喑哑而锈的声音，刚好把你唤醒又不会吓你一跳……起床了，你就可以生龙活虎快乐地做事了……"

她用两只手握着我的手说："您怎么和我以前想得一模一样？！可惜，我现在不这样认为了。读博士的时候，我认识了乔，当他在草地上说：'咱们睡一觉吧！'我以为是仰望着蓝天白云，享受浪漫的依偎。没想到，他就让我们的关系从恋人火速到了夫妻。乔说：'睡觉就是性的代名词。'"

女博士握着我的手，她的一只手很热，捂着咖啡杯的缘故；一只手很冷，那是她此刻的体温。

我说："乔是什么人呢？"

她说："乔是个企业家，他没有很高的学历。乔说，他喜欢读过很多书的人，特别是读过很多书的女人，尤其是读过很多书又很美丽的女人。我喜欢乔这样评价我的长处——读书和美丽。

如果单看到我的书读得好，比如，我的导师和我的师兄弟们，我觉得他们太不懂得欣赏女人的奥妙了。如果只是看到我的美丽，比如，有些比乔拥有更多财富和权势的人物喜欢我，但我觉得他们是买椟还珠。

“后来，我和乔结婚了。乔不算很富有，他原来说要给我买有游泳池的房屋，最后呢，只买了一套浴缸了事，但我不怨乔，我知道男人们都爱在他们喜爱的女人面前夸口。我相信只要乔好好发展，游泳池算什么呢？将来我们也许会拥有一个海岛呢！以我的学识和美丽，加上乔的生猛活力，我们是一对黄金伴侣。

“说到黄金，结婚多少年之后，有一个称呼，叫作金婚。我看，婚姻必须双方原先就是两块黄金，结合在一起，才能是‘金婚’吧？两块木头，用铁丝缠在一起多少年，也变不成黄金，只能变成灰烬。对不对？乔说：‘咱们一结婚，就是金婚了。’

“有一天，我有急事呼乔，但乔那天为了躲一笔麻烦的交易，把手机关了。他说：‘呼机我开着呢，你呼我，我会回话。’可我连呼多次，他就是没反应。晚上，我问乔：‘你让我呼你，可你为什么不理我？’他说：‘是吗？我不知道啊。’他把呼机摘下说：‘哦，没电了。’说完，他就出外办点儿小事。正好抽屉里有电池，我就给他的呼机换上。电池刚换好，呼机就响了。来电显示了一个电话号码，并有呼叫者的全名——一位女士。留言也是埋怨乔为什么渺无回音，口气肉麻暧昧，绝非我这个当妻子的说得出来。让呼台小姐转达如此放肆的情话，也不怕闪了舌头。

“我立刻把呼机扔到床上，好像它是活蟑螂。本能地让我猜出了它后面的一切，阴谋在我的身边已经潜伏很久了。

“我要感谢我所受过的系统教育，让我在混乱中很快整出条理——我首先要搞清情况，不能再被人蒙在鼓里。背叛和欺骗，是我的两大困境，我要各个击破。威严的导师可能没想到，他所教授我的枯燥的逻辑训练和推理能力，成为我在情场保持起码镇定的来源。我立即把呼机里的新电池换下，把乔的旧电池重新填进去。然后，整个晚上，我用了最大的毅力，憋住了不询问乔有关那件事的任何事宜，乔也没有注意到我的沉默。那个电话号码和姓名，像我学过的最经典的定律，刻在了我的脑海里。

“我先是查了乔的手机对外联络号码。知道了乔和那女人通话之多令人吃惊。我又查到了那个女人的住址和身份。

“我找到她。我不知道自己为什么要先找到她，而不是先和乔谈。也许，我不想再听乔的欺骗之词，那不仅是对感情的蹂躏，也是对我的智商的藐视。在我的潜意识里，也有几分好奇。我想知道，这个把我打得一败涂地的女人，是什么样子。

“我找她的那一天，精心地化了妆，比我去见任何一位我所尊重的男士，出席任何一个隆重的场合，都要认真。我挑选了自己最满意的服饰，临敲她门的时候，心怦怦直跳。很可笑，是不是？但我就是那样子，完全丧失了从容。

“门开了。她说，她就是我要找的人。我倚着门框，简直要晕倒了。我以为自己将看到一位国色天香的玉人，那样我输得其所，输得心甘情愿。我会恨乔，但我还会保存一点儿尊严。但眼前的这个女人，矮、黑、胖，趿拉着鞋，粗俗得要命，牙缝里还塞着羽绒似的茴香叶子……

“我问她那个传呼是什么意思。她说：‘你就是乔的那个博士老婆吧？你能想到什么意思，就是什么意思。你是博士吗？这点儿常识都没有！’我什么也说不出来，木然地往回走，那女人还补了一句：‘乔说了，跟博士睡觉，也就那么回事，没劲！’

“我跟乔摊牌了。他连一点儿悔恨的表示都没有，说：‘离吧。我本来以为博士有特殊的味道，试了试，也就那么回事，你要是睁一眼闭一眼地过，也行。你这么心眼多且不饶人，得了，拜拜吧。’

“办离婚那天，正好距我们结婚的日子整整十个月。我不知道十个月的婚姻，有什么叫法，我把它称为垃圾婚。我们原本就不是金子，他不是，我也不是。把一种易生锈的东西和另一种易腐蚀的物件搁在一处，就成了垃圾。

“我外表上还算平静，还可以做研究采访什么的，但我的内心受了重创。乔摧毁了我的自信心，我想：‘那个女人吸引他的地方是什么呢？容貌学历，她一点儿也没有。有的就是睡觉吧？那有什么了不起的？睡觉谁不会呢？我既然能做得了那么繁复深入的研究，睡觉又怎能难得倒我呢？我开始和多个男友交往，很快就睡觉。我得了严重的泌尿系统感染症，这两天又犯了，但咱们约好的时间我不想更改，这就是我不断上洗手间的原因……”

听着听着，我用手指握住了滚热的咖啡杯。在她描述的过程中，我的指端渐渐冷却。

“我该怎么办？”女博士问我。

“先把病治好。”我说。

“这我知道。也不是没治过。只是治好了，频繁地睡觉，就又犯了。”她有些不好意思地说。

我说：“睡觉，我说的是纯正的睡眠，对治病只有好处，没有坏处。女人们首先得享有自己安宁的睡眠，才有力量清醒地考虑爱情啊。”

女博士说：“可是，我的垃圾婚姻呢？”

我说：“不是已经结束了吗？”

她说："可是，我还在垃圾堆里啊。"

我说："你愿意当垃圾吗？"

她说："这还用说吗？当然是不愿意啦！可是，谁能救我？"

我说："救你的只有一个人，就是你自己啊。既然你不愿意当垃圾，很好办。离开垃圾就是了。"

她说："就这么简单啊？"

我说："就这么简单。当然，具体做起来，你可能要有斗争和苦恼。但关键是决心啊。只要你下了决心，谁能阻止一个人从垃圾中奋起呢？"

女博士点点头，招来侍者，说："我不要咖啡了，请来一杯白开水。我不会再用浓浓的咖啡麻醉或刺激神经了。有时候，最简单的办法，就是最有力量的啊。"

我说："祝你睡个好觉。"

婚姻的四棱柱

人们谈论婚姻的频率，就像谈论坏天气。女人们凑到一处，更是“三句话不离本行”，家是女人永远的职业。若是在公园里看到掩面哭泣的女人，十有八九是为了爱情。

婚姻的第一种开端模式：莫逆之交。

天下婚姻万千，开端总是几种模式。好像你要是得了感冒，起因脱不了受凉或传染。要是患了痢疾，便一定是病从口入了。婚姻的第一种开端模式，是莫逆之交。何为莫逆？字典上写的是：“彼此情投意合，非常要好。”顾名思义，“莫”是“没有”的意思，“逆”是“方向相反”的意思。莫逆之交是一个否定之否定，表示高度的协调与一致。

有人说：“要是夫妻两个人几十年都没有一点儿分歧，是不是太乏味、太枯燥？好像对着镜子中的自己，如影随形一辈子，会不会无聊至极？”这种揣测，乍一听很是有理。争吵好像家庭的味精，矛盾仿佛黏合剂，很长一段时间内，我也赞同这个观点。后来一次出差，遇到一对老夫妇，他们温存而默契的眷恋，深深感动了我。与那些无时无刻不想显示幸福的年轻夫妇不同，他们宁静谦和，彼此一个手势、一声叹息，对方都心领神会……他们的和谐，像一串老檀香木珠，隐隐地但是持久地散发着温馨的香气，让每一个看到这情景的人，心中叹息。

我说：“你们银婚金婚的，就真没红过脸吗？那是不是太没意思了？”

老翁说：“我们有产生分歧的时候，但是不会吵架。人可以同自己争吵，但不可以同一个如此深爱自己的人反目。我们都有使对方冷静的能力。吵架不会使人感到生活有趣，只会使人痛恨生活。生活的美好来自和谐与温暖。”

我又对老媪说：“你们一辈子不吵架，别人都不信呢。”

老媪微笑着说：“别说你们不信，就是我们自己也不信。当初我们结婚的时候，并没想到一生不吵架。但这么多年过去了，我们真的无架可吵。有一天，我对老伴说：‘咱们吵一架吧，尝尝吵架的滋味。’他积极响应说：‘好啊，开始吧。’于是我说：‘你先吵吧。’他谦让说：‘还是你先吵吧。’我们互相看着，谦让了半天，结果还是没吵成。想起来，好懊丧啊。”

我说：“哈！你们的经验是什么呢？让大家都学习一下多好。”

老翁慢吞吞地说：“这可能是学不来的。我们平时都不同别人说我们不吵架的事，那会惹人笑话，好像这么大岁数了还在说谎。因为天下夫妻几乎都吵架，大家都不相信世上有不吵架的夫妻。我们很幸福，可幸福不是展品，我不想让所有的人都传颂这件事。我只能告诉你，也许我们是一个例外，但莫逆之交的夫妻，一生从不吵架的夫妻，绝对存在。我们可以没见过钻石，但我们不能否认，世上有这种硬度极高的宝贝，在旷野中闪烁。”

第二种婚姻的开端模式，是患难之交。它好像最具戏剧性，古时的公子落难，小姐搭救；才女风尘，名士救援……惊险与曲折，自是不必说了。到了现代，就演变成或战斗负伤，或打成“右派”，或上山下乡，或远走他乡，或病体难支，或飞来横祸……总之是一方遭遇大悲惨、大厄运，辗转于苦痛之中；另一方肝胆相照，鼎力相助，挽狂澜于既倒。于是爱的萌芽，在这恶劣苦旱的土壤中滋生，掀开巨石，迎着风暴，绽开了绿的叶和红的花。

依我以前的印象，觉得这种开端的婚姻是极稳固、极难得的。你想啊，大风大浪都闯过来了，在风和日丽的日子，岂不要收获加倍的幸福？没想到，许多惨痛的婚变，就蜷缩在这只涂满沧桑的旧匣子里。究其原因，在于事件起始部分的不平等。婚姻这件事，最要紧的是脸对脸、心靠心。

若有一方居高临下，就会埋伏畸变的导火索。当事人可能不自觉，但危险的种子已经种下。大难当头的时候，人的正义感、怜悯心都会异乎寻常地发达起来，拔刀相助与见义勇为，仁爱之心与乐善好施，甚至母性与女儿性，大丈夫“我不下地狱谁下地狱”的豪情，都油然而生，像五颜六色的调味酒，依次倾入堆积冰块的苦难之杯。于是，略带苦味却荧光四射的命运鸡尾酒，在艰窘之中，由位置较好的一方绚丽地调配成功，递了过来。那另一方，在孤独苦寂中，将自我的感激误认为爱情，起初出于理智婉拒，最终抗拒不了凄凉与冷漠，依了人的本能，欣然接受，也是情理之中的事。双方痛饮混合了各种复杂成分的婚姻酒，醉一个酩酊，那些世界上最动人的山盟海誓，往往发生在此时。然岁月更迭，逆境不可能永远存在，当外界的压力解除，爱情脱尽附加的藩篱，以本真的面目凸现的时候，潜伏的阴影就膨胀了。一旦双方地位、学识、教养、门第……的卵石，在激流消退后的平滩上裸露出来，无情的舆论又像烈日，将石头晒得炙手可热，婚姻的危机就笼罩头顶了。

况且，婚姻不是账本，旧话重提没有用，一方永远地施与，另一方总是赤字，心理就会失去平衡。有些恩情，也如仇恨一般，太深重了，便无法报答，有时简直想一逃了事。不平等的婚姻，当跷跷板上位置低下的一方腾然升起的时候，双方能否寻找到新的支点，是婚姻是否能继续的要素。患难是泥沙俱下的荒地，在那里寻到的爱情，绝非纯金精钢，还需顺境霹雳火的锤炼。

所以，患难之交不但不保险，很可能还是饱含危机的婚姻。只要看古今中外多少愁云惨淡的故事，都产生于这类土壤，就可知它的曲折艰险。并非要人在难中不谈爱情，我只是想说，苦难不是婚姻的保单。假如你是跷跷板位置较高的一方，请做好位置颠覆后的准备。假如你是位置较低的一方，请扪心自问："天翻地覆之后，我能否忠诚依然？！"假如回答都是："不。"不妨在患难中，对爱情三思而后行。

第三种婚姻的开端模式是一见钟情。

与其说它属于社会学心理学范畴，我更愿意相信它在生理学中的地位。原本素不相识的男女，在毫无先兆的一见之下，迸出激烈的火花，从此如醉如痴，天地为之动容；朝思暮想，百计千方，不成眷属，终日寝食不安。有的学者，对这种婚姻模式给予高度的评价，认为它是人类本性的爆发，无功利杂质掺入，纯真契合，地久天长。我想，在那男女一见的瞬间，一定发生了一种我们目前的科学还不能完全解释的生理变化，大量的神秘物质分泌入血；年轻的机体，从瞳孔到心灵，都感到极大的愉悦。这种物质以高度的愉悦，牵引着我们，操纵着我们，使我们不假思索地按照它凌驾一切的指令，决定了终身的伴侣。对这种“惊鸿只一瞥，爱到死方休”的神秘过程，我不敢妄加揣测。私下里猜它的来源一定非常古老，是人类延续种族繁荣昌盛的钥匙之一。想那雌雄的相投，必无长远的卿卿我我，常常是电光石火的一瞬，成就了好事。一定有存在于基因的密令，操纵着冥冥中的结合。我想探究的是，作为高度发达创造了语言交流的人类，是否须对“一见定乾坤”的传统重新审视？那毕竟是一种非常状态，犹如飓风，无法天长地久地陪伴我们。不知道在哪一天黎明，激情悄然离去，连个招呼也不打，剩下冷却到常温的男女，相对无言。失却了神秘物质的激励和保护，以它为先导的婚姻，是否也将随风飘逝？婚姻不是“一见”，是一世相守的千见万见亿见。钟情是否是永不疲劳的金属，始终保持着最初的弹性？一见钟情的质量，不在开头，而在结尾。它可有终身的保修期？

现在要说四棱柱的最后一面了——萍水相逢。

这词一听，便让人生出凄凉漂泊之感。当人们谈论婚姻的双方，原是“萍水相逢”时，多的是无奈与宿命，还有些许的调侃，好像一只得来容易的旧履，不值得珍惜。

我们太轻慢了萍水啊。何谓萍？那是一种随波荡漾的低等植物，淡淡绿绿，草芥一般，任何一抹风都可以将它捋了去，抛向远方，颇似普通人的命运。两朵浮萍，没有背景，没有根，被不知何处来的气流推着，无目的地漫游，怎的就撞到了一起？俗话说：“相逢是缘，相守是分。”为什么遭遇的是这一朵浮萍，而不是那一株水草？为什么碰撞在这一块水域，而不在那一方波涛？偶然的萍水相逢里头，是否藏着一个天大的必然的缘分？萍与萍之间，还有一个最大的优势，那就是平等。水平水平，天下没有比水更平坦的东西了。生在水里的植物，该是最懂得这道理的。纵使不懂，水以天然的流动也教会你懂。平等是一切婚姻的柱石，它不是一种有形的资产，却是长治久安的地平线。在平等的伞下缔结的爱情，少的是不着边际的浪漫，多的是同在一片蓝天下的理智。它们依傍于水，浮沉于水。雨打浮萍的时候，须同舟共济；水涨船高的时候，须宠辱不惊。需要磨合，需要考验，一个平淡的开端，未必不预示着一段肝胆相照的历史，象征着一个美满妥帖的结局。

萍水相逢和一见钟情，真是有些像呢，都是素昧平生，都是相约到老。千万不要把两者搞混啊。在开端的时候，它们像一对孪生姐妹，但女大十八变，渐渐地就有些质的分野了，一个是在瞬间爆炸，一个是徐徐地加温。婚姻的本质更像一种生长缓慢的植物，需要不断灌溉，加施肥料，修枝理叶，打杀害虫，才有持久的绿荫。

在婚姻的入口处，立着这根四棱的柱子，每一面雕刻着不同的花纹，指示着不同的道路。每一个经过的男人、女人，都按照自己的意愿，选择了一个入口。家庭就像单向的铁路，是没有回程票的。我们在婚姻的列车上，铿锵向前。在生命的终点站，有几多夫妇，手牵着手，从容出站?

婚姻有漏

实行计划生育多年，当年的婴孩开始踏上婚姻的红地毯。现在要想找一个家中有兄弟姐妹的配偶，概率已越来越低。在法院工作的朋友告诉我，双方都是独生子女的婚姻，离婚率相当高，且从结婚到离婚的时间特别短，甚至只有几天。我吓了一跳说：“为什么？”她说：“理由当然是各式各样的，但我看，主要是事因有漏。”

事情之发生，都有一个原因。这个原因如果不纯粹，就是因有漏。漏是沙漏的漏，一个缓缓下旋的洞。情感有多少血液经得住这般从夏到秋夜以继日地漏？一个有漏的婚姻，从一开始就是不结实的。当所有的情感都漏光的那一天，婚姻就扁了。

那么，婚姻的理由究竟是什么呢？有的人因为世俗的压力、父母的祈盼、舆论的导向，甚至觉得是在玩一个有趣的游戏。有的人以为那是一笔投资、一注筹码、一套吃饭的碗筷、一栋半山的豪宅。有的人只是头脑发热、激素亢奋，更可怕的还有政治与经济的陷阱与阴谋，都会被织进婚姻之因。

除了这些以往婚姻中常见的漏，朋友说：“独生子女的婚姻漏，最高发的是他们太想找到朝夕相伴的手足（这当然不是错），却缺少和兄弟姐妹亲密相处的经验。他们缺少忍耐。”

婚姻是需要忍耐的，长久持续充满定力的忍耐。忍耐一个任性的姑娘成长为干练的妻子，忍耐一个办事不牢的小伙子成为坚如磐石的汉子。忍耐孩子在啼哭和不断摔跤中长大，忍耐彼此的白发和倦怠。忍耐性格的摩擦和裂变，忍耐孤独与风寒……

婚姻无漏的理由只有一个，那就是爱。因为有了爱，才会长出茁壮的忍耐。忍耐磨砺着爱的光洁，使它在坚硬的同时润泽而美丽。

家问

家是什么?

家会很小很小，螺蛳壳是蜗牛的家。家会很大很大，宇宙是星星的家。

家会很轻很轻，像一粒浮尘，被人一指掸掉，不留一丝痕迹。家会很重很重，像一座铅山，压在脊上，寸步难行。

家会很快乐、很幸福，像一眼不老的喜泉。家会很凄楚、很悲凉，像一汪深不可测的泪潭。

问年轻人：“家是什么?”

他们回答：“家是粉红色的玫瑰，有刺更有蕾。家是甜蜜的吻、热烈的拥抱、柔情似水的情话和思念时的邮票。”

问中年人：“家是什么?”

他们回答：“家是心灵与肉体的港湾，能停泊万吨巨轮，也能栖息独木小舟。家是无私的付出与接纳，家是脱去疲劳的热水澡。家是一个苹果，你一大口，我一小口。家是一副重担，我愿这边的力臂短，你那边的力臂长。”

问老年人：“家是什么？”

他们回答：“家是黄昏湖边的搀扶，家是灯下互相剪去丝丝白发。家是一件旧风衣，风也是它、雨也是它。家是虽非一见钟情，却望白头偕老的漫漫旅程。家是墓前的一枝黄菊。”

问孩子：“家是什么？”

他们回答：“家是妈妈柔软的手和爸爸宽阔的肩膀，家是100分时的奖赏和不及格时的斥骂。家是可以耍赖撒谎当皇帝，也得俯首听命当奴隶的地方。家是既让你高飞又用一根线牵扯的风筝轴。”

问情人：“家是什么？”

他们回答：“家是舔着伤口的两只狼，家是激素的汹涌分泌。家是一日不见，如隔三秋。家是猜忌、争执、思恋、指责的杂耍场。家是枕边泪、窗前月，家是今夜你会不会来？”

问养家的人：“家是什么？”

他说：“家不是勋章，你挂在胸前，别人也看不见。家是一条暗地里逼你不断挣钱的鞭子，直抽得你遍体鳞伤。”

问弃家的人：“家是什么？”

她说：“家是一种能力、一种学习。我自忖无力从那里毕业，就中途逃亡了。”

问无家的人：“家是什么？”

他说：“家是羁绊，家是约束，家是熄灭人创造激情的沼泽地，家是一种奢侈的靡费。”

问恋家的人：“家是什么？”

她说：“家是树上的喜鹊窝。纵然世界毁灭了，只要家在，依然有一切。”

问恨家的人："家是什么？"

他说："家是爱情的终点，家是英雄气短的坟墓。家是累赘，家是负担。家是挂在你项上的枷锁，家是你自卖自身的契约。"

我不知世上还有另外的场所，会如此众说纷纭，褒贬不一。

纵观家庭，是大千世界的缩影。人们在家中卸去重重角色的面具，露出天然嘴脸，最坦率、最赤裸。人性的善与丑，方寸之间，纤毫毕现。一代伟人，能治好一个国，未必能调理好一个家；能统率千军万马的将军，可能是妇孺裙下的败将。

有人以为家是最自由、最放任的所在，可以放荡不羁，其实，家是最考验责任感的圣坛。对一个你所挚爱的人都不忠诚，你还能为世人所信吗？对一个托付终身的人都无法负起责任，你还能承诺他人的期嘱吗？连自己的一脉血缘都不能照料和抚育，你还能爱国爱民吗？在家中，我们看到了太多的丑恶。对亲人施暴的人，不可能对他人仁慈。在家中阴郁的人，不可能对太阳微笑。在家中诡计多端的人，不可能真诚对待友人。在家中粉饰虚伪的人，不可能直面惨淡人生。

如果没有准备好，请不要撕下走进家庭的门票。如果没有爱自己也爱他人的能力，请不要构造家庭的地基。

很多人抱着从家庭掠取资源的动机，匆匆为自己寻一个可供汲取能量的后勤仓库。殊不知，家庭不是无中生有变出魔力的黑斗篷。家庭的温暖，先要无私无偿地培养和付出，然后才像春草毛茸茸地生长起来。一旦失了爱情的滋养，再稳固的家也会很快风化。爱的力量，有时很巨大，有时很贫瘠，全看你是否以心血灌溉。

家庭里如果没有神圣感和勇气，请别要孩子。

家庭缔结之时，并不是简单的男女人数相加，而是诞生了另样的结构，一个崭新的物种。这个物种的花朵和果实，就是孩子。

一花一世界，一家一宇宙。婴儿降临世上，家是包裹他的蛹壳。倘若家中注满健康的爱的花粉，他就吸吮着它，用爱滋养构建着自己的听觉嗅觉知觉，渐渐地酿成心中小小的蜜饯。在爱中长大的孩子，爱是他的羽衣，爱是他的长矛。在爱中蓬勃成长的孩子，他看天下，就比较的明朗。他看人性，就比较的乐观。他看自身，就比较的尊严。他看他人，就比较的客观。他看丑恶，就比较的勇敢。他看前途，就比较的光明。他看事物，就比较的冷静。他看死亡，就比较的泰然。

在纷乱和丑恶的气氛中成长的孩子，是伪劣家庭的痛苦产品。他们在家中最先看到并习得的待人处世经验，是破碎疏离和粗暴残酷。他们是那样幼小，缺乏分辨的能力，以为这就是人世间的模型。当他们走进社会的时候，会不由自主地以不良家庭的模式对待他人，将紊乱与不协调传染到更远的范畴。更令人惊惧的是，来自不完美家庭的孩子们，彼此具有病态的吸引力，仿佛冥冥中有一块恶作剧的磁石，牵引性格有缺憾的男女，他们格外同病相怜，迫不及待地走到一起。病态中建立的家庭，如履薄冰，全是悲剧。如果不能卓有成效地打断铰链，这种会伤人的家庭就像顽强的稗草，代代相传，贻害无穷。

家可以很单纯，一个人也是一个完整的家。家可以很复杂，整个地球是一个共同的屋顶。

家啊，是理解奉献思念呵护，是圣洁宽容接纳和谐，是磨合欣赏忠诚沟通，是心心相印浪漫曲折生死相依海角天涯。

家中的气节

我想说："家中无气节。"这话，肯定不堪一击。中国人饿死事小，失节事大，哪里敢辱没气节的丰姿呢？但我指的只是家中的琐碎，不过借用一下此词的英名。

世上举案齐眉的家庭一定是有的，不能以我等瓢勺相碰的日子，揣测人家的和睦是虚伪，但也一定不多，因为矛盾的普遍性制约着我们。

大多数家庭都时常爆发争执，像界碑不清的小国边境冲突不断。要是演变成正式宣战，干脆离婚罢了，也不在范畴之内。那些先是苦恋苦爱，既争执不断又处于冷战状态的家庭，似有讨论气节的余地。

有多少原则问题呢？真正的国计民生，大概并不构成分歧的核心。甚至对家庭的大政方针，比如，孩子要上大学，父母要延年益寿，工作要努力，住房要增加……双方也是高度和谐统一的。问题往往是出在一些很小的分工或态度的优劣上，比如：

“你是做饭还是洗衣？你为什么不和颜悦色而是颐指气使……”有时，简直就不知是为了什么，双方把外界的怒气直接打包带回家，单刀直入地进入了对峙阶段，除了不扔原子弹，家庭阴冷的气氛同大战无异。

为了对付这种莫名其妙的僵持，时新杂志上登出了许多驭夫或驭妻的“诀窍”，教你如何化干戈为玉帛。这些供人莞尔一笑的小诀窍，不知灵不灵。我看这其中的死结——就是如何对待家中的气节。

家是什么呢？是一对男女的永不毕业的大学，是适宜孩子居住的圣殿，是灵魂的广阔海滩，精神的太阳浴场。我们在尘世奔波、会见他人时的种种面膜，须在家中清洗复原。意志的疲软顿挫，须在亲情中柔软着陆。人们以为家中的人多温柔和蔼，真是错了。在涡轮般旋转的今天，家居的人也许比街市的人更脆弱、更敏感、更易冲动激惹。

常常听到因小事争吵的女人说：“我从此不理丈夫，等他来同我说第一句话。”男人就更是不肯低下高昂的头，好像家是宁死不屈的刑场。

冷漠后恢复交谈的第一句话真是那么重要吗？重于我们曾经有过的一生一世的寻找？第二句话真就那么卑下吗？低贱到后发制人，丧失了品格的尊严？第三句话真就那么平淡吗？淡到它如同抛弃我们以前拥有过的万语千言？

什么是家中的气节？既然我们相爱，爱就是我们共同的气节。你的失态，在我看来，是你的思绪溃败了。在这一个瞬间，我是你的强者。原谅、宽恕、包容和鼓励，就是家庭永远常青的气节。

有些人以沉默对待冷漠，消极地把缰交给时间。时间通常是一个中性的调解员，会使人们渐渐恢复冷静，但孤寂中只顾自家意气的男女不要忘了，时间也会跟我们开居心叵测的玩笑呢。当你缄默着不肯谅解时，家的瓶颈便出现第一道裂纹。继续对抗下去，锤子无聊地敲击着婚姻之瓶，随着时间的叠加，瓶子也许会訇然破碎。

太看重一己气节的人，其实是一种枯燥的自卑。你以为在亲人面前争得了面子，失去的却是尊重与宽容。片刻的满足带来了长久的隐患，聪明的男人和女人，千万别因小失大。

分歧时，不必拍案而起。争执起，义正词可不严。有失误，莫要声色俱厉。灾临头，携手共赴家难。如果一定要有家中气节，我想这几条该在其中。

家有三宝

有首歌很火，叫作《吉祥三宝》，爸爸妈妈和孩子，音色搭配在一起，犹如杏黄的密瓜瓤、雪白的香蕉肉、碧绿的猕猴桃被浅绯红的浆汁裹在玲珑剔透的沙拉钵里，酽醇人生。有没有一些原来不准备要孩子的丁克和准丁克，在听了这首歌之后，恍然大悟、求贤若渴般地想要孩子了呢？不知道。或许，有吧。

但就歌词来讲，不觉有多么聪慧。好在一首歌毕竟不是一所讲堂，能让我们的心蓬松一小会儿，已是天籁。关于家，关于三宝，古人也曾留下一句话，其狡黠练达，似在吉祥之上。

那句话是——你听好了，别被吓一跳。如今人们信奉的是美女娇妻、郊外豪宅、光鲜服饰，那句话反其道而行之：家有三宝——丑妻、近地、破棉袄。

我听过一个彻底信服这句谆谆教诲的中年男子，畅谈心得：

“丑妻。谁不想娶貌美如花、一笑百媚生的妻子呢？现代化妆包括刺刀见红、瞒天过海的整容术，已为世界批量打造出了庞然的美女纵队。鱼龙混杂的真假美女，如过江之鲫越来越多。可惜夫妻不是风云会聚的舞伴，生儿育女不是人面桃花的晚宴。你不能抗拒时间，你不能在基因上涂抹防皱膏。灶头床尾耳鬓厮磨，你一定会看到铅华洗尽的赤裸和睡眼惺忪的倦怠。如果你是个寻常男子，就请珍惜一个良善丑女，将她娶回家变作你的丑妻。日日相伴，如同珍惜你平凡的自己。

“近地。我们都没有地了，可是我们有单位。我们的公司和机关，我们为之服务的那个小小的机构，就是我们的地了。你没有办法让你的庄稼长在你的身边，但你有办法住到你的土地旁边去。不要贪图浮华，不要在路上耗费太多的时间。如果在散淡的第一产业时代，牵牛的老农都会考虑到往返耕种的时间成本，你为什么要远离你的禾苗？绣花一样地耕耘你的土地，精心侍弄你的种子，日久天长，你就能比奔波的邻居晒更多的谷，收更多的棉花。

“破棉袄。”说到破棉袄的时候，他笑了。我也不怀好意地笑了。我看到他西服笔挺、皮鞋锃亮。我说：“你果真有破棉袄吗？拿出一件让我看看。”

他说：“我的破棉袄，就是我的小心、我的谨慎、我的谦逊。”

我说：“这都是很好的品质啊，干吗把它们贬为破棉袄？”

他说：“我并没有贬斥它们，古话也说它们是宝。要把棉袄时刻带在身边，因为有一些风雨无法预料。即使是太阳当头，你也要有乌云遮蔽的准备。即使是阳春三月，你也要有冷风袭面的预防。即使是夏日里暑热难当，也要有最坏的打算，比如，就曾因为窦娥喊冤下起六月雪……好品质，是可随身携带、不离不弃、遮身蔽体的棉袄啊。”

他还说："看得多了，日久生情，丑妻也不再丑了。那块地侍弄得久了，自己已从长工变成了东家。唯有破棉袄不曾换成新的，因为贴身并且如影随形。"

默契的建筑

所有建造家庭的人，都不会希望在这所百年大计的房屋中埋藏灾难的因子。但是，你从热闹的婚礼归来，过一段时间再去瞧瞧，会惊奇地发现，占相当一个百分比的婚姻建筑，不再是举行婚礼时美丽风光的模样。油饰一新的外表开始衰败，地基被蝼蚁蛀了密集的窝孔，承重梁根本就没用钢筋，甚至古怪到没有玻璃没有门，所用砖瓦都是伪劣产品……这些可叹可怜的小屋，在风雨中摇摇欲坠，不时传来断裂和毁坏的噪声。再过几年看看，有的已夷为平地，主体结构杳无踪影，遗下一片废墟。有的被谎言的爬山虎密密匝匝地封锁，你再也窥不到内部的真实。有的门户大开，监守自盗歹人出没，爱情的珍藏已荡然无存。有的徒有虚名地支撑着，炕灰灶冷了无生机……更可怕的是，在这样衰败的婚姻陋室中，你或许会听到婴儿的哭声，生命的规律在令人不安地运行着。

我想，有朋友会说——你是乌鸦嘴啊。所有处在热恋和谈论婚嫁阶段和已经披上婚纱的女子，都直觉地反感我以上所描述的种种情形。以为那只是小说和电视连续剧中出现的情节，是让人茶余饭后听着解闷的，是绝不会发生在自己身上的。我能理解这种心情，自己也不愿在大喜的日子里，做令人不快的预言。但是，原谅我，我听过太多的女孩谈过粉红色的梦想，我看到过太多的女子感伤哀怨的目光。我想说："你是你的婚姻的工程师啊，光有美好的蓝图不中用，你还得亲自施工。你有怎样的观念和技术，你就会收获一份怎样的婚姻。"

要说什么样的建筑最结实呢？马上想到几点。起码，你的地基得牢吧，你所用的材料得是精选而来的吧，你得精心设计精心施工吧，不能建成一个"三无"工程，也不能边设计边施工。你不能光图样子好看，不注重内在质量吧，你得量体裁衣，不能贪大求洋吧，你得……

嘿！太多了。但是，仅仅做到了这些，建筑是否就能愈久弥坚？

国外一次大地震，山摇地动房倒屋塌。清理时，救援者惊奇地发现，新盖的建筑大部分都倒塌了，倒是那些古老的建筑，晃动了几下依然站稳了脚跟。科学家们考察的结果，是那些古老建筑的结合部位往往比现代建筑要牢靠得多。

我常常凝目注视着那些历经千年斗拱飞檐的宫殿，奇怪它们在风雨中不浸润、在动荡中不倒塌的诀窍，到底是什么呢？思索再三，我想，除了深深的地基以外，很重要的是材料交接部位的吻合和默契。

是建筑，就肯定要有接缝，如同性别不同、年龄不同、背景不同、爱好不同……的男人和女人，某一天，就走到一处屋檐下面来了。物和物的接缝，人和人的接缝，这一部位，肯定是整体中最软弱的所在了。只要有几道接榫处渗漏或松动，外界的风沙和侵蚀就会乘虚而入，日积月累，“千里之堤，溃于蚁穴”的悲剧几乎就是必然的了。

我看到过一个故事。说的是古代有一位杰出的工匠，在房屋就要完工的时候，突然发现大梁有一处的接榫不很扎实，留有小小的缝隙。那是一柱巨梁，高高在上，如果不是他的明察秋毫，任谁也发现不了的。况且，他既是施工者，也是检查者，只要他不说，谁也不会责怪。但是，他是一个敬业的工匠，为了保持这座建筑百年千年不朽的质量，他一定要在最初的片刻，就让木头与木头达到默契。可惜愿望虽好，但此时此刻，他攀在高顶之上，没有办法没有材料……为了达到严丝合缝的完美，他右手挥起了板斧，把自己左手的小指剁下，将那断指填进木头的缝隙。木头的顶端得了血肉的充填，顷刻间变得浑然一体。后来，那座建筑屹立了千年。

这是一个关于质量和牢靠的故事。我记住了它，是因为它的斑斑血迹。联想到我们的婚姻建筑，几十年的风雨迷离啊，有什么比默契更为重要？

默契，就是不说很多的话，我却知道你所有的想法。默契，就是深深的理解，你中有我，我中有你。默契，就是彼此的包容和一体。默契，就是一种无言的约定和一项延续终身的承诺。默契无钉无铁，但是坚硬无比。默契无胶无漆，却针插不进、水泼不进。默契是朴素的，默契是千篇一律的，默契不事喧哗，默契又无往不胜。

晚饭后，谁来洗碗

古时的民谚和今时的营养学家都教诲我们"晚吃少"，但对于忙碌的普通人来说，晚饭总是一大中最隆重的家庭盛宴。

于是，有了"晚饭后，谁来洗碗"的问题。

如果奢华到可以去饭馆里吃，自然是服务员来洗。如果雇了保姆或小时工，就是打工者洗。如果家中有任劳任怨的前辈，就是老人来洗。如果要锻炼娇生惯养的子女，就是孩子来洗……当然还有种种的特殊情况，都不在本文范围。这里讨论的对象，特指夫妻双双上班、收入平平、买不起洗碗机的工薪族，也就是说，将它局限在最普通的饮食男女之间。

洗碗之所以是一个问题，因为每一个家庭不可以须臾离开它。听过一对新婚夫妇大打出手的传闻，起因就是谁都不愿意洗碗，便每顿饭启用新碗。好在是新人，亲朋志喜的礼物里有大量碗盆。然而坐吃山空，当最后一个碗也干涸了汤汁之后，男方指责女方不尽妇道，女方说："碗又不是我一个人消耗的，凭什么非要我来洗？”争论的结果是从文斗变成武斗，所有的碗摔碎之后，分道扬镳。

这个故事也许极端了一些，但月光下，没有因为晚饭后洗碗问题有过龃龉的家庭，大约不多。

认识一位男劳模的妻子，负担了绝大多数的家务，真是高风亮节，但是她拒绝洗碗。客人到她家，看到窗明几净，唯有厨房里堆积着成山的脏碗。大家说：“你既然把别的事都做了，何苦和这几个碗过不去呢？一捋袖子几分钟不就干完了吗？”女人说：“我什么都干了，他单刷个碗还不应该吗？要是连碗都不洗，这个家还有个公平没有呢？”

家庭内部，洗碗有象征意义。它不单是一个体力劳动的问题，还具有某种价值法则。

晚饭后，谁洗碗？我不是权威的统计部门，采取的是很局限、很笨拙的口头调查。问了十个家庭，结果有八位主妇扬眉吐气地告诉我：“晚饭后，丈夫在洗碗！”

我相信这个数据的部分可靠性。很多男子汉不无自豪神色地谈到自己“气管炎”的时候，最充分的一个论据是——我们家的碗都是我洗的！

洗碗于是成了中国城市男人值得夸耀的家务政绩，成了中国女人“翻身得解放”的铁案。

沾满油污的碗，真就承载了那么强大的心理价值吗？

许多年前的大家庭，洗碗也许是很繁重的劳动，要到井旁打水，要用碱去油污，打碎了碗要受到长辈的斥责……但在如今的城市里，工序已被大大简化。水是自来水，油腻由“洗洁灵”对付，抹布由“百洁丝”代替……一个三口之家的锅碗瓢盆，假如是手脚比较利索的人勤勉操作，一定可以在十分钟内结束战斗。

洗碗只是诸多家务劳动中的一项，虽然比较烦琐。它现在被女人得意地提到如此高的地位，或者说是被男人有意贬到一个下贱的地位，是否为了掩盖一个最基本的事实——家庭中谁负担了更多的劳动?

例如，晚饭是谁做的呢？只要不是让家人吃方便面，一顿初具规模的晚饭，从自由市场的采买，到热气腾腾地端上餐桌，必定比洗碗要耗费数倍的时间与体力。在我上述调查的十个家庭中，都是女人做饭。我们甚至可以说，洗碗的男人绝大多数是不做饭的。因为不做饭，他的愧疚、补偿、感激、将功折罪，就表现为洗碗的行动。

洗碗在家庭中的惩罚意味是不言而喻的。

“因为你没做饭，所以你得洗碗。”女人说。

因为男人洗了碗，洗碗又是一种卑下的劳动，所以男女找到了一个对等的支点，于是心理平衡。

但劳动没有高低贵贱之分，洗碗和做饭的劳动量和它们的技术含量并不相等。人为地将某一种劳动打上耻辱或者高尚的印记，给予劳动本身一种原本不属于它的附加值，有意无意中为一个深藏不露的目的服务——用较少的劳动与较多的劳动平衡。这种平衡不单是体力时间，而且是心理、道义、舆论。换句话说，是用一种虚幻空洞的口头价值，弥补劳动上实实在在的赤字。

洗碗的男人自我夸耀，几乎成了一种社会习尚。也许是善意吧，但我以为，本质上是洗碗者不自觉的自我辩护，是为了使自己心安理得特制的盾牌。

男人和女人同样奔波，同样辛苦。回到家里，共同承担家务，这其中很难分清谁应该干得更多一些。但洗碗与做饭就像散步与疾跑，它们的劳动量显然是不相等的。一定要说它们相等，或者用种种调侃和误导，让它们之间的天平指针保持平衡，假如不是糊涂，就有些像瞒天过海的小商贩，成心要缺斤短两。

晚饭后洗碗的那个人，是很辛苦的。无论是男人还是女人。

但洗碗只是所有家务劳动当中的一部分，一只碗无法抵挡烦琐、细致、辛苦的其他劳动。夸大一点不及其余，便弥漫着别有用心的味道了。

爱的喜马拉雅

有一句流传广远的话，广泛见于对英模楷范的宣扬中，那就是——他心中装着全体人民，唯独没有他自己。

反复灌输之下，就形成了一条关于爱的约定俗成：“你爱众人吗，那你就肯定不爱你自己。你爱自己吗，那你就不可能爱更多的人。”爱自己和爱他人是南辕北辙的。这句话的核心内容是——爱自己与爱他人不能共存。

按照这种说法，爱是一种不可分割的脆弱之物。它是整体的，又是非此即彼的。它不是红的，就是白的，绝不可能是粉红的。如果可以分而治之的，就不是爱了，只是一块烤煳的蛋糕。爱是排他的，而在这架跷跷板的两端，坐着我们自己的屁股和整个人民的利益。

这就使得爱变得残酷和狭隘起来。要一个人不爱自己，是不合生理和正常规律的。如果我们不爱自己，感觉冷了，不去加衣服，感觉饿了，不吃东西……那样我们连自己最基本的生存，都发生了不可照料的恐慌，如何还有余力爱他人、爱世界？

把个人的利益和整体的利益分裂对立起来，是一种人为的敌意。顺序颠倒，情理不合。我们从自身的愉悦、自身的宝贵，感受到了世界的可爱和他人的价值。在使自己美好的同时，我们使整个世界由于我的存在，而多了一只飞舞闪亮的萤火虫，虽然微小，却不乏光明和美丽。

爱是那样一种复杂和需要反复咀嚼和提炼的感觉。没有哪个词，可以成功地复制和转移我们对于爱的表达。爱是可以溶解那么多情感的特殊液体，爱又是单纯、简约、精粹到任何语言的描述都显得索然和赘疣。

爱是人类所有发明中伟大和莫测的最初和收尾的精品，爱是永远不会有过剩危机的精神享用。

爱从自己开始，爱又绝不仅仅局限于自己。爱最后还是要降落在自己脑海的机场上，爱从我们内心的光源辐射到辽远的宇宙。爱能比我们的双脚走得更快更稳，爱能比我们的目光看得更深更远，爱能比我们的语言更美更多，爱能比我们的判断更直接更明晰……爱是这样的一座宝库，当你把信任存入它的柜台后，它就把世上最美妙神奇的精神财富，源源不断地偿付给你。

也许有人会说，那古往今来的先烈和志士们，为了他人的利益，不惜牺牲了自己的性命，那又是在爱谁呢？

这的确曾是幼小的我百思不解的问题。每当我的思绪碰到这个隔离礅的时候，就不由自主地刹车了。但我终于在一个明朗的早上，豁然开朗。先贤们依旧是爱自己的，而且爱得非同寻常，爱得摧枯拉朽。他们不惜以自己有形的生命，去殉葬了无形的理想。他们热爱自己的信仰，胜过爱自己的四肢百骸。他们是爱的喜马拉雅。正是由于他们的存在，更加证明了爱自己，会使人产生出怎样不可战胜的力量和勇气。表达了爱对死亡的威胁，是一种不可逾越的永恒。那是爱的珠穆朗玛啊！在那寒冷苍莽的顶峰，爱就显现出圣洁和孤独的雪光。因为一般人的不可企及，就把它神化以至想当然地——对不起，我说得可能有点儿冒犯，因为我们未能以生死相抵——我们把先贤的献身简化了。我们以为他们不曾想到自己，实际上，他们把自己的意志和选择看得高于和重于人仅有一次的生命，他们是超拔和孤独的巨臂。

清醒地、果敢地把生命投入某项事业当中的人，具备大智大勇大爱，值得人类瞻仰和崇敬。如果你未能体察这一点，且慢擅论信仰，犹如“夏虫不可语冰”。

还有一种略带神秘色彩的悖论，即爱是纯粹理论的冥想，或曰爱是纯技巧的堆积。

看起来水火不相容，其实是一个问题的两极。

很多人以为爱是虚无缥缈的感情，以为爱在我们的日常生活中，发生的频率十分稀少。以为只有空虚的细腻的多愁善感的人，才会在淋淋秋雨的晚上和薄雾袅袅的清晨，品着茶吹着箫，玩味什么是爱。以为爱的降临必有异兆，在山水秀美之地或风花雪月之时，锅碗瓢盆、刀枪剑戟必定与爱不相关。

还有很多人以为自己不会爱，是缺乏技巧。以为爱是如烹调书和美容术一样，可以列出甲乙丙丁分类传授的手艺，以为只要记住在某种场合，施爱的程序和技巧，如何时献花、何时牵手，自己在爱的修行上，就会有一个本质性的转变和决定性的提高。风行的各类男人女人、少男少女的杂志上，不时地刊登各种爱的小窍门、小把戏，以供相信这一理论的读者牛刀小试。至于尝试的结果，从未见过正式的统计资料，也无人控告这些经验的传授者有欺诈倾向。想来读者多是善意和宽容的，试了不灵，不怪方子，只怪自家不够勤勉。所以，各种秘方层出不穷，成为诸如此类刊物长盛不衰的不二法门。这也从另一个侧面说明，多少人求爱无门，再接再厉、屡败屡试。

爱有没有方法呢？我想，肯定是有的。爱的方法重要不重要呢？我想，一定是重要的。但在爱当中，最重要的不是方法，而是你对于爱的理解和观念。

你郑重地爱、严肃地爱、欢快地爱、思索地爱、轻松地爱、真诚地爱、朴素地爱、永恒地爱、忠诚地爱、坚定地爱、勇敢地爱、机智地爱、沉稳地爱……你就会派生出无数爱的能力、爱的法宝、爱的方法、爱的经验。

爱是一棵大树。方法，是附着在枝干上的蓓蕾。

某年春节，我到江南去看梅花。走了很远的路，爬了许久的山，看到了无边无际的梅树。只是，没有梅花。

天气比往年要冷一些，在通常梅花怒放的日子，枝上只有饱胀的花骨朵。怎么办呢？只有打道回府了。主人看我失望的样子，突然说：“我有一个办法，可以让梅花瞬时开放。”

我说：“真的吗？你是谁？武则天吗？就算你真的是，如果梅花也学了牡丹，宁死不开，你又能怎样呢？”

主人笑笑说：“用了我这办法，梅花是不能抵挡的。你就等着看它开放吧！”

她说着，从枝上折了几朵各色蓓蕾（那时还没有现在这般的环保意识，摘花——罪过），放在手心，用热气暖着哈着，轻轻地揉搓……

奇迹真的在她的掌心，缓缓地出现了。每一朵蓓蕾，好似被魔掌点击，竟在严寒中，一瓣瓣地绽开，如同少女睁开睡眼一般睁出了如丝的花蕊，舒展着身姿，在风中盛开了。

主人把花递到我手里，说：“好好欣赏吧。”我边看边惊讶地说：“如果有一只巨掌，从空中将这梅林整体温和地揉搓，顷刻间就会有花海涌动了啊！”

主人说：“用这法子可以让花像真的一样开放，但是……”

她的“但是”还没有讲完，我已知那后面的转折是什么了。就在如此短暂的工夫，我手中蓬开的花朵就已经合拢熄灭，那绝美的花姿如电光石火一般，飘然逝去。

“怎么谢得这么快？”我大惊失色。

“因为这些花没有了枝干。没有枝干的花，绝不长久。”主人说。

回到正题吧。单纯的爱的技术，就如同那没有枝干的蓓蕾，也许可以在强行的热力和人为的抚弄下开出细碎的小花，但它注定是短命和脆弱的。

我们珍视爱，是看重它的永恒和坚守。对于稍纵即逝的爱，我们只有叹息。

爱在什么时候，都会需要技术的。而且这些技术，会随着历史的进程发展得更完善和周到。同时，我们无论在任何时候，都更看重那技术之下的，深埋在雄厚土壤中的爱的须根。

如果你需要长久的、致密的、坚固的、稳定的爱，你就播种吧，你就学习吧，你就磨炼吧。你就锲而不舍地坚持求索吧。爱必将降临在每一个真诚寻找它的眸子里。

母爱的级别

有人说，爱是与生俱来的。母爱是我们理解爱的最好的范本和老师。

我以为，错。爱需要学习，需要钻研，需要切磋，需要反复实践，需要考验，需要总结经验，需要批评帮助，需要阅读，需要讨论，需要提高，需要顿悟……总之，需要一切手段的打磨和精耕细作的艺术。

与生俱来的，只有动物的本能。人的爱，超越了血缘、种族、国界，它辽阔的翅膀抵达宇宙的疆界，这是地球上任何一种动物，都不可能天然辐射的领域。所以，爱不是如同瞳仁的颜色和身高的尺度等一串基因决定的先天，而是后天艰苦琢磨的成长之丹。

印度狼孩的故事，是一个动物母爱的典范之作。有时想，假如是一个人类的母亲得到了一只狼的幼崽，将会怎样？一般情形下，怕是不会用乳汁哺育它长大的吧。这不但说明了母爱是盲目的，还说明如果单纯比较母爱的浓度，也许人还不如一只动物。有人会说："狼长大了，会咬人，谁敢喂它？"那么，一只小鼠，就会有人类的母亲用乳汁哺育它吗？答案基本上也是否定的。

母爱并不是爱的高级阶段，因为它仅仅是人类的一种本能。人类的婴儿接受母爱，是被动和无意识的。从感知的那一方面来讲，母爱首先是物质的，是生存的必要条件。如果没有母亲的乳汁和精心呵护，小婴儿根本就无法生存。所以，母爱的早期阶段是分割界限不清晰的融合和多方面付出的照料性质，高级阶段则升华为分离和精神的构建。世上有许多母亲，可以把属于动物本能那一部分做得较好，就是完成对子女的衣食住行的补给维护，但对高级部分，就是超越一己博爱人类——从血缘分离弥散扩展和广博的爱，就未必能及格以至优秀。

我们不时地听到某个母亲因为孩子的学习成绩不好，竟把自己的亲生孩子殴打致死。这是爱吗？很多人说这不是爱，因为他们本能地拒绝承认这是爱，在他们眼中，爱是纯正和没有任何杂质污染的，包括爱是不能有失误的。但我想说，假使让那个死去的孩子复活，问他或她："你的妈妈是否爱你？"我想，他或她带着满身伤痕，也会说："妈妈爱……"

因为母爱的初级阶段，就是如此盲目和自怜自恋的。她很可能不尊重孩子，难以清晰地界定孩子是另一个完整的、独立的个体。她把自己的感受和期望，强加在一个与她完全不同的人身上，就会酿成悲剧。这不但是生理上的，还有更深的心理上的痕迹。我要说，很多成人的家庭不幸和性格缺憾，追索起来，都和母爱只停留在地基阶段，未能完成向高级阶段的转化有关。单纯的、低级的母爱，是泥沙俱下、糟粕与精华并存的原始状态。

在母爱的高级阶段，母亲要高屋建瓴地完成与孩子的分割。她高度尊重生命的不同个体之间的差异，帮助一个新的生命走向灿烂和辉煌。这种境界，即使是一个潜质优等的母亲，如果不经过修炼和学习，也是不容易天然达标的。如果将它比作一道关键的闸门，我们将忧虑地看到——无数的母亲被隔绝在门的这一边，只有少数优异的母亲，才能跨越这道对她们自身充满挑战的门槛，完成爱的本质的升华。

既然母爱里包含着如此分明和严格的界限，我们有什么理由坚持——母爱就一定是我们接受爱的完善楷模呢？

所以，我宁可说，爱是没有天造地设的老师的，爱又是无法无师自通的。爱很艰巨，爱需要我们在时间中苦苦摸索。

娘间谍

我和她的相识，有点儿意思。我称她“娘间谍”——是她自己告诉我这个绰号的。我从小就很惊叹间谍的手段和意志力。

那天上班时分，传达室打来电话说：“有一个女人说是你的亲戚，找上门来，你见不见？”我说：“是什么亲戚呢？”师傅说：“她支支吾吾地说不清楚，我们觉得很可疑。你直接问她吧，检验一下。要是假冒伪劣的，我们就打发她走。”

传达说着，把话筒递给了那女人。于是，我听到一个低低的气声，耳语一般地说：“毕作家，我不是你亲戚，可是我有重要的事情要对你说……啊，你怎么不记得我了呢，真是贵人多忘事啊！表姑全家还让我问你好呢，你赶快跟传达室的师傅说一下，让我上楼吧，他们可真够负责的了，不见鬼子不挂弦……师傅，您来听本人说吧……”

后半截的声音明显放大，看来是专门讲给旁人听的。于是，我乖乖地对传达室同志说：“她是我亲戚，请让她进来。谢谢啦！”

几分钟后，她走进门来。个子不高，衣着普通，五官也是平淡而无奇的那种，没有丝毫特色，令人疑惑刚才那番精彩的表演是否出自这张平凡的面庞。

她不客气地坐下，喝茶。说："一个作家，又好找又不好找。说好找吧，是啊，报上有你的名字，实实在在的一个人。电脑这么发达了，找个人，按说不难。可是，具体打听起来，报社啊编辑部啊，又都不肯告诉我，好像我是个坏人似的……"

我说："真是很抱歉。"

她笑起来说："你道什么歉呢？又不是你让他们不告诉我的。再说，这也难不住我，我在家里专门搞侦破，我女儿送我一个外号，叫——'娘间谍'。"

我目瞪口呆，半晌说："看来，你们家冷战气氛挺浓的啊。"

她收敛了笑容说："要不，我还不找你来呢！你能不能帮帮我？"

我说："到底出了什么事？"

她说："我就有这一个女儿。我丈夫和我都是高工，就像优良品种的公鸡母鸡就生了一个鸡蛋，你说，我能不精心孵化吗？从小我就特在意女儿的一言一行。小孩子要是发烧，三等的父母是用体温表，水银柱蹿得老高了，才知道大事不好。二等的家长是用手摸，哟！这么烫啊！方发觉孩子有病了。我是一等的母亲，我只要用眼角这么一扫，孩子眼珠似有水汽，颧骨尖上泛红，鼻孔扇着，那孩子准是发烧了。我这眼啊，比什么体温表都灵。

"女儿小的时候，特听我的话。甭管她在外面玩得多开心，只要我在窗台上这么一喊，她就腾腾地拔腿往家跑。有一回，跑得太快，膝盖上磕掉了那么大一块皮，血顺着裤腿流，脚腕子都染红了。邻居说：‘看把你家孩子急的，不过是吃个饭，又不是救火，慢点儿不行？’我说：‘她干别的摔了，我心疼。往家跑碰了，我不心疼。听父母的话，就得从小训练，就跟那半个月之内的小狗似的，你教出来了，它就一辈子听你的。要是让它自由惯了，大了就扳不过来了。’

“左邻右舍都知道我有一个百依百顺的女儿，我也挺满意的。现今都是一个孩子，我们今后就指着她了。让她永远和父母一条心，就是自己最好的养老保险。”

我忍不住打断她说：“你这不是控制一个人吗？”

她说：“你说得对啊，不愧是作家，马上抓到了要害。要说我这个控制，还和一般的层次不一样。我做得不留痕迹。控制最基本的要素，就是掌握信息。对儿女，你知道了他的信息，就掌握了他的思想。你想让他和谁来往，不想让他和谁来往，不就是手到擒来的事了吗？比如，她常和哪些同学联系，我并不直接问她，那样，她就会反感。年轻人一逆反，完了，你让他朝东他朝西，满拧。我使的是阴柔功夫。我也不偷看她的日记，那多没水平，一下子就被发现了。现在的孩子，狡猾着呢。我呀，买了一部有重拨功能的电话机。她不是爱打电话吗，等她打完了，我就趁她不在，‘啪啪’一按，那个电话号码就重新显示出来了。我用小本记下来，等到没人的时候，再慢慢地打过去，把对方的底细探来。这当然需要一点儿技巧，不过，难不倒我。”

我点点头。不是夸奖这等手段，是想起了她刚在传达室对我的摆布。

她误解成赞同，越发兴致勃勃。

“女儿慢慢长大了，上了大学，开始交男朋友。这可是一道紧要关口啊。我首先求一个门当户对，若是找个下岗女工的儿子，我们以后指靠谁呢？所以，我特别注重调查和她交往的男孩子的身世。一发现贫寒子弟，就把事态消灭在萌芽状态。”

我说：“这能办得到吗？恋爱的通常规律是——压迫越重，反抗越凶。”

她说：“我不会用那种正面冲突的蠢办法。我一不指责自己的女儿，那样伤了自家人的和气；二不和女儿的男友直接交涉，那样往往是火上浇油。我啊，绕开这些，迂回找到男方的家长，向他们显示我家优越的地位，当然，这要做得很随意，让他们自惭形秽。还说女儿是个骄娇二气小姐，请他们多多包涵，让他们先为自己儿子日后的‘气管炎’捏一把汗。最后，做一副可怜相，告知我和老伴浑身是病，一个女婿半个儿，后半辈子就指望他们的儿子了……”她说到这里，得意地笑了。

我按捺住自己的不平，问道：“后来呢？”

她说：“后来，哈哈，就散伙了呗。这一招，百试百灵。我总结出了一个经验，下层劳动人民，自尊心特别强，神经也就特脆弱。你只要影射他们高攀，他们就受不了了。不用我急，他们就给自己的小子施加压力，我就可以稳操胜券、坐享其成了。”

我说：“你一天这般苦心琢磨，累不累啊？”

她很实在地说：“累啊！怎么能不累啊？别的不说，单是侦查女儿是不是又恋爱了，就费了我不少的精力。后来，我发现了一个好办法，说出来，你可不要见笑啊。女儿是个懒丫头，平日换下的衣服都掖在洗衣机里，凑够了一锅，才一齐洗。我就趁她走后，把她的内裤找出来，仔细地闻一闻。她只要一进入谈恋爱阶段，裤子就有特殊的味道，可能是激素吧，反正我能识别出来。她不动心的时候，是一种味道，动了真情，是另一种味道……那味儿一出现，我就开始行动了……近来她好像察觉了，叫我‘娘间谍’，不理我了。你说我该怎么办？”

天哪！我大骇，一时间，什么话都对答不出。在我所见到的母亲当中，她真是最不可思议的之一。

我连喝了两杯水之后，才把自己的情绪稳定住。我对她讲了很多的话，具体是些什么，因为在激动中，已记得不很清楚了。那天，她走时说：“谢谢你啦！我明白了，女儿不是我的私有财产，我侵犯了女儿的隐私权。我会改的，虽然这很难。”

我送她下楼，传达室的师傅说，亲戚们好久没见，你们谈了挺长时间啊。

我叹口气说：“是啊。我很惦念她的女儿啊。”

分手时，“娘间谍”对我说：“你要是有工夫，就把我对你说过的话写出来吧。因为我得罪了不少人，我也没法一一道歉了。还有我的女儿，有的事，我也不好意思对她说。你写成文章，我就在里面向大家赔不是了。”

“娘间谍”走了，很快隐没在大街的人流中，无法分辨。

额头与额头相贴

如今，家家都有体温表。苗条的玻璃小棒，头顶银亮的铠甲，肚子里藏一根闪烁的黑线，只在特定的角度瞬忽一闪。捻动它的时候，仿佛打开裹着幽灵的咒纸，病了或者没病，高烧还是低烧，就在焦灼的眼神中现出答案。

小时家中有一支精致的体温表，银头，好似一粒扁杏仁。它装在一支粗糙的黑色钢笔套里。我看过一部反特小说，说情报就是藏在没有尖儿的钢笔里，那个套就更有几分神秘。

妈妈把体温表收藏在我家最小的抽屉——缝纫机的抽屉里。妈妈平日上班极忙，很少有工夫动针线，那里就是家中最稳妥的所在。

七八岁的我，对天地万物都好奇得恨不能放到嘴里尝一尝。我跳皮筋回来，经过镜子，偶然看到我的脸红得像在炉膛里烧好可以夹到冷炉子里去引火的炭。我想，我一定发烧了，觉得自己的脸可以把一盆冷水烧开，我决定给自己测量一下体温。

我拧开黑色笔套，体温表像定时炸弹一样安静。我很利索地把它夹在腋下，冰冷如蛇的凉意从腋下直抵肋骨。我耐心地等待了五分钟，这是妈妈惯常守候的时间。

终于到了。我小心翼翼地拿出来，像妈妈一样眯起双眼把它对着太阳晃动。

我什么也没看到，体温表如同一条宁澈的小溪，鱼呀虾呀一概没有。

我百般不解，难道我已成了冷血动物，体温表根本不屑于告诉我了吗?

对啦！妈妈每次给我夹表前，都要把表狠狠甩几下，仿佛上面沾满了水珠。一定是我忘了这一关键操作，体温表才表示缄默。

我拈起体温表，全力甩去。我听到背后发出犹如檐下冰凌折断般的清脆响声。回头一看，体温表的“扁杏仁”裂成了无数亮白珠子，在地面轻盈地溅动……

罪魁是缝纫机板锐利的折角。

怎么办呀?

妈妈非常珍爱这支温度表，不是因为贵重，而是因为稀少。那时候，水银似乎是军用品，极少用于寻常百姓，体温表就成为一种奢侈。楼上楼下的邻居都来借用这支表，每个人拿走它时都说：“请放心，绝不会打碎。”

现在，它碎了，碎尸万段。我知道，任何修复它的可能都是痴心妄想。

我望着窗棂发呆，看着它们由灼亮的柏油样棕色转为暗淡的树根样棕黑色。

我祈祷自己发烧，高高地烧。我知道，妈妈对得病的孩子格外怜爱，我宁愿用自身的痛苦赎回罪孽。

妈妈回来了。

我默不作声。我把那只空钢笔套摆在最显眼的地方，希望妈妈主动发现它。我坚持认为被别人察觉错误比自报家门要少些恐怖，表示我愿意接受任何惩罚，而不是凭自首减轻责任。

妈妈忙着做饭。我的心越发沉重，仿佛装满水银（我已经知道水银很沉重，丢失了水银头的体温表轻飘得像支秃笔）。

实在等待不下去了，我就飞快地走到妈妈跟前，大声说：“我把体温表打碎了！”

每当我遇到害怕的事情，我就迎头跑过去，好像迫不及待的样子。

妈妈把我狠狠地打了一顿。

那支体温表消失了，它在我的感情里留下一个黑洞。潜意识里我恨我的母亲——她对我太不宽容！谁还没失手打碎过东西？我亲眼看见她打碎了一只很美丽的碗，随手把两片碗碴儿一摞，丢到垃圾堆里完事。

大人和小人，是如此不平等啊！

不久，我病了。我像被人塞到老太太裹着白棉被的冰棍箱里，从骨头缝里往外散发寒气。“妈妈，我冷。”我说。

“你可能发烧了。”妈妈说，伸手去拉缝纫机的小屉，但手臂随即僵在半空。

妈妈用手抚摸我的头。她的手很凉，指甲周旁有几根小毛刺，把我的额头刮得很痛。

“我刚回来，手太凉，不知你究竟烧得怎样，要不要赶快去医院……”妈妈拼命搓着手指。

妈妈俯下身，用她的唇来吻我的额头，以试探我的温度。

母亲是严厉的人。从我有记忆以来，从未吻过我们。这一次，因为我的过失，她吻了我。那一刻，我心中充满感动。

妈妈的口唇有一种菊花的味道，那时她患很严重的贫血，一直在吃中药。她的唇很干热，像外壳坚硬内瓤却很柔软的果子。

可是，妈妈还是无法断定我的热度。她扶住我的头，轻轻地把她的额头与我的额头相贴。她的每一只眼睛看定我的每一只眼睛，因为距离太近，我看不到她的脸庞全部，只感到一片灼热的苍白。她的额头像碾子似的滚过，用每一寸肌肤感受我的温度，自言自语："这么烫，可别抽风……"

我终于知道了我的错误的严重性。

后来，弟弟妹妹也有过类似的情形。我默然不语，妈妈也不再提起，但体温表像树一样栽在心中。

终于，我看到了许多许多支体温表。那一瞬，我的脸上肯定灌满了贪婪。

我当了卫生兵，每天须给病人查体温。体温表插在盛满消毒液的盘子里，好像一位老人生日蛋糕上的银蜡烛。

多想拿走一支还给妈妈呀！可医院的体温表虽多，管理也很严格。纵使打碎了，原价赔偿，也得将那破损的尸骸附上，方予补发。我每天对着成堆的体温表处心积虑、摩拳擦掌，就是无法搞到一支。

后来，我做了化验员，离体温表更遥远了。一天，部队军马所来求援，说军马们得了莫名其妙的怪症，他们的化验员恰好不在，希望人医们伸出友谊之手。老化验员对我说："你去吧！都是高原上的性命，不容易。人兽同理。"

一匹砂红色的军马立在四根木桩内，马耳像竹笋般立着，双眼皮的大眼睛贮满泪水，好像随时会跪倒。我以为要从毛茸茸的马耳朵上抽血，战战兢兢地不敢上前。

兽医们从马的静脉里抽出暗紫色的血。我认真检验，周到地写出报告。

我至今不知道那些马得的是什么病，只知道我的化验结果起了至关重要的作用。

兽医们很感激，说要送我两筒水果罐头作为酬劳。在维生素匮乏的高原，这不啻一粒金瓜子。我再三推辞，他们再四坚持。想起“人兽同理”，我说：“那就送我一支体温表吧！”

他们慨然允诺。

春草绿的塑料外壳，粗大若小手电。玻璃棒如同一根透明铅笔，所有的刻码都是洋红色的，极为清晰。

“准吗？”我问。毕竟这是兽用品。

“很准。”他们肯定地告诉我。

我珍爱地用手绢包起。本来想钉只小木匣，立时寄给妈妈，又恐关山重重、雪路迢迢，在路上震断，毁了我的苦心，于是耐着性子等到了一个士兵的第一次休假。

“妈妈，你看！”我高擎着那支体温表，好像它是透明的火炬。

那一刻，我还了一个愿。它像一只苍鹰，在我心中盘桓了十几年。

妈妈仔细端详着体温表说：“这上面的最高刻度可测到46摄氏度，要是人，恐怕早就不行了。”

我说：“只要准就行了呗！”

妈妈说：“有了它总比没有好。只是，现在不很需要了，因为你们都已长大了……”

带白蘑菇回家

妈妈爱吃蘑菇。

到青海出差，在幽蓝的天穹与黛绿的草原之间，见到点点闪烁的白星。

那不是星星，是草原上的白蘑菇。

路旁有三三两两的藏胞，坐在五颜六色的口袋中间，仰着褐色的面庞，向经过的汽车微笑。袋子口，颤巍巍地露出花蕾般的白蘑菇。

从鸟岛返回的途中，我买了一袋白蘑菇，预备两天后坐火车带回北京。

回到宾馆，铺下一张报纸，将蘑菇一柄柄小伞朝天，摆在地毯上，一如它们生长在草原时的模样。

服务员进来整理卫生，细细的眉头皱了起来。我忙说：“我要把它们带回去送给妈妈。”服务员就暖暖地笑了，说：“您必须把蘑菇翻个身，让菌根朝上，不然蘑菇会烂的。草原上的白蘑菇最难保存。”

听了服务员的话，我就让白蘑菇趴在地上，好像晒太阳的小胖孩儿，温润而圆滑地裸露在空气中。

上火车的日子到了。服务员帮我找来一只小纸箱，用剪刀戳了许多梅花形的小洞，把白蘑菇妥妥地安放进去。原先的报纸上印了一排排圆环，好像淡淡的墨色的图章。我吓了一跳，说：“是不是白蘑菇腐坏了？”服务员说：“别怕。新鲜的白蘑菇的汁液就是黑的。”

进了卧铺车厢，我小心翼翼地把纸箱塞在床下。对面一位青海大汉说：“箱子上捅了这么多洞，想必带的是活物了。小鸡？小鸭？怎么听不见叫？天气太热，可别憋死了。”

我说：“带的是草原上的白蘑菇，送给妈妈。”

他轻轻地重复：“哦，妈妈……”好像这个词语对他已十分陌生。半晌后才接着说，“只是你这样的带法，到不了兰州，蘑菇就得烂成污水。”

我大惊失色说：“那可怎么办？”

他说：“你在卧铺下面铺开几张纸，把蘑菇晾开，保持它的通风。”

我依法处置，摆了一床底的蘑菇。每日数次拨弄，好像育秧的老农。蘑菇们平安地穿兰州，越宝鸡，抵西安，直逼郑州……不料中原一带，酷热无比，车厢内郁闷如桑拿浴池，令人窒息。青海大汉不放心地蹲下检查，突然叫道：“快想办法！蘑菇表面已生出白膜，再捂下去就不能吃了！”

在蒸笼般的火车里，还有什么办法可想？我束手无策。

大汉二话不说，把我的白蘑菇重新装进浑身是洞的纸箱。我说：“这不是更糟了？”他并不解释，三下五除二，把卧铺小茶几上的水杯、食品拢成一堆，对周围的人说：“烦请各位把自家的东西，拿到别处去放。腾出这张小桌，来放小箱子。箱子里装的是咱青海湖的白蘑菇，她要带回北京给妈妈。我们把窗户开大，让风不停地灌进箱子，蘑菇就坏不了啦。大家帮帮忙，我们都有妈妈。”

人们无声地把面包、咸鸭蛋和可乐瓶子端开，为我腾出一方洁净的桌面。

风呼啸着。郑州的风、安阳的风、石家庄的风……接连不断，穿箱而过，白蘑菇黑色的血液渐渐被蒸发了，烘成干燥的标本。

青海大汉坐在窗口迎风的一面，疾风把他的头发卷得乱如蒿草，无数灰屑敷在他铁棠色的脸上，犹如漫天抛撒的芝麻。若不是为了这一箱蘑菇，玻璃窗原不必开得这样大。我几次歉意地说同他换换位子，他却一摆手说：“草原上的风比这还大。”

终于，北京到了。我拎起蘑菇箱子同车友们告别，对大家说：“我代表自己和妈妈谢谢你们！”

大家说：“你快回家去看妈妈吧。”

由于路上蒸发了水分，白蘑菇比以前轻了许多。我走得很快，就要出站台的时候，青海大汉追上我，说：“有一件很要紧的事，忘了同你交代——白蘑菇炖鸡最鲜。”

妈妈喝着鸡汤说：“青海的白蘑菇味道真好！”

当我们想家的时候……

常常想家。

当我们想家的时候，其实是想起了母亲。当我们想起母亲的时候，其实是想起了无边无际、云蒸霞蔚的爱。当我们想起爱的时候，其实是想起了如天宇般宽广淳厚的温暖和一种伟大神圣的责任。当我们想起责任的时候，其实是在宁静致远地思索着人生的真谛和生命的尊严。

世上没有关于家的节日，好在有一个母亲节，让我们飘荡的心有所附着。每年这一天，人们不约而同地隆重纪念这个民间节日，感念一种饱含沧桑的爱。

最初发起为母亲设定一个节日的人，一定是一位成年的男人或女人，太小的孩子，我以为是无法理解母爱的。婴儿的热爱的涌起，更多的是源于一种生命本能的驱动。孩子从母亲那里，得到最初的食物和衣着，看到世上第一张欢颜，听到人间第一句笑语……小小的心，像一只薄而透明的钵，盛满了乳色的爱，悄悄地涟漪着。以孩子的智力，必认为这些都是上天无缘无故倾倒的玉液琼浆，是与生俱来的赠品。

作为施与的一方，母爱有时也是本能乃至盲目愚蠢的代名词。母爱单纯也复杂，清澈也混浊，博大也狭窄，无偿也有偿。体验这种以血为缘的爱，感知它的厚重深远，纪念它的无私无畏，弘扬它的旗幡，播洒它的甘霖，需要灵敏的悟力和细腻的柔情。世人只知给予艰难，其实接受也非易事，需要虚怀若谷的智慧。只有容纳得多，才有可能付出得多。对于早年无爱的生命来说，就像没有河溪汇入的干涸之库，无法想见在旱魃猖獗时会有泉眼喷涌。

母亲于是成了一种象征。

她是低垂的五谷，她是无尽的蚕丝，她是冬天的羽毛和夏天的流萤。她是河岸的绿柳依依，她是麦田的白雪皑皑。她是永不熄灭的炉火，她是不肯降下毫厘的期望标杆。她是成绩单上的一枚签名，她是风雨中代人受过的老墙。她是记忆中永恒年轻的剪影，她是飓风中无可撼动、水波不兴的风眼。

母爱并不仅仅从生育这一生理过程中得来，它是心灵的产物而不是子宫的产物。生育只是母爱的土壤，它可以贫瘠也可以富饶，可以繁衍灵芝也可滋生稗草。

我愿把人类那种最崇高而结晶的挚爱，无论来自男女，统称为母爱。

母爱如盐。盐主要是来自大海，母爱最主要的蕴含地，当然是母亲了。但世上还有湖盐、井盐、岩盐、池盐……母爱并不是母亲的专利，它是人类所有最美好、最无私、最博大的爱的总命名。比如，未生育的女子也会富含母爱，像医家泰斗林巧稚大夫，她的双手，便是摆渡万婴安达人世的慈航。在人类的发展史上，更有无数志士仁人，把无边的爱意和关怀倾泻人寰。那爱的纯正灼热，至今散发着炙烤肺腑的力度，促人们警醒，激人们向前。

无论我们是男人还是女人、成人还是少年，我们都曾欢欣地接受过母爱，我们也都可以成为辐射母爱的源泉。

为什么是我

我会见全美癌症康复中心门诊部的吉妮赖瑞女士。她说：“我们这里有各式各样的癌症资料，你对哪些方面最感兴趣呢？”我说：“因为我自己就是女性，所以我对女性的特殊癌症很想多了解一些。”吉妮赖瑞说：“那我就向你详细介绍乳癌中心的工作情况吧。在美国，1999年，共有新发乳癌病人18.28万。每个病人的手术费用是1万美元。政府对40岁以上的乳腺癌病人，每人提供750美元的帮助。”

乳腺癌是严重危害妇女健康的杀手，是第二号杀手，危害极大。

听着吉妮赖瑞女士的介绍，我叹息说：“身为女性，真是够倒霉的了。因为你是女的，因为你的性别，你就要比男人多患这个系统的疾病，而且不是一般的病患，一发病就这样凶险。”

吉妮赖瑞说：“是啊，作为我们没得这个病的人都这样想，那些一旦得知自己患了乳腺癌的妇女，内心所受的惊恐和震撼是非常巨大的。除了人最宝贵的生命受到了威胁以外，即使度过了急性期，也还有许许多多的问题摆在面前。有一些癌症，比如肺癌胃癌，做了手术，除了身体虚弱，从外表上看不出来。但是，乳腺癌就完全不一样了。即使手术非常成功，由于乳腺被摘除，女性的外形发生了极大的变化，曲线消失了，胸口布满了伤疤，肩膀抬不起来，上臂水肿……她觉得自己不再是个女人了，她不能接受自己的新形象。她的心理上所掀起的风暴，其猛烈的程度是我们常人所难以想象的。乳腺癌的病人，假如发现得较早，术后一般有较长的存活期，她们面临的社会评价、婚姻调适、就业选择等问题，就有了更多特殊的障碍。也许她这一时想通了，但一遇到风吹草动，沮丧和悲痛又会把她打倒。还有对复发的恐惧，化疗中难以忍受的折磨，头发脱落青春不再……

“所以，我们专为乳腺癌病人办的刊物的名称就叫作——《为什么是我？》”

为什么是我？

我轻轻地重复着这个名称。乍一听，有点儿不以为然，觉得不像个刊物的名称，不够有力，透着无奈。但设身处地一想，假如我得知自己患了乳腺癌（我猜大多数人一定是从检验报告中得知的那一瞬，恐怖而震惊），面对苍穹，发出无望的呻吟和愤怒的控诉，极有可能就是这句凄冷的话——为什么是我？！

我说：“你们这个刊物的名称起得好。这使那些不幸的妇女，听到了一声好像发自她们内心的呼唤。”

吉妮赖瑞说：“是啊。孤独感是癌症病人非常普遍的情绪。现代人本来就很孤独，你若得了癌症，更感到自己是世界上最倒霉的人，觉得别人都难以理解你。特别是女性，那一刻的绝望和忧郁，可能比癌症本身对人的摧残更甚。我们首先要帮助病人收集有关的资料，让她尽快地得到良好的治疗。当然，我们也会推荐她们多走访几家医院，多看几位医生，听听各方面的意见。如诊断无误，就及早手术。在疾病的早期，信息的收集、沟通和比较是非常重要的。我们的工作主要集中在这方面。病人一旦进入手术室，我们就转入下一个步骤。也就是说，当患病的妇女乳房被切掉的那一刻，我们的志愿者就已经等在手术室的门外了。

“患病的妇女从麻醉中醒来，都会特别关注自己乳房的情况。这时，我们组织的受过专门训练的护士，就要为她们开始服务。待到病人们的身体渐渐康复，下一步的心理和精神支持就变得更加重要了。

“我们的癌症看护中心是一个有着56年历史的机构，和各个医院都有很密切的联系，可以及时得到很多情况。我们还在报上发表‘征友启事’，建立起乳腺癌病人的小组。从我们的经验看，小组的分类越细致越好。乳腺癌本身就有各种分期，早期、中期、晚期……各期病人所遇到的具体困难和对生命的威胁以及其他相关问题，每个人考虑的轻重缓急是不一样的。还有年龄的区别，一个20多岁的白领女性和一个70多岁的贫民老人，忧虑的问题显然也是不相同的。所以，经过广泛的征集，我们建立起各式各样的乳腺癌康复小组。比如新发的还是复发的，比如是有孩子的母亲还是独身女性，比如是离异的还是未婚的，比如乳房修复是成功还是不很成功的，比如有乳腺癌家族史还是没有这种历史的，比如同是非洲裔还是亚洲裔……

“特别是在长期存活的乳腺癌病人当中，遇到的问题就更是常人所不曾遇到的。比如未婚还是离异的乳腺癌病人，是否再次结婚？何时交友较为适宜？再婚的风险性如何？怎样与男性约会？在交往的哪一个阶段，告知男友自己的乳腺癌病况……”

这一番介绍，直听得我瞠目结舌。以我当过医生的经历，想象这些都不是很困难的事情，但最关键的是——我从来也不曾考虑过这些问题。我相信自己在医生当中绝非最不负责任的，但我们当医生的，即使是一个好医生吧，也只是局限在把病人病变的乳房切下来，没有术后感染，我的责任就尽到了。病人出院了，我的责任也就终结了。至于这个病人以后的生活和生存状态，那只有靠她自己挣扎打斗了。有多少泪水在半夜曾湿透衾被？有多少海誓山盟的婚姻在手术刀切下之后也砰然而断？

身为女性，身为医生，我为自己的粗疏和冷漠而惭愧。我由衷地钦佩这家机构所做的工作。疾病本身并不是最可怕的，世界上没有一种原因，可以直接导致人的苦闷和绝望。可怕的是人群中的孤独，是那种被人抛弃的寂寞。癌症使人思索很多人生的大问题，它可怕的外表之下，是一个坚硬的哲学命题。你潇潇洒洒随意处置，曾以为是无限长的生命，突然被人明确地标出了一个终点。那终点的绳索横亘在那里，阴影的紧迫已经毫不留情地投射过来。人与人的关系，在这天崩地裂的时候，像被闪电照亮，变得轮廓清晰、对比分明。灾难是一种神奇的显影剂，把以往隐藏起来的凸显出来，模糊的尖锐起来，朦胧的变得锋利，古旧的娇艳起来。在这种大变故的时候，人是孤单的，人是渺小的，人是脆弱的。

中国有句古话，叫作“人生得一知己足矣”，又说“同病相怜”。我觉得癌症康复中心小组的精髓，就体现在了这一点。在茫茫人海中，把相同的人挖掘出来，是一项伟大的工程。也许你正躲在暗处哭泣，但走进一间明亮的房间，你看到100个和你同样的人，同样的病症，同样的经历，同样的苦恼，然而她们正在微笑。这本身就具有多么大的喜剧意义啊。

这是一个朴素的做法。凡是具有穿透人心的魔力的事件，本身都是朴素的。人们相濡以沫，勇气就在相互的交往中发酵着、膨胀着，汇成强大的力量。

图书在版编目（CIP）数据

柔和的力量/毕淑敏著. —长沙：湖南文艺出版社，
2013.2
ISBN 978-7-5404-5957-4

Ⅰ. ①柔…　Ⅱ. ①毕…　Ⅲ. ①散文集－中国－当代
Ⅳ. ①I267

中国版本图书馆CIP数据核字（2012）第312040号

上架建议：名家经典|散文

柔和的力量

作　　者：毕淑敏
出 版 人：刘清华
总 策 划：谢不周
责任编辑：丁丽丹　刘诗哲
监　　制：张应娜
特约编辑：薛　婷
封面设计：耶律阿宝猪
版式设计：共振设计
出版发行：湖南文艺出版社
（长沙市雨花区东二环一段508号　邮编：410014）
网　　址：www.hnwy.net
印　　刷：北京通州皇家印刷厂
经　　销：新华书店
开　　本：880mm×1230mm　1/32
字　　数：230千字
印　　张：9
版　　次：2013年2月第1版
印　　次：2013年2月第1次印刷
书　　号：ISBN 978-7-5404-5957-4
定　　价：29.80元
（若有质量问题，请致电质量监督电话：010-84409925）